神農小倆口 2

風文創 850

安小橋 著

目錄

第十一章

轉眼第二日，姚三春夫妻大清早又要出門，他們準備先去鎮上買馬車，反正遲早要買，今天買了剛好就能用上，省得兩條腿都快踏粗了！

宋平生三個到了鎮上，瓦溝鎮不比縣裡，並沒有專門賣馬的馬市，不過私人賣馬的還是有。

因為大晉近幾十年繁榮穩定，沒有發生戰亂，所以馬匹的價格倒是沒有漲到令人難以接受的程度，但是普通一匹馬也要花費將近六兩銀子，對於普通鄉下人來說絕對是高價。

不過姚三春家賣農藥需要用到代步工具，這也是沒辦法的事情。

宋平生三人用三張嘴和賣馬的漢子磨了將近兩刻鐘，最終用五兩並五百文買下一匹馬，這也是姚三春夫妻買的第一個大件！

完了後，姚三春夫妻去木匠鋪買成品木板車，又花去一百五十文錢。

將馬車買到手之後，時間已經到了正午，三個人肚子也餓了，姚三春夫妻便請孫吉祥吃了一頓從南方傳過來的荷包飯。

所謂荷包飯是用香粳米加上雜魚和肉等食材，用荷葉將其包裹蒸熟，蒸熟的荷包飯裡外透香、味道豐富，姚三春他們都很喜歡。

中飯後三人還在鎮上逛了一會兒，見時間差不多了，便馬不停蹄地趕往大狗村。

這年頭鄉下人買馬的還真不多，所以姚三春三人到達大狗村就吸引了不少人的目光，一個個看著健壯的大馬，議論紛紛。

三人並未在意，直接去找黃勇一家，說了兩句便一同直奔黃耕田家，不過孫吉祥並沒有跟來，他留在黃家幫忙擔水，正努力刷好感度呢！

黃耕田和姚三春約好下午見面，所以他並沒有急著下田幹活。

姚三春他們趕到的時候，姚小蓮正窩成一團蹲在黃家籬笆院子的角落，身體僵硬、神色拘謹，臉上驚魂未定，還有未乾的淚痕。

姚小蓮一見姚三春，激動得差點蹦起來，忙跑過去黏著姚三春不放，眼淚又不爭氣地掉了下來。

姚三春拍著她的背，小聲安撫。

黃耕田一家子見姚三春來了，齊齊露出如釋重負的表情，天知道，這個姚小蓮簡直就是個瘋子，大吼大叫、見人就咬！她不僅差點從他身上咬下一塊肉來，甚至還咬了他女兒一口，比狗還會咬人！

現在黃耕田是真心不想娶姚小蓮這種女人回家了，簡直就是個潑婦啊！

這下甚至不用姚三春開口，黃耕田爽快地拿出一張紙契，讓姚三春他們趕快付錢走人。

姚三春不知黃耕田為何突然如此心急，不過她也不太關心，付掉剩下的三兩銀子，拿走賣身契，然後便牽著姚小蓮離開。

回到黃家，自然又是一頓寒暄，其中以孫吉祥的話最臭最長，看樣子簡直恨不得在黃家扎根了！

馬車在鄉間小道疾行，馬車過後，濺起一片黃撲撲的土塵。

姚三春見姚小蓮無精打采的，以為她被嚇壞了，輕聲安慰道：「沒事了小蓮，現在妳的賣身契在我們自己人手裡，爹娘他們再想作妖也作不出，以後再也沒人能賣妳了！」

姚小蓮輕輕搖搖頭，尖瘦的小臉上難掩受傷的神情，啞著嗓子小聲道：「姊，我不是被嚇到，我只是看到爹為了五十文大錢，想都沒想就在賣身契上畫押，我心裡就好難過。」

姚小蓮抬眼看姚三春，眼眶又紅了，委屈巴巴的，聲音已經帶了哭腔。「姊，妳知道嗎？娘不同意賣掉我，她說這是嫁，不是賣！可是爹非要簽賣身契，就為了五十文錢。最後娘沒拗過他，就只能同意了……」

姚三春對范氏的行為頗感意外，原來她對自己女兒倒還真有幾絲情分在，只是這點情分輕飄飄如浮雲，稍微一揮便煙消雲散，經不起任何考驗。

從這點來說，范氏跟姚大志也沒多大的區別。

不過姚三春一心想永絕後患，不想姚小蓮再被姚大志夫妻控制，卻並未考慮到賣身契一事會刺激傷害到姚小蓮，畢竟姚小蓮對父母肯定還是有感情的。她心下愧疚，道：「小蓮，對不住，是我沒考慮妳的心情，做法太直接了。」

姚小蓮擦擦眼淚，抽噎著搖搖頭。「我不怪妳，姊。妳也是為了我好，而且妳還為我花了三兩多的銀子，我以後一定會努力幹活的！」

姚三春嘆氣，真是窮人家的孩子早當家，懂事得讓人心疼。

回老槐樹村的路上還得經過鎮上，宋平生並未讓孫吉祥趕著車立即回家，而是回到上午去過的地方，最終花三兩銀子買下一隻正產奶的母羊。

姚三春聞著羊身上那味兒就受不了，捂著鼻子要阻止宋平生，讓他別想不開，奈何宋平生真下定決心的時候，她也左右不得，最後只得含淚掏錢。

臨走之前，姚三春看到有人賣小鴨子，咬咬牙，又買了五隻。

她倒不是捨不得錢多買幾隻，而是作為一個愛潔人士，她已經承受了太多不能承受之重了！家中八隻小雞仔倒是還好，味道不算大，但是鴨子不僅身上羶，排泄物的味道更重，若是養得多了，整個院子都是那股鴨臭味，大老遠就能聞得到，簡直太折磨人了。

但是家中多少還是得養些家禽，一來養著吃，二來家禽的糞便可以肥田，姚三春家的糞肥本就不夠，還需要多積攢些。

當然，若是多養幾頭豬，那就不愁糞肥了，不過姚三春想都沒想就拒絕了。

村裡養了豬的人家，誰家不是大老遠就聞到一股豬糞味兒？她真的做不到啊！

總之，姚三春沒能跨過心裡那道坎，還是先買幾隻小鴨子養養吧！最起碼，長大的鴨子肥肥白白的，看起來可愛，烤起來也好吃！

回到老槐樹村，村民看到宋平生又是馬、又是羊的，這下子可不得了了，一個個好奇得抓耳撓腮，紛紛上前將夫妻倆團團圍住，或是摸摸馬和羊，或是跟宋平生攀談閒聊，總之一時半會兒是打發不了了。

宋平生見暫時脫不開身，剛好也沒啥事，便讓姚三春牽著馬車先回家，自己便在老槐樹下一棵放倒的樹幹上坐下，熱絡地跟村裡人瞎扯淡。

聊了兩句，小蔡氏男人的大哥孫守富問出了所有人的心聲，語氣誇張地道：「我說平生，你這是在哪裡發財了？竟然一次買了馬又買了羊，這恐怕十多兩銀子跑不了吧！」

孫守富說完，周圍其他村民全都伸長了脖子等宋平生回答。

宋平生也不賣關子，回道：「前陣子我們夫妻不是請人幫工做農藥嗎？這不，正好趕上好時候，農藥全都賣出去了，算是小賺了一筆吧！」宋平生語氣平淡，卻難掩臉上的得瑟。

這下子周圍的議論聲彷彿炸開了，光是買馬和羊就十幾兩，那這「小賺一筆」到底得有多少啊？啥農藥這麼賺錢？

小蔡氏也在人群裡，抱著胳膊撇嘴，酸不拉嘰地嘲了一句。「你還會製啥農藥？還能這麼掙錢？別是唬咱們鄉里鄉親的吧！」不過跟小蔡氏關係好的朱桂花最近忙著照顧孫本強，不得空出來，一時間也沒人幫她說話。

宋平生眸光微動，自然而然地接過話題，神態露出幾分自傲。「我們夫妻製的農藥當然有用，不然人家劉先生會特意大老遠地從大豐縣過來找我買農藥？還會這麼爽快地付錢？人家又不傻！」

宋平生說的話非常有說服力，劉青山出現在老槐樹村時還引起一陣不小的轟動，人家穿金戴銀的，不嫌辛苦地從大豐縣過來買宋平生家的農藥，那肯定是有用才買啊！人家做商人的，哪個沒有一個聰明的腦袋瓜子？

小蔡氏被堵得沒話說，但還是厚著臉皮站在原地，豎起耳朵聽宋平生說農藥的事情。

孫四叔家就在宋平生家前頭，他兒子孫青松知道前陣子宋平生家的院子擠了一堆人，每天吵吵鬧鬧，陣仗不小，看樣子絕對是鬧真的，便笑道：「平生兄弟，你咋就突然做起農藥來了？咱們也沒聽說宋大叔和田嬸子他們會做這個哪！或者是你們宋家祖上留傳下來的？」

這也是周圍其他人想問的。

宋平生長腿一曲，大馬金刀地坐在那兒，吊兒郎當地咬著一株狗尾巴草，眼中劃過幾絲冷意，道：「要是咱們宋家祖宗傳下來的，這種好事還輪得到我頭上？呵……」

不得不說，這樣的宋平生才更符合村民對他的印象。無論如何，他也不可能在短時間內徹底改頭換面，身上那股吊兒郎當的二流子氣質仍然殘存一二。

只是這下子大家的好奇心更重了，農藥配方不是祖傳的，那究竟是從哪裡得來的？總不會是天上掉下來的吧？

孫守富沒忍住，使勁拍在宋平生肩頭上。「平生你倒是快說啊，別吊咱們胃口了！」

宋平生長眉一挑，開始臉不紅、心不跳地吹噓道：「是有一天晚上，神仙給我跟我媳婦託夢，祂見我們夫妻窮困潦倒、生活困苦，所以傳授我們幾個農藥配方，幫助我們改善生活。本來我們是不信的，但是我們夫妻竟然都作了同樣的夢，所以我們就想，要不試試吧？誰知道還真的管用呢，而且殺蟲效果極好！」

這是他們夫妻事先想好的理由，雖然聽起來很玄，但是別人也抓不到他們尾巴不是？

周圍的人忍不住「切」了一聲。

「神仙為啥偏偏給你託夢？我們也很窮啊，怎麼不見神仙幫幫我們？」

「就是！你們宋家幹啥大善事了？祖墳冒青煙啦？咋就連神仙都幫你們？」

「……」周圍的人議論紛紛。

宋平生的視線掃過眾人，不疾不徐地道：「能為啥？那當然是我們夫妻天生不凡，是天選之人，神仙就看上我們夫妻了啊！咋地，你們是對神仙有啥意見嗎？」

周圍人紛紛鄙視地看著宋平生，嘖嘖嘖，看這人，又開始吹牛了！這回還把神仙都給捎帶上，神仙做錯什麼了？

宋平生不以為意，話音一轉。「不過既然神仙幫了我們夫妻，我們夫妻自然不能忘本，我們也不是小氣人，這樣吧，只要是咱村裡人，明天每戶人家都能去我家拿一兩農藥！我家這農藥不但能殺滅茶尺蠖，還能殺滅棉蚜蟲。剛好最近棉花容易生蟲，大家可以用來試試，就是要注意，別被孩子碰咯，這農藥可是有毒的！要是大家用了好使，看到外村的人也可以捎帶提上一句，我也不會虧待大家的。」

周圍一下子轟動了！

孫青松的笑容擴大，搓著手親熱地道：「平生兄弟，可是真的啊？那咱就不客氣了！最近我爹就在愁棉花長蟲呢，要是有用那就太好了！」

宋平生大手一揮。「當然是真的！」

這下子周圍的氣氛更熱鬧了，有便宜，不占白不占，明天一大早就拿葫蘆瓢上姚三春家裝去。

可在場偏偏有人得了便宜還賣乖，陰陽怪氣地道：「喲！一家就一兩啊？那才能澆多大點地方啊？咱們鄉里鄉親的，你家這回又賺了這麼多銀子，還不多給點，是不是太小氣了？」

宋平生冷嗤一聲。「蔡嫂子，我家的農藥不是大風颳來的，既然妳看不上，我剛好能省下這十文錢！」

周圍村民倒吸一口涼氣。

小蔡氏一聲驚呼，聲音變得格外尖利刺耳。「十文？就這麼一兩破農藥竟然就是半斤豬肉的錢？你咋不去搶呢！」

小蔡氏說話太難聽，旁邊有人想拉住她，卻被小蔡氏一下子揮開了。

宋平生頓時沈下臉，眸色幽深難辨。「蔡嫂子，我沒逼著妳買。再說，一畝地用上四、五兩農藥也就足夠了。誰家地裡種的不是命根子？為了收成好，買點農藥有何不可？怎麼到妳口中就變得這般難聽？」宋平生從樹幹上站起來，拍拍衣襬，神色淡漠地道：「罷了，我懶得和惡意揣測我的人多說，影響心情！妳不要拉倒！」說完便大步流星地離開老槐樹下，姿態不可謂不狂。

不管小蔡氏怎麼想，反正其他人肯定會去姚三春家拿農藥的。

因為得了宋平生的好處，其他人自然偏向宋平生幾分，看著小蔡氏的目光多少帶了幾分指責，惹得小蔡氏差點嘔死！

待走遠了，宋平生的臉色很快恢復正常。不管如何，在村裡推銷農藥的目的算是達到了，只要有人使用他家農藥，以後來買農藥的人絕對會越來越多。

姚三春家的院子並不大，這下子又多了馬和羊，再加上八隻小雞、五隻小鴨、一條狗，院子的擁擠簡直可想而知。

而且因為地方小，羊身上的膻味便特別的刺鼻，鼻子稍微靈敏的人便受不了。

所以宋平生才回到家，便見姚三春撐著腰站在院子裡，一副氣鼓鼓的無奈模樣。

宋平生臉上的笑意還未消散，姚三春看到更氣了，直接拿眼瞪他。「我讓你暫時別買吧，看現在院子裡還有落腳的地方嗎？」
媳婦生氣了，做丈夫的當然要哄。他當即上前握住姚三春的手，展顏輕笑，意圖用美色迷惑對方。
姚三春掙脫幾下都沒掙開手，黑白分明的眼眸閃動著怒火，嚴厲指責道：「宋平生，我命令你立即停止散發魅力，否則我不客氣了！」
宋平生笑了兩聲，清潤的眼眸盛滿笑意，拉著姚三春的手晃了晃，而後才道：「好了，不逗妳了。我和吉祥商量過，在我們新屋沒建起來之前，可以將馬和羊暫時放在他家後院有一間舊牛棚。」
姚三春略一想便覺得可行，孫吉祥家的後院可比她家院子大上兩倍不止，容納一馬一羊不在話下，而且兩家距離不遠，自家去餵馬餵羊都算方便。最重要的是，孫吉祥不介意，那她也沒有不同意的理由。
夫妻倆一合計，便決定現在就去孫吉祥家，此刻孫吉祥應該在收拾院子，他們夫妻過去剛好可以幫忙。至於姚小蓮，小姑娘心裡正難受著呢，還是讓她一個人靜一靜吧。
姚三春和姚小蓮打聲招呼，隨後便跟宋平生各牽著馬和羊去往孫吉祥家了。
夫妻倆走沒多遠，宋平東突然從後頭追上來。
宋平生停住腳步，問道：「大哥，你怎麼來了？」
「我聽青松他們說你買馬回來了，就想著過來看看。」宋平東一邊說著一邊打量起馬來，在馬身上摸了兩把，臉上終於有了幾絲笑意。「這馬不錯，毛髮油光水滑的！就是還買羊幹啥？養在家裡味道衝，而且我看老屋的院子太小……」宋平生買了大件，正常人家的父母兄弟肯定得過來看看，就算給不了幫助，關心關心也是好的，而宋茂山對二兒子視若無睹、毫不關心，他這個做大哥的自然要來看看。

宋平生並不知道宋平東的想法，但是他對宋平東這個原主的兄長還是尊敬的，一一作答道：「之前讓大夫給姚姚看過，說姚姚的身體不算好，所以就想著讓姚姚喝點羊奶補補。老屋院子是小了點，所以我們準備先將馬和羊放在吉祥家養著，等新屋子做好再拉回去。」

宋平生沒有具體說，其實姚三春原身從小三餐不繼，又要幹很多活，所以身體不算好，人瘦得很，生理期更不正常，所以現在養身體是必須的。

宋平東聽後，不住地點頭，自己的二弟越來越穩重了，他很欣慰。不過對於宋平生要建造新屋，他還是相當驚訝，遲疑地道：「平生，你們才花這麼多錢，咋又要蓋新屋？雖說你們賣那農藥賺了點錢，但還是多攢點比較好，而且村裡肯定有人眼紅你。」

宋平生和姚三春何曾沒有想過這樣做有些扎眼，但是馬和羊都是需要用到的東西。

至於蓋新屋，那純粹是因為老屋太破，天上一下雨，屋裡就跟著下，屋裡長年累月有一股霉味揮之不去，長此以往，對他們夫妻的身體肯定有不良影響。

不僅如此，老屋比較潮濕，容易滋生蛇蟲鼠蟻，而且因為年久失修，屋頂茅草一捏就成了齏粉，若是冬天下大雪，恐怕隨時會有坍塌的危險！

宋平生將自己的想法一五一十跟宋平東說了，宋平東便不再多說，只是心裡很不好受。

家中明明有不少房屋，他爹為何非要把二弟趕到破舊的老屋？家中院子寬敞，二弟家的馬和羊本可以放在父母家的，可偏偏他爹對二弟看不上眼，導致二弟都不願意經常回家。

當然，他自己也有錯，錯在曾經對親爹千依百順，自己太懦弱，從來不敢忤逆親爹，甚至連親弟弟都幫不到！

宋平東是善良的，但他到底是宋茂山的兒子，他骨子裡就有強勢偏執的一面。自從宋茂山打田氏的事情曝光後，他對自己父親的感情就一落千丈，從前對宋茂山有多順從，現在心裡就有多怨恨！宋平東越想臉色越陰沈。

沒有人知道，父母之事對宋平東的影響到底有多大！

姚三春是第一個發現異樣的，便喊道：「大哥，你怎麼臉色這麼難看？沒事吧？」

宋平東被打斷思緒，回過神來後臉色稍緩。「我沒事。」

宋平生沒有多想。「大哥，你要是不忙，咱們一起去吉祥家吧？我有事想跟你們商量。」

宋平東頷首。「耽誤一會兒，不妨事。」

兄弟倆一路說著話去往孫吉祥家。

到了孫吉祥家，四個人一起收拾，很快就將後院和牛棚給收拾出來。

完了後，宋平生又將孫鐵柱叫了過來。

孫鐵柱本來正在打穀場忙著，吳二妮見來的是宋平生，硬生生把到了嘴邊的「去你娘的」給嚥下去。

孫吉祥的堂屋裡，四家人各占一方，除了姚三春，其他三個大男人皆是一頭霧水，不知道宋平生把他們都叫過來是要說什麼事情。

三雙眼睛齊齊看過來，宋平生不疾不徐地道：「我把大哥跟鐵柱哥都叫過來，是想說農藥的事情。最近棉花地裡蚜蟲鬧得凶，而我們夫妻倆製作的五加皮殺蟲劑剛好可以殺滅蚜蟲，而且是幾近全殺的效果。所以我這兒有一個提議，同時也是一個機會，如果你們誰能將殺蟲劑賣出去，或是介紹別人來買，每賣十文，你們則能分得一文，如果賣十兩，你們就能分得一兩銀子。」宋平生伸出食指，繼續道：「還有一點，五加皮殺蟲劑還能殺滅茶樹上的茶尺蠖，而秋茶鬧茶尺蠖的規模甚至比夏茶還要厲害許多，如果有誰認識種茶的茶農，也可以爭取一下，萬一真遇上秋茶鬧茶尺蠖的話，咱們可不會少掙！」

宋平東的神情一震，一時間卻未能理清其中門道。

反觀孫吉祥卻是眼冒亮光，一副迫不及待的模樣，想都沒想就拍桌定音。「這事老子幹了！」笑咧著嘴，一排大白牙分外顯眼。不用宋平生多加解釋，孫吉祥便萬分激動地朝孫鐵柱及宋平東說道：「老宋夫妻倆做的殺蟲劑效果咋樣，我清楚得很，比咱們自己家弄的大蒜水啥的有用多了，否則那個劉青山就不會大老遠地跑來咱們村買農藥了！所以說，只要東西好，還怕沒銷路嗎？老宋這簡直是給咱們送錢啊！誰不幹就是傻子！」

孫吉祥說話很有煽動性，孫鐵柱當即神色一動。

姚三春適時地補充道：「農藥的質量你們儘管放心，我們現在需要的就是多拉些人來買，讓更多的人知道我們家的五加皮殺蟲劑。」

宋平東緩過神來，當即表示支持。「你們大嫂娘家那邊的親戚有種茶的，我回去就讓她去問問。」

孫鐵柱摸著眉尾的大痣，豪爽一笑，道：「行！大毛他娘認識的人多，有人要我就直接去你家拿！」

反正賣農藥這事他們不擔什麼風險，還有錢拿，當然都願意幹。

最重要的事情談攏了，餘下便是細枝末節。畢竟是賺錢的買賣，五個人不知不覺又聊了許久，且越聊越火熱，要不是宋平東和孫鐵柱都有事情，那絕對是捨不得走了。

姚三春出去給羊割草的功夫，只剩下宋平生和孫吉祥哥兒倆姿態隨意地坐在堂屋裡，坐沒坐相，彎在那兒跟沒骨頭似的，二郎腿一頓瞎晃悠。

孫吉祥嘿嘿笑，手背在宋平生的胸膛敲兩下。「老宋，只有這時候，我才會想起你從前的德行！嘖嘖，你現在這樣，做兄弟的我都快認不出你了！」

宋平生抬起眼皮懶懶地瞥他一眼，冷冷吐出幾個字。「廢話！我能跟以前一樣？我還要養媳婦呢！我說過，我要好好待人家！」

也不知這話戳中孫吉祥哪個笑點，他突然就咧嘴笑了，臉上的疤都變得柔和許多。

宋平生莫名其妙地望向他。「你笑什麼？」

孫吉祥笑得合不攏嘴，半天才止住笑，說道：「老宋，其實你今天不說賣農藥的事情，我本來也準備跟你說的，想讓你帶兄弟我發發財。」孫吉祥的神色突然變得嚴肅，毫無預兆地道：「過陣子我就要跟黃家提親了。」

宋平生抬眉。「怎麼這麼突然？」

雖然孫、黃兩家在相看，但是此前孫吉祥從未透露過要娶黃玉鳳的意思，再說他和黃玉鳳才見過幾次面？

孫吉祥臉上快笑出一朵花來。「今兒個你跟你媳婦去黃耕田家的時候，我和玉鳳說了一會兒話，她說她不介意我臉上的疤，非但如此，她還覺得特別有安全感，所以我當時就想著，我孫吉祥就要娶她當媳婦！不過玉鳳她娘董嬸子還是覺得打獵不安全，希望我能幹其他事養家，再買幾畝田，所以這不，我就來拜託兄弟你了！」

宋平生有千萬個問題想問，可是當他的目光觸及孫吉祥發自內心的笑後，及時住嘴了，半晌才說一句。「你想好了，成親還是慎重些好，不能太衝動。」

宋平生畢竟來自現代，在現代，很多人不管做什麼都必須事先權衡利弊一番，處理問題更理智，也更現實，很少像孫吉祥這樣衝動，雖說這個時代的婚姻大都是這樣。

孫吉祥並不介意，他的目光落在院中的半片殘陽，神色悠悠然，可眼神卻無比的認真。「老宋，我十幾歲就沒了爹娘，也沒個兄弟姊妹，後來為了搶回屋子差點把小命都搭上了，這些年到底過得咋樣你也知道。轉眼我也二十了，別人在我這個年紀，誰不是老婆孩子熱炕頭？可我還是孤家寡人一個。兄弟我也不怕你笑話，我啊，也想有一個家！」

宋平生忽然就想起上一世，那時的他從小住在孤兒院，受盡苦楚，和孫吉祥一樣的孤苦伶仃，所以孫吉祥的心情，他真的能感同身受。

堂屋裡安靜了好一會兒，最後宋平生拍拍孫吉祥的肩頭，豪氣干雲地道：「妥了！叫一聲大哥，我帶你發財帶你飛！」

孫吉祥想也不想地推開他。「滾！敢占老子便宜！」

稍晚些時候宋平東回到宋家，只是他的臉色十分晦暗難看，看到宋茂山和宋平文時直接掠過，沒給一個眼神。

宋茂山看在眼裡，卻意外地沒有當場發作，不知道到底在想些什麼。

無人知道，這一夜宋茂山和宋平文聊了什麼。

半輪明月升起又落下，又是嶄新的一天。

早晨伴著清風與朝陽，知了一大早開始營業，鳴叫聲此起彼伏，且感情充沛，一聲更賽一聲高。

姚三春家的姚小蓮第一個起來，洗漱一番後，她先去灶膛口將草木灰全部掏出來，順手裝了一些撒進雞圈鋪底，然後才依次將兩個大花籃裡的雞和鴨趕進雞圈。

小雞、小鴨一出籃立刻發出一片清脆的叫聲，小花狗站在雞圈外頭翹首以盼，毛茸茸的尾巴歡快地搖來搖去，時不時蹦躂兩下，或是竄過去嚇嚇小雞、小鴨，玩得開心極了。

姚三春夫妻隨後起床，然後便也各自忙碌起來，宋平生挑著兩個木桶去井邊擔水，姚三春則揉著眼睛泡衣服、淘米燒鍋。

姚小蓮掃完地後，拿來小木墩準備洗衣裳時，姚三春打著哈欠叫住了她。

「衣裳我來洗，妳去田埂採摘一些野菜切碎了餵小雞小鴨。」

姚小蓮頂著明顯浮腫的眼皮，悶悶地道：「姊，我出去，你們村裡人看到我咋辦？到時候傳到咱們姚莊，爹娘他們不就知道我在這兒了？」

姚三春擺手，淡定地道：「小蓮妳放心，姚莊距離這邊又不近。再說，我跟妳姊夫另有安排，爹娘他們真來了也不怕！」

姚小蓮聽她這麼說，心中稍定，便挎著籃子去田埂找野菜了。

姚三春將米淘好正準備燒鍋時，宋平生就回來了，他先將水缸滿上，然後便進廚房將姚三春驅逐出去，弄得姚三春一臉懵逼。

宋平生義正辭嚴道，他昨晚已經泡了紅豆和薏米，今早他來做營養餐，並且以後的一日三餐都由他承包了！

經過這陣子的嚴防死守，姚三春比之前白了不少，可是白了之後卻仍然面有菜色，有時太累還有頭暈的症狀，她深知自己的身體底子還是不太行，應該是缺乏營養，所以便任由宋平生去了，自己則坐在院子裡拿搓衣板搓洗衣裳。

姚三春姊妹倆忙前忙後，衣裳洗乾淨後晾在竹竿上，野菜切細碎拌麩皮餵小雞、小鴨，院前屋內打掃乾淨，雞糞、鴨糞倒進菜園子肥地，甚至連養在孫吉祥家的馬和羊都餵好後，宋平生終於將早飯給做好了。

飯菜擺上桌，對於姚小蓮來說真不算少，三碗紅豆薏米粥、三個水煮雞蛋、一大盤的花生仁拌水煮蔬菜、切成丁的桃，以及一碗羊奶。

宋平生做這頓早餐追求的是營養均衡，不過可惜沒有堅果，否則能更全面些。

才買回的母羊可能還沒熟悉環境，所以第一次產的奶並不多，只夠一個人喝，宋平生眼裡只關心姚三春的身體，自然是全部拿給姚三春喝。

姚三春卻因為姚小蓮比自己更黑瘦，還是分了姚小蓮半碗。

宋平生看了一眼，沒說什麼。

這頓早餐的味道普普通通，重在分量足、種類多，並且雜糧粥飽腹感強，所以三人吃得還是挺開心的。

只是飯並未吃完，村子裡前來拿農藥的人就一批接著一批，皆是拿著葫蘆瓢或是破罐子站在院子裡，臉上堆著笑。

姚三春夫妻倆也不好讓這麼多人乾等著，便放下碗筷給鄉親們裝農藥。

中間還發生一件事，吳二妮上門要跟姚三春賒二十斤農藥，兩人討價還價一番，最終姚三春賒了五斤給她。

接下來一早上的時間，陸陸續續有人來到姚三春家領農藥，中間得了空，姚三春還裝了五兩農藥送給隔壁的宋茂水家。

隨著時間的推移，外頭陽光越來越曬，地面彷彿有熱氣往上湧，打赤腳的小屁孩們走在地上都是用跳的，簡直就像蝦蟆掉進熱鍋裡一樣，哪裡還敢下腳？

不過窮苦人家沒有喊累的資格，除了大中午最熱的那會兒，其他時候該給稻穀脫粒的脫粒，該揚場的揚場，該犁地的犁地，誰家不是忙得天昏地暗，累得不成人形？

姚三春夫妻作為芸芸眾生中的一員自然不例外，他們還想多賺點錢，所以無論颳風下雨，還是嚴寒酷暑，他們依然得去鎮上辦事。不管是收購五加皮殺蟲劑的原料，還是找泥瓦匠及木匠蓋新屋，還有去官府找衙差，都是需要盡快辦理的事情。

在炎炎夏日的下午，姚三春夫妻倆頂著烈日忙活一下午，終於把一切事情都安排妥當。

首先，夫妻倆訂下一個由趙山石領頭的泥瓦匠團隊，讓他們下個月立秋左右去老槐樹村上工。

然後，夫妻倆又找了半天，最終在鎮上訂下兩家賣磚瓦和賣木料的單子，並付了訂金。

除此之外，宋平生還在木匠鋪訂了一張床，過兩天就過來取，他可受夠了每晚睡板凳的苦。

事畢後，姚三春夫妻倆又去了縣衙一趟，出來後便直奔藥鋪買農藥的材料。

待他們趕著馬車回到老槐樹村時，天都快黑了，不過夫妻倆看著滿滿一馬車的農藥原材料，心裡並不覺得有多累，反而覺得衝勁十足。

有錢人的生活，我們很快就要來啦！

在小雞、小鴨、小花狗的叫喚聲中，新的一天又開始了。

早飯後，宋平生和姚三春姊妹又開始磨製五加皮的一干原材料，反正現在只是散賣，一戶人家買個幾兩一斤的也就差不多了，一時半會兒賣不到那麼多，所以他們三個人磨製就夠了。

時近中午，猛然響起一連串的捶門聲，聲音震天響，連知了都被嚇得閉上了嘴，難得乖巧起來。

「姚三春、姚小蓮，妳們倆給老子滾出來！」

接著又是好幾聲踹門聲，這本就破敗的大門，被踹得哀哀作嘆，眼見離大限不遠了。

這回沒讓姚大志夫妻等多久，姚三春家的大門便從裡頭打開，姚三春姊妹以及宋平生面無表情地出現在姚大志夫妻跟前。

姚大志還沒說什麼，范氏突然抬起胳膊，作勢就要一巴掌狠狠甩向姚三春。

好在宋平生反應迅速，他反手狠狠推開范氏，順勢將姚三春護到自己身後。宋平生眼冒寒光，冷聲道：「再對她動手，我對妳不客氣！」

范氏從地上爬起來，臉色憋得通紅，看向宋平生和姚三春的目光像要殺人，她扯著嗓子罵道：「你這個殺千刀的狗雜種，老娘教訓自己女兒，有你說話的分兒？滾一邊去！」

姚三春從宋平生身後探出頭來，不客氣地道：「我才沒有妳這種靠賣女兒賺錢的娘，妳少自作多情了！現在我是宋家的兒媳婦，妳沒資格打我！」

范氏被懟得臉色一陣青、一陣紅，咬著後槽牙罵道：「天殺的！壞人姻緣會遭天譴的！小蓮嫁到黃耕田家哪裡不好了？」又扭頭瞪向姚小蓮。「妳當妳是天上的仙女啊？就妳長得這砢磣樣，有人要就不錯了，妳這個臭丫頭還不願意！」

姚小蓮緊緊捉住姚三春的胳膊，雙眼通紅，伸長脖子跟范氏對罵。「我稀罕啊？我就不願意！去黃家連飯都吃不飽，哪裡好？反正從你們在賣身契畫押的那一刻開始，我就當自己沒爹沒娘了！你們快走吧，說再多也沒用！」

這下姚大志坐不住了，自己的女兒一個兩個的都說不認他們這對爹娘，簡直反了天！他一聲不吭，衝過去就扯住姚小蓮不放，生拉硬拽，動作粗魯，毫不在乎姚小蓮被他扯得臉都痛白了。

姚三春夫妻倆費了一番功夫才將姚大志扯開，隨後兩人將姚小蓮護在身後。

姚三春理了理額頭散落的碎髮，深吐口氣後說道：「你們現在再來糾纏也沒用，小蓮的賣身契你們都畫押了，從今以後小蓮是好是歹跟你們都沒關係，你們就跟自己那唯一的寶貝兒子過日子去吧！至於小蓮，我肯定會替她找一戶好人家！」

范氏撇著嘴角，一臉的刻薄相。「我呸！妳自己住著破茅草屋，還給小蓮找戶好人家？天大的笑話！」話說到一半，范氏的眼睛一轉，眼下劃過一絲狐疑。「黃耕田說你們把小蓮帶走，那你們肯定花了銀子！花了多少？你們銀子從哪裡來的？」

姚三春夫妻被宋茂山掃地出門，姚大志夫妻倆理所當然地認為他們窮得叮噹響，雖然之前見過姚三春家的院子擠了一堆人，像是在磨什麼東西，但是他們又不曉得那是什麼，再加上老槐樹村跟姚莊距離不算近，所以他們並不知道姚三春夫妻倆賣農藥賺了錢的事情。

說到銀子，姚大志本來沒什麼神采的眼睛一下子亮了十倍都不止，指著姚三春質問道：「就是！妳這個死丫頭，有錢買妳妹，怎麼不孝敬妳爹娘幾個錢？看我跟妳娘還有妳弟弟三個人忍飢挨餓的，都瘦成一把骨頭了，妳忍心嗎妳？」

姚三春想都不想地點頭道：「我開心得很！」

姚大志被這句大實話堵得啞口無言。「……」娘的，真氣人！

范氏拉住姚大志，覥著臉道：「別說這些有的沒的了，我跟妳爹辛辛苦苦把妳拉扯大，跟妳要點回報不過分吧？不多，給個三兩就夠了！」

姚大志回過神來，伸出三根手指頭。「對，就三兩！我跟妳娘把妳們養這麼大，妳可不能忘恩負義！」

姚大志夫妻哪裡會管姚三春夫妻有多少銀子？銀子從哪裡來的？給了他們後會不會過不了日子？反正銀子就是他們的祖宗。

姚三春冷嗤。「今天三兩，花完了回頭再找我要三兩！有一次就有一百次，你們真把我當傻子啊？我今天就把話撂這兒，對你們，我一個子兒都不會給！」

姚大志夫妻頓時氣急敗壞。

奈何從來有錢的一方是大爺，姚大志只能進行嘴上攻擊。「姚三春，妳對父母不孝，遲早會遭天譴的！」

「你們有這個功夫，不如多擔心自己吧！」宋平生冷冷說著，身旁還站著兩個身著統一服裝、腰側帶刀的衙差。

宋平生指著姚大志夫妻倆，對衙差說道：「兩位兄弟，就是這對夫妻，之前來咱們村偷了兩隻雞、一條狗，還有一把釘耙！」兩位衙差是他剛剛趁空時託門外看熱鬧的村民前去請回來的。

說來偷東西這事，也是這對極品夫妻「豐功偉績」中的一筆。很久以前宋、姚兩家還在議親的時候，夫妻倆本著雁過拔毛的原則，在老槐樹村還撈了一筆——趁天色暗，偷了里正孫長貴家的兩隻母雞不算，竟然還把人家的狗打死了拖回去吃，甚至順手帶走一把釘耙！這事姚三春原主可是記得清清楚楚。

孫長貴的損失不算很慘重，但是農具這東西也不便宜，再加上丟了雞和狗，加一加也好幾百文大錢啊！孫長貴如何能嚥下這口氣？後來他在村裡苦查無果，自己在縣衙又有幾分薄面，於是他乾脆便去縣衙告了官，只是半年多來也沒啥結果，所以才有後頭宋平生請衙差上門這一齣。

姚大志夫妻一聽自己幹的勾當被人揭發，再看衙差冷漠凶狠的模樣，當場嚇得肝膽俱裂、魂飛魄散，好似下一刻就要暈過去一般。

他們如何也想不到，自己的女兒、女婿不出手則已，一出手就是要他們的老命啊！這下子夫妻倆真是後悔萬分，早知道女兒和女婿的心腸這麼毒辣，他們說什麼也不敢招惹啊！

到底只是沒什麼見識的鄉下愚夫蠢婦，平日看到官府的人都恨不得繞道走，今天卻被衙差逮個正著，簡直跟白日被鬼索命也不差多少了。

兩位衙差得到準話後，冷著臉走過去扣住姚大志夫妻的手，另一隻手則提起兩人的後領，將他們拉起來，然後往前推搡。

其中一位叫王東的，語氣格外冷厲嚴肅。「識相點就自己走，否則別怪我不客氣！」

姚大志夫妻兩股戰戰，脖子都快縮到肚子上，膽子這東西全被扔去九霄雲外，哪裡還敢反抗？只得乖乖配合著衙差往前走。

望著四人身影消失處，姚小蓮的眼神有些小心翼翼，聲音沙啞地問道：「姊……咱們這樣做，爹娘不會出事吧？還有大哥，爹娘不在家，他咋辦呀？萬一爹娘真出事了，我、我……」後面的話她說不出來了。

姚小蓮是提前知道自己姊姊和姊夫的打算的，只是這個處理方法對她來說未免太過驚世駭俗。

兒女告發自己的父母，並且讓衙差來抓捕他們？這種大逆不道的事，姚小蓮想都不敢想，但是她根本無計可施。

宋平生笑了笑，替姚三春回道：「放心吧，最多不過打十個板子，再在大牢裡待上個把月罷了，不算什麼。」

姚大志夫妻在偷雞摸狗的時候，就該有會被捉住的覺悟，不是嗎？更何況，他和姚姚已經手下留情了，如果再算上姚大志夫妻這些年來偷的雞鴨鵝狗，他們夫妻恐怕沒個三年五載是出不了大牢的！

姚小蓮總是莫名有些畏懼宋平生，她不敢反駁，只能垂下眼睛遮去眼中的糾結。

她知道這個方法是最有效的，待爹娘日後從大牢出來後，哪怕再給他們十個膽子，他們恐怕也不敢再來找她們姊妹麻煩了。只是，那到底是她們的爹娘啊……

姚三春知道姚小蓮肯定會糾結，只是對於他們夫妻來說，他們只想盡快解決麻煩，而不是無止境地被姚大志夫妻糾纏。

至於影響姚三春姊妹名聲什麼的，從投胎成為姚大志夫妻的子女的那一刻起，她們的名聲就已經被毀了！

第十二章

第二日清晨，隔壁宋茂水家的大公雞便激情昂揚、抑揚頓挫地「咯咯咯」了好幾聲。周圍幾戶人家全在公雞大哥的召喚下爬起來，同時預示著新的一天又開始了。

姚三春三人早飯還未吃完，孫吉祥便拉著馬車過來了。

今天宋平生要去鎮上取床，而孫吉祥準備盡快去黃家提親，所以他也要去鎮上買些東西，再請個媒婆。

孫吉祥沒有親人，只有宋平生和孫鐵柱這兩個關係好的兄弟，這時候宋平生自然也要幫忙。

至於姚三春，外頭實在太曬，她是一步都不想踏出去，還不如留在家裡多磨製點農藥出來。

宋平生兩人在下午申時二刻回到村子，宋平生先去孫吉祥家把東西都卸了，最後才回到自己家，和姚三春姊妹倆一起搬卸最大最重的櫸木床。

不過這櫸木床實在太占地方，往堂屋一放下，他們連走路的地方都沒了，因為這間堂屋實在不寬敞，最後實在沒辦法，他們只能又將櫸木床翻起靠在牆上。

好在宋平生見天氣炎熱，去鎮上時還買了一張竹床，倒是剛好能用一段時間。

宋平生擦拭竹床的時候，姚小蓮戳戳姚三春，然後指指木板車上的二胡。「姊，那是啥？姊夫買那個幹啥啊？」

姚三春順著她指著的方向看過去，腦子裡回想起宋平生曾經說過的話，當即如遭雷擊。天啊，她是真的不想跳廣場舞，她是真的真的真的不想聽自己男人拉二胡啊！她會沒命的！生命如此美好，她為啥非要聽他拉〈小白菜〉、〈愁啊愁〉呢？

不過宋平生顯然不懂姚三春心中的絕望，眉目舒展，清潤的眼眸神采奕奕。「姚姚，我挑了許久的二胡，從明天起，咱們強強聯手，開始表演吧！」

「……」姚三春一臉生不如死的表情。不，我還是跳個河壓壓驚吧！

姚小蓮全程茫然。我是誰？我在哪裡？你們在說啥？

之後姚三春都處於半游離的狀態，就連宋平生給她買的面脂面膏之類的都提不起興趣。忙忙碌碌，一下午的時間又過去。

金烏西墜，倦鳥歸巢，火熱了一天的陽光終於逐漸散去，外頭隱隱有了一絲涼意。

這時候，仍在田地裡的莊稼人若是有時間，不若駐足片刻，背著金色霞光坐在田埂上，光著腳在水田或是小溝渠中泡上一泡，聞著周圍水稻、野草混合著泥土的清香，那絕對相當愜意。

若是還有時間，還能觀賞蜻蜓立於稻葉，自在輕鬆，還會有幾隻白鷺或飛或停，步伐愜意懶散地在田裡啄食，甚至有那膽子大的白鷺，直接單腳立在吃草的牛後背，那姿態可是相當神氣。

眼見外頭日光漸衰，宋平生便去後頭的菜園子摘些蔬菜，準備晚上繼續做油煮蔬菜這些。

宋平生蹲在菜園子的時候，背後突然有腳步聲接近，到了跟前卻又停住。

宋平生扭頭看去，隨即露出意外的神情，因為來人竟然是田氏。

田氏應該剛從打穀場過來，褲腿上還零星黏著幾粒稻穀以及雜草，她跟宋平生的視線對上，表情略有些不自在，不過看到有活兒，便立刻過去幫宋平生拔小白菜，神情不自覺放鬆下來。

兩人各自沈默良久，田氏將小白菜帶著泥的根鬚用手掐掉，老葉、殘葉摘除，收拾得乾乾淨淨才遞給宋平生。

「平生，這畦小白菜的種子恐怕不太好，種出來的小白菜長得不順溜。」

宋平生接過白菜，目光在田氏塞著泥的指甲停留片刻，隨即移開視線，淡淡地道：「那時候身上沒啥錢，買的是陳年的種子。娘妳來是有事？」

田氏不怪兒子冷淡，理了理頭髮後，她垂下眸子。「沒啥事，就是晚上家裡沒事，你爹就讓我過來看看。」

宋平生挺直了腰，長眉一壓，嘴角含著一絲嘲弄，吊兒郎當地道：「喲，這是太陽打西邊出來，還是天上下紅雨了？老頭子他竟然記起還有我這個兒子？」

田氏表情苦澀，她如何不知道宋茂山弄這一齣很反常？但是往常宋茂山對她管制得非常緊，導致她都不敢經常過來看兒子，今天難得有機會，她也不管宋茂山有什麼目的，能來看看兒子總是好的。

宋平生只能沈默，片刻後他裝作不經意地提起田氏娘家，可是田氏卻不知想到什麼舊事，囁嚅半天也沒說出什麼，反而弄得眼眶通紅。宋平生不好多問，只能安慰幾句，後面便沒再說話了。

田氏跟萬千感情含蓄的父母一樣，表達情感的方式不是說出來，而是表現在日常生活中，所以田氏沒跟宋平生多說，進了老屋院子就開始收拾忙活。

姚三春夫妻倆雖然愛乾淨，但是姚三春從前的日子根本不需要自己動手，而宋平生又不是那麼細緻的男人，所以家中總有些拐角旮旯被忽視，於是田氏便對這些地方清掃擦拭。

姚三春望著田氏快站不直的腰，覺得不太合適便出口說了兩句，但田氏仍然沒停下手中的動作，就連宋平生也沒能阻止。

田氏幹活的樣子，辛勤得像一頭老牛。

直到天都黑了，田氏忙完手中的活兒，也沒留下吃飯，跟宋平生乾巴巴地說了兩句，隨後慢慢消失在夜幕中。

自從把姚小蓮帶回家來的那一天起，姚三春和宋平生就一直忙忙碌碌的，根本沒有多少閒暇時間，今天難得兩人都有空，於是夫妻倆便決定去找里正把地給買了。

夫妻倆看上的地距離孫吉祥家不遠，地勢平坦，面積寬敞，後面還有整片竹林，景色不錯。

孫長貴得知姚三春夫妻要買地，並且一開口就是四畝地，心中當即一驚。

要知道，一畝地就夠建兩進屋子加一個小院子了，他們夫妻倆竟然一開口就是四畝，眼睛都不帶眨眼一下的，看來並沒心疼花錢。

孫長貴嫉妒並慶幸，嫉妒的是宋家連一個二流子都比他家有錢，慶幸的是自己跟姚三春夫妻到底沒撕破臉，以後說不定還能沾光得點好處。

因為有這個心思，而且賣的土地他作為里正多少能得到一點好處，所以他這回還真是盡心盡力、忙前忙後，不到半天就將四畝地給丈量出來，只等明日去官府辦理手續。

只是孫長貴實在沒想到，他期盼的好處這麼快就來了，宋平生臨走之前就給他塞了二十文大錢！

對於二十文的意外之財，孫長貴自然是笑納了，與此同時，他對宋平生的評價也有了一絲改變。

這個二流子，也沒有他想像得那麼一無是處嘛！最起碼，出手比他老子大方不少！

日子照樣忙忙碌碌的過，每日營養餐、拉二胡及跳廣場舞、磨製農藥、侍弄莊稼、給棉花及芝麻、大豆除草……

轉眼間三天時間過去，這三天田氏每日都會來一次老屋，沒事也要擦擦抹抹，幫忙幹活，或是跟宋平生說說話，於田氏來說，也算是短暫的慰藉。

這陣子白日如流火，外頭熱得灼人，就連晚上睡覺都如同睡在蒸籠上，蒸得人汗水不斷，渾身黏膩，簡直讓人整夜難眠。

接連幾個難挨的夜，是夜竟然起風了，涼絲絲的晚風穿梭於屋舍與樹梢，姚三春家院外老樹被吹得沙沙作響，葉葉相擊聲一陣接一陣，就連此起彼伏的蟲叫聲都比平日多了一絲愜意與怡然。

雖然今夜明月時不時被烏雲遮擋，可滿天的星斗仍舊描繪出璀璨的星河，沈靜而美麗，於是宋平生決定在家多待一會兒，晚點再去孫吉祥家。

院子裡，姚三春姊妹坐在竹床上仰頭看星星閒聊，宋平生則靜坐一旁托腮看著自己媳婦。

周圍很靜謐，姚三春便挑起一個話頭。「小蓮，以後爹娘都管不到妳了，所以妳對以後有什麼計劃？」

姚小蓮被這個問題問住，一臉的茫然。「啊？計劃？啥計劃？」

姚三春耐心解釋。「就是妳有沒有想過，以後想幹啥？過什麼樣的日子？」

姚小蓮雙手放在膝蓋，雙腳晃動，理所當然地道：「姊妳這話說的！哪能幹啥？不就是找個人嫁了，然後生兒育女、養家餬口過日子唄！」

距離被父母賣掉已經過了一陣子，度過初期的迷惘和痛苦後，姚小蓮如今心情還不錯。

「嘿嘿嘿……姊、姊夫，我要求不高，不求對方長得好、條件好，只要嫁過去能吃飽肚子就行啦！你們說，我能找到這樣的人家嗎？」

姚三春欲言又止，一時不知道該怎麼說。姚小蓮的要求確實不算高，但苦就苦在她有姚大志這樣的父母，還有她被賣到黃耕田家一事，傳出去到底有些影響，這下恐怕更絕了別人娶她的心思。

敢娶姚大志夫婦的女兒？你是富得流油，不在乎人家吸你那點的血；還是窮得叮噹響，沒有便宜讓人家占？

再不濟，也得做得到宋茂山那樣，有手段讓姚大志夫妻絕了打秋風的想頭。

如若不然，憑什麼敢娶姚小蓮？是嫌日子過得太安逸，還是覺得自家銀子多？

好好活著，不好嗎？

宋平生作為男人，想法偏理智些，說話也更直接。「妳的要求不算高，不過在咱們縣，別人稍微一打聽就知道妳爹娘是什麼樣的人，繼而打退堂鼓也是正常的事情。再者，就算妳嫁了，可妳嫁得不夠遠，妳爹娘隨時可以上門打秋風，不行就天天鬧，這樣無止境的糾纏，就算妳忍得了，妳夫家又憑什麼忍？」

姚小蓮只是年紀小、閱歷少，並不傻，聽宋平生這麼一番直白的分析，小臉頓時煞白。

姚三春偷偷橫了宋平生一眼，摟住姚小蓮的雙肩，安慰道：「妳姊夫說的話，是話糙理不糙。咱爹娘就是那樣的性子，如果妳做不到對爹娘狠下心來，遠嫁或許是最好的選擇。以後妳就安心過妳的日子，逢年過節時再回來看看爹娘，該孝敬的孝敬，這和別人家嫁出去的女兒不都一樣嗎？」姚三春這番話算是揣摩著姚小蓮的心思來說的。

姚小蓮對父母到底是有感情的，讓姚小蓮跟姚大志夫妻斷絕來往不現實，若是她真將斷絕關係的話說出口，姚小蓮反而有可能更同情父母，繼而不願意遠嫁。

姚小蓮低頭不語。

月色模糊，姚三春見姚小蓮垂著頭沈默半天，過了半晌後又道：「當然，這只是我跟妳姊夫的想法，最後還得由妳自己決定。無論是好是歹，自己作決定才不容易後悔。」

說到底，她不是真正的「姚三春」，若她真是姚小蓮的親姊姊，或許會打著「為妳好」的由頭強迫姚小蓮聽自己的，遠離姚大志夫妻，可她不是。所以她只會提出自己的建議，最後作決定還得姚小蓮自己來。

簡而言之，她就是個普通人，不想背負太多，不想以後反被埋怨。

救出姚小蓮，並且給她再次選擇未來的機會，她想，她應該已經對得起姚三春原身了。

而宋平生作為和姚小蓮實際上沒什麼關係的人，心中並沒有什麼太大的負擔，直言道：「這事不急，妳自己慢慢想。」他瞅了姚三春一眼，接著道：「這樣吧，從明天起，妳幫我們磨製農藥，每天算妳二十文錢，妳慢慢攢也能攢下不少。妳姊跟我提過，成親時會再給妳添一點，以後無論妳嫁到哪兒，身上有點錢也能好過些。」

姚小蓮瞬間淚眼汪汪。「姊、姊夫，你們對我太好了！嗚嗚……」

昨天半夜下起雨，因此宋平生吃完飯就到田裡看水位去了。

姚三春在院外忙活沒多久，就陸續有人過來買五加皮殺蟲劑，有村裡人，也有村外的，幾乎都是三兩、半斤的買。

不得不說，宋平生上次免費送農藥的宣傳真的有些效果，村裡人用過後都覺得成效好，雖然價格貴，很肉痛，但到底棉花更重要，總不能因小失大。

姚三春家的農藥再經由村裡人向親朋好友推薦，自然有源源不斷的顧客過來，長此以往，便會有更多人知道姚三春家的農藥。

一上午時間，姚三春賣了三斤農藥，比起前兩日少了不少，全是因為這場雨。大雨能有效地減少害蟲，很多人家便覺得沒必要買農藥了。

就在姚三春以為上午可以結束營業的時候，吳二妮又滿面笑容地來了，她先對五加皮殺蟲劑一頓猛誇，接著又訴說催人給錢有多難，最後張口就說自己這次還要二十斤農藥。

姚三春差點氣死，想都沒想就拒絕了。上次拿了五斤還沒給錢，竟然還有臉再賒二十斤，她看起來像是冤大頭嗎？所以她態度很強硬，除非將上次的八百文錢結了，否則沒門！

吳二妮見姚三春態度實在強硬，最後沒辦法，又回家一趟拿了錢，而她交錢時的表情，不知道的還當她被割肉了呢！

錢到手，姚三春這才勉強給吳二妮又拿了十斤農藥。至於二十斤，她吳二妮還是洗洗睡吧！

吳二妮自然氣姚三春小氣難纏，但是她跟銀子又沒仇，最後還是得忍。

白日炎熱，半夜卻又是一場大雨突至，這讓姚三春家本就糟糕不堪的老屋變得更加一場糊塗，屋內的泥巴地泡在水中，直接成了一團軟爛，跟水田也沒多大區別了。

姚三春夫妻實在沒辦法，第二日天一放晴就將農藥的原材料全部搬到孫吉祥家暫放，以防止後面還有大雨。

上午三人正收拾爛攤子時，宋平東一進老屋院子，當即被眼前的一片狼藉給震到了，臉上震驚的表情好一會兒都沒收回來。

他知道老屋可能不太結實，但是沒想到今年會壞成這樣，根本經受不住任何風吹雨打，不過兩場雨就破敗成了這樣！

宋平東沒打擾正在忙碌的三人，在院子裡一言不發地站了一會兒後，突然扭身離開，再回來時身旁多了三個人，分別是羅氏、宋婉兒以及宋平文。

這回沒等宋平生他們發現，宋平東捲起袖子、褲腿就往裡走，一邊說道：「平生，咱們一起幫忙！」

宋平生跟姚三春正在搬被糊了黃泥巴的長條几，聞言頓住動作，視線掃過宋平文，並未多做停留，不動聲色地道：「大哥、大嫂，你們怎麼來了？家裡事情也多，我們自己能搞定。」

宋平東回道：「這兩天下雨，家中剛好閒了一點。」他走到宋平生跟前，聲音沈了下去。「咱們自家兄弟，家中這樣了咋不跟我說一聲？我這個做大哥的沒啥大本事，出點力氣活還是可以的！」

宋婉兒收回四處打量的眼睛，附和道：「就是啊！二哥，你家屋子都破成這樣了，就是乞丐住的破廟都沒這麼破啊！你跟二嫂昨晚咋睡得著啊？」

宋平文也道：「二哥，老屋這樣子住不了人的，不如回家住幾天吧？」

從某一方面來說，宋平文的態度就是宋茂山的態度。所以換言之，宋茂山這是突然腦殼壞了？

令宋平生和姚三春沒想到的是，宋平東竟然點了點頭，甚至表情中還有些許欣慰，倒是不見前陣子對宋平文的冷淡。

這下子姚三春夫妻真是意外了，這陣子到底發生了什麼事？不僅是宋茂山對他們夫妻突然轉變態度，就連宋平東和宋平文也修復關係了？

宋平生腦中有無數個問題，不過宋平文他們在，不方便問，便輕描淡寫地道：「吉祥不在家，我們這幾晚都在他家歇息，不妨事。」說完便示意姚三春繼續搬動長條几。

宋平生的態度未免太過冷淡！宋平東兩兄弟沒說什麼，但宋婉兒卻偷偷翻了一個白眼，嘴裡小聲嘀咕著。「二哥咋還這麼討厭？不識好人心！」

不過有人幫忙總是好的，七個人忙活一會兒後，算是將老屋勉強收拾出來了，至於其他的，就得看天氣如何了。

宋平文見事情辦完，便跟宋平生打招呼，然後急匆匆地回家溫書去了。

不得不說，宋平文對讀書倒是實打實的上心。

過了一會兒，姚三春拉著羅氏說話，院子裡只剩下宋平東兄弟二人。

宋平生兩腿交疊，沒個正形地跟宋平東說著話。「大哥，你跟平文又好了？」

宋平東弓著腰往木盆裡倒水，晃動兩下後再將泥水倒出去，直起腰後沒回頭，頓了頓才說道：「之前平文對咱娘漠不關心，我當然生氣，但他畢竟是咱們的親兄弟，又年輕不懂事，前幾天他主動跟娘和我道過歉，所以……再看看吧。」

宋平生默不作聲地挑了挑眉梢，倒也不見有多意外。宋平東是個重情義的人，否則宋平生原身混成那樣，他還不是照樣對二弟多有照顧，不見嫌棄？

宋平東沒聽到宋平生說話，回首看他，面有糾結。「平生，咱們仨是親兄弟，以後還要相互扶持！平文讀了這麼多年的書，我相信他不會沒有良心。」

宋平生不置可否，站直了身子，道：「或許吧。」宋平東曾經上不得檯面的二流子「二弟」，如今都踏實生活了，那他年輕不懂事的三弟犯個錯，又怎麼能不給機會改正？所以宋平生還真沒立場勸誡宋平東，最後索性閉上嘴。

反正宋平文到底是人是鬼，日子久了總會露出真面目的。

這日上午，姚三春和宋平生正在堂屋一邊磨農藥，一邊有說有笑地聊著天，姚小蓮則偶爾插上兩句話。

就在這時，孫吉祥突然跟猴子似地跳進院子，三步併兩步地跨進堂屋。

姚三春順著宋平生的目光看過去，只見孫吉祥激動得臉色泛紅。

姚三春跟他也熟了，便笑道：「吉祥，撿到銀子了？怎開心成這樣？」

孫吉祥擺擺手，斜坐於長凳，重重吐氣，臉上帶著掩飾不住的喜色。「嗨！大喜事啊！老宋，這陣子你們恐怕又有得忙了！」

宋平生停下手中動作。「到底什麼事？」

孫吉祥直搓手，激動不已地道：「老宋，我遇到一個人，他說想買你們的農藥，而且還是兩千斤！兩千斤啊老宋！」

這下子姚三春姊妹都放下碾盤了，臉上表情驚訝不已，因為她們都沒想到孫吉祥竟然能一次拉到這麼大筆的生意，甚至比上回劉青山買的還要多得多！

宋平生拿起濕布擦擦手，一邊扯唇壞笑。「喲，吉祥你這回是走了啥狗屎運，竟然一口氣就要兩千斤？快跟咱們說說！」

孫吉祥也不惱，反而興致勃勃、口若懸河地說了起來，中間其他人想插話都插不進去。

孫吉祥說了好大一通廢話，可簡而言之，就是他去大狗村找黃玉鳳，路上偶然跟一個商人遇上，他這個人沒別的毛病，就是話特別多，因此三言兩語就跟這個商人混熟了。吉祥粗中有細，侃大山的時候數次提起農藥，就引起這個商人對五加皮殺蟲劑的興趣。不過這個商人並沒有完全聽信孫吉祥的一面之詞，他剛好要經過大豐縣訂茶葉，到時自會打聽一番，如果情況屬實，三天後他便會來老槐樹村一趟，到時候最少會訂下兩千斤。

對孫吉祥來說，這事就是板上釘釘跑不了了，那個商人絕對會過來，所以才張口就說是兩千斤。

宋平生垂眸思索，按照孫吉祥所說，這個叫張順的商人應該是途經中部，最終去往西南方向，而西南地區還有更大的茶葉產區，如果恰逢秋茶鬧茶尺蠖，那他的五加皮殺蟲劑絕對能大賺特賺！就算那邊今年沒有蟲災，茶農們一般也都會買些農藥回去備著，以防萬一。而西南地區的茶葉產區那麼大，張順要消化掉兩千斤農藥也不是什麼難事。

無論如何，買回農藥最起碼不會吃虧，甚至還有很大的可能能賺一筆。商人重利，張順沒理由將賺錢的機會拒之門外。

宋平生認真分析一番後，也覺得這兩千斤的生意該是十拿九穩了。

孫吉祥半天都沒等到宋平生的答覆，有些急不可耐，曲著手肘戳戳宋平生。「老宋？咋不說話啊？」

宋平生甩甩手，隨之勾唇一笑，慢條斯理地回道：「我家農藥存貨也就四、五百斤，五加皮遠遠不夠，看來我還得多收購些。」

孫吉祥聽他這麼一說，自然知道宋平生的意思，嘴巴很快地咧到耳後根去，雙眉一抬，得瑟得不行。「這回老子厲害了吧？你大哥還是我大哥？哈哈哈……」

宋平生和姚三春看向他的眼神就如同在看一個傻子。

孫吉祥笑了好一會兒，才正色道：「五加皮不夠用，要不要我幫忙？」

姚三春道：「吉祥，你還是先忙你提親的事吧，收購五加皮這事我們自己來。」

宋平生也頷首。「這事等你提親完後再說。」

孫吉祥便沒再糾結，而是歡天喜地地回家，為提親做準備去了。

到了中午，孫鐵柱和吳二妮突然出現在姚三春家的院子裡。

姚三春將最後一口蒸南瓜吃掉後，拍拍手招呼道：「鐵柱哥、吳嫂子，你們咋來了？中飯可吃了？」

孫鐵柱瞥向吳二妮，神色略有些尷尬。

吳二妮卻神情自若，走過去甚是親熱地拍了下姚三春的胳膊，笑道：「吃過啦！咱們進堂屋說，大毛他爹有事要拜託妳男人呢！呵呵……」

孫鐵柱的臉色更加尷尬了，但是在外頭又不好發作，所以忍耐得很憋屈。

姚三春不動聲色地笑了笑，轉身後朝堂屋裡頭的宋平生使了個眼色。這個吳二妮一上門就準沒好事，說不好又是來占便宜的！

宋平生明白姚三春的意思，他對吳二妮同樣沒有好感，若不是孫鐵柱人還行，他絕對不會搭理吳二妮這種人。

可惜吳二妮對自己討人嫌的性子並沒有深刻的認知，進堂屋後又是一頓天花亂墜的吹捧，從宋平生天生不凡，連神仙都眷顧，以後一定會發大財，一直吹到姚三春越來越白，越來越好看，一看就是有福氣的相，就連姚小蓮都被順帶誇了，說她勤勞聰慧，長得清秀，誰娶到她也是有福了。

姚小蓮第一次被人這樣誇，做不到姚三春夫妻巍然不動的氣勢，當即羞得臉色泛紅。

不得不說，吳二妮這人吹得雖然誇張，但也不是完全沒有效果的，最起碼姚三春他們一時間還真不好對吳二妮說什麼難聽的話。

吳二妮誇人的話不要錢地往外湧，最後還是孫鐵柱實在聽不下去了，眼神嚴厲地制止吳二妮繼續廢話。

宋平生倒是沒太放在心上，朝孫鐵柱笑道：「鐵柱哥，你跟嫂子先坐下，有事咱們慢慢說。」

孫鐵柱夫妻落坐。

從頭到尾吳二妮一直朝姚三春夫妻笑，臉都快笑裂了，目光還數次掃過姚小蓮。

姚三春的臉色漸漸冷下來，因為吳二妮打量姚小蓮的目光太放肆了，就好像在掂量一件貨物價值幾何一般。

孫鐵柱跟姚三春相處不多，在他眼裡，姚三春還是從前那個愛掐架的潑婦，他見姚三春臉色不對，便偷偷在桌底下踢了吳二妮一腳。

吳二妮暗瞪孫鐵柱，咬牙切齒地笑道：「大毛他爹，你不是說要跟平生兄弟商量五加皮的事嗎？還不快說，別耽誤人家吃飯！」

孫鐵柱被噎了一下，奈何話被吳二妮說到這個分兒上，他也無法再避，只能笑得有些尷尬，摸著大痣說道：「平生，是這麼回事，上午吉祥跟我說你們要大量收購五加皮，所以我就過來問問。吉祥他忙著提親沒時間，要是需要幫忙，你們也可以跟我說！」說著拍拍胸口。

吳二妮的笑容僵硬一瞬，來之前她可不是這樣說的！她讓孫鐵柱直接跟宋平生張口要，說他們可以攬過收購五加皮的活兒，到時宋平生也不好拒絕，誰知這個死鬼竟然在關鍵時刻掉鏈子，簡直氣死人！

姚三春的目光在孫鐵柱和吳二妮之間來回，一看就看出其中門道。這吳二妮還真是無事不登三寶殿，來她家就從沒有空手而歸過。

宋平生和姚三春對視片刻，見她輕聳下肩表示無所謂，便回頭對孫鐵柱道：「鐵柱哥，你跟嫂子願意幫忙，我自然是求之不得。」反正他們夫妻的確忙不過來，收購五加皮這事最終還得請人幫忙，而孫吉祥不得空，宋平東也沒時間，目前來看，也只能找孫鐵柱了。

吳二妮頓時大喜過望，激動不已。孫吉祥說宋平生這回想多收些五加皮備著，恐怕至少也要兩、三千斤，那得要多少錢啊！

宋平生不著痕跡地掃了吳二妮一眼，不疾不徐地道：「這樣吧鐵柱哥，待會兒我給你拿二兩銀子，到時候你給我送來一千斤五加皮就行，其他的我們不管。」

五加皮這東西打秤，一斤並不要兩文錢，多出來的就當是給孫鐵柱的辛苦費，至於掙多掙少，那就靠孫鐵柱夫妻自己了。

當然，他對五加皮的實際需求要多得多，但他決定還是謹慎些好，若是孫鐵柱夫婦這回辦得好，下回他再多說一些也無妨。

吳二妮一聽只有一千斤，笑意淡了些，還想說什麼，卻被孫鐵柱搶了先。

孫鐵柱豪氣干雲地保證道：「兄弟你就等著看吧，我保證都給你辦妥咯！呵呵呵……」

吳二妮暗自惱怒，不過她腦子轉得飛快，算著這回至少能掙個兩百文，甚至可以更多，心中那股怨氣便淡了些許。

拿到二兩銀子後，孫鐵柱夫婦開開心心地離開姚三春家。

姚三春三人這才重拾筷子吃飯。

孫吉祥提親後的第二日，那位叫張順的商人來到了老槐樹村，一口氣就要訂三千斤農藥，竟然比此前說的還要多一千斤。

姚三春他們不知道的是，這位叫張順的商人去到大豐縣那邊後，和他接洽的剛好就是劉青山。劉青山和張順合作多年，得知張順在打聽農藥的事情，便事無巨細地交代了，順便還誇了宋平生他家的農藥有多好用。

茶山老闆只誇農藥兩句，效果卻比孫吉祥說一萬句話都頂用。這個張順發家靠的就是毒辣的眼光和過人的膽識，所以他當下就明白了，買這農藥穩賺不賠！

也正是因為如此，所以張順才一口氣就要了三千斤。

不過三千斤於他而言算不上大手筆，也就四百八十兩銀子罷了。

相比於張順的淡定，姚三春夫妻還是相當激動的，他們相信在這個時代酒香不怕巷子深，好東西遲早會被世人所發現，不過他們真是沒想到張順一開口就是三千斤！

除此之外，張順還要求他們十天內就要交貨。

這於姚三春他們來說，不管是材料還是時間，都有些太緊張了。

不過有錢不賺是傻子，十天內交三千斤農藥雖然不容易，但也絕對不是不能完成的事情，於是姚三春夫妻便點頭答應了。

因為涉及的農藥太多，所需要的材料費都是一筆不小的花費，所以宋平生還要求和張順訂立合同，並且預付三十兩訂金。

張順猶豫了一下，最終還是點頭同意。

在宋茂水的見證下，宋平生和張順訂立好合同後，接下來就是解決材料的事情了。此前他們讓孫鐵柱收購一千斤晾乾的五加皮，目前也才收到一百斤而已。

因為很多人家之前根本不認識這東西，現在聽說五加皮賣了居然能掙錢，這才有人開始挖，但是五加皮挖回來還得處理晾乾，少說也得三、四天。這也得幸虧天氣炎熱，否則還真不知道要曬到猴年馬月。

好在收購五加皮的消息傳了出去，現在老槐樹村以及周圍幾個村子都知道了，村民們只要一得閒便會去山上挖五加，甚至連小孩子都幫著忙活。

所以越往後，收購五加皮應該就更容易了。

也是經過這事，姚三春夫妻更加明白存貨的重要性，所以夫妻倆商量後決定，將此次收購五加皮的重量由兩千斤提到六千斤，其他原料也要相應增加。

因為需求的增加，收購材料的範圍自然也要隨之擴大，於是姚三春夫妻準備再找個人去稍遠的地方收購五加皮，而孫鐵柱收購的重量也要增加到三千斤。

宋平東抽不開身，這事最終還是落到了孫吉祥頭上。

轉頭宋平生再將四兩銀子送到吳二妮手中時，吳二妮自然是喜不自勝，又是一番天花亂墜的馬屁。

可是當她得知孫吉祥也要開始收購五加皮，雖然他會去稍遠的地方，心裡到底不舒坦。

要是沒有孫吉祥的參與，她家豈不是能賺得更多？

宋平生自然注意到吳二妮的笑容淡了下去，甚至還有些不高興。他暗中搖頭，這個吳二妮貪財、小心眼就罷了，竟然還是個不知滿足、不知感恩的東西。

若不是看在孫鐵柱的面上，他絕對不會和吳二妮這種人打交道，而現在他的心思也是越來越淡了。

不過宋平生目前沒時間浪費在這裡，他轉頭又將六兩銀子拿去給孫吉祥。

孫吉祥胸口拍得「磅磅」響，保證會早日完成！

辦完這些後，宋平生便又急急忙忙去鎮上購買其他材料，石膏、石灰、信石、碾盤之類的工具，還有淨手的……真是裝了滿滿一馬車，甚至馬車都有些不堪重負了。

這夜，姚三春夫妻倆美美地睡了一覺。

第二日天剛矇矇亮，外頭靜悄悄的，姚家三人卻都起來各自忙活去了。

姚小蓮負責煮早飯。

姚三春在村子裡逛了兩圈，將自家磨製農藥需要招人的消息散佈出去。其實不用她多說，昨天張順過來，很多人都猜測姚三春家又有生意上門了。

宋平生也沒閒著，村裡人忙著雙搶的最後階段，肯定招不到足夠的人手，所以他還得去隔壁幾個村跑一趟。

反正招人磨製農藥這事，寧多不寧少，磨製多了剛好當存貨，可以為秋茶做準備。

從這日下午開始，姚三春家放下手中一切事務，正式進入忙碌狀態，姚三春家三人和招來的十三個人全心全意投入到磨製農藥中去。

接下來的日子是極其忙碌的，姚三春家三人加上請來的十三人都忙著磨製農藥，每天天一亮就要開始，中午就在姚三春家吃口飯，完了繼續上工，直到天快黑才各自回家。

不過姚三春夫妻要更勞累一些，因為除了磨製農藥，他們還要多費心注意人員的衛生安全，還要防止別人混水摸魚、順手牽羊之類的，畢竟人多了，什麼事都有。

不僅如此，待其他人回家休息後，姚三春夫妻仍是點著油燈磨製農藥，因為他們還想多磨製些，為秋茶做準備。

三、四天之後，孫吉祥和孫鐵柱收購的五加皮陸續送到姚三春家，姚三春夫妻終於能鬆口氣。

一連忙碌八天後，加上此前的四、五百斤存貨，三千斤的農藥終於準備出來了。在磨製農藥期間，不僅是他們請的十三人，宋平東夫妻和宋茂水等人都多有幫忙，甚至宋平文都象徵性地磨了幾斤。

這一日早上，姚三春家還在吃早飯，張順便帶著兩輛馬車趕到老槐樹村，來得不可謂不急，不過也可以理解，畢竟西南地區路途遙遠，路上若是耽擱久了，他買的農藥趕不上秋茶，那可就糟糕了！

張順是個守時且很重視時間的人，他來時已經做好姚三春一家還在趕工，會拖延半天才交貨的準備，所以當他看到姚三春家不僅按時交貨，而且農藥全都包裝好時，當即對姚三春夫妻倆好感度猛增，所以掏錢的時候也是很爽快。

姚三春夫妻知道，第一次合作至關重要，只有顧客滿意，下次合作才會更順利，因此張順滿意，他們自然開心。

不過姚三春夫妻最開心的還是尾款四百五十兩到手，他們家終於脫離貧困線，以後再也不用餓肚子，生活只會越過越好啊！

姚三春夫妻不是那種巴著錢不放的人，貨款一到手，宋平生便將該屬於孫吉祥的四十八兩提成給送了過去。

幾錠白銀擺在孫吉祥眼前，孫吉祥一把摟在懷裡，忍不住親了又親，那股親熱勁，不知道的還當他抱著自己的親生孩子呢！

沒辦法，誰讓他從來沒見過這麼多錢呢？

除此之外，姚三春夫妻還拿了五百文給姚小蓮，無論是誰，還是手裡有錢更有安全感。

至於宋平東和羅氏他們，來幫忙純屬自家人相互照應，拿錢反而顯得生分了，還是回頭請他們吃飯更能維繫感情。

姚三春家出售農藥的事情告一段落，可是村子裡的話題卻剛剛開始。

姚三春家的農藥眾所周知不便宜，這回姚三春家請這麼多人忙活這麼多天，買農藥的商人甚至用了兩輛車來拉農藥，可想而知該賣了多少啊！

這下子村裡人全都知道，宋家老二兩口子這回真是發財了呀！

一天時間不到，老槐樹村周圍的幾個村子便全都傳開了，並且傳言還有越傳越寬廣的勢頭。

對於這個態勢，姚三春夫妻喜憂參半，喜的是借著這陣東風，自家農藥的名頭得以傳開；憂的是萬事只要跟錢掛上鉤，眼紅的人便多了，以後恐怕少不了遇上什麼么蛾子。

但是他們知道這種事是沒法避免的，他們能做的只有做好自己，兵來將擋，水來土掩。

忙完這陣子，姚三春夫妻便去了鳳凰縣遊玩幾天，放鬆放鬆心情，只是他們遊玩歸來才回到村子，就有熱心的村裡人湊了上來。

「平生、平生媳婦，你們可回來了！你們家攤上事了！」

「那朱桂花被你家的捕獸夾夾到小腿，腿都被夾斷了！」

「孫本強那兩口子可不好對付，你們這回恐怕要吃虧咯！」

姚三春和宋平生聽了一會兒，卻出人意料的冷靜，臉上不見有任何急惶之色，彷彿並不害怕一樣，這讓幾個村民著實摸不著頭腦。

不過宋平生並沒有解釋的意思，他低頭在姚三春耳邊低語幾句，姚三春點點頭跳下馬車，而後宋平生突然掉轉馬頭，再次往鎮上方向疾馳而去。

姚三春獨自往回走，到了自家門前卻發現大門緊閉，敲了好一會兒門才從裡頭打開，然後姚小蓮探出頭來，露出一張無精打采的臉，且眼下發黑，顯然是沒睡好。

姚小蓮見姚三春終於回來，眼睛亮了一下，一把抓住姚三春的胳膊，緊張地道：「姊，你們不在的這兩天，村裡有人進來偷東西，結果進庫房的時候被捕獸夾夾到腿，都鬧到里正那兒去了！這回我可被嚇死了，妳說這可咋辦啊？」

姚三春輕聲安慰幾句。「不用擔心，這事我跟妳姊夫心裡有數。」

回來之前姚三春已經釐清事件經過，不過是朱桂花得知他們夫妻出門，家中只有一個小姑娘，所以半夜過來偷東西，誰知東西沒偷到，反而先被捕獸夾給夾到腿，偷雞不著蝕把米。如此看來，上一次來他們家偷東西的很有可能也是朱桂花！

姚三春心中大概有了章程，所以並不是很焦慮，她轉而跟姚小蓮說其他的事。

「我跟妳姊夫不在的這幾天，除了小偷這事，其他還好吧？婉兒說要過來陪妳，想來晚上應該不是很怕？」

姚小蓮的頭立即搖得跟撥浪鼓一樣。「姊，妳可別說了……」說著降低聲音，小聲嘀咕道：「她第一晚過來，待了一會兒便嫌屋裡霉味重，又說蚊子多，所以她就回去了。」

姚三春聞言一陣無語，前幾天信誓旦旦說要來陪姚小蓮過夜的又是誰？不過她向來這樣，說風就是雨，姚三春也不覺得有多意外了。

姊妹倆沒說多久，田氏、宋平東夫妻、宋平文、孫吉祥、孫鐵柱夫妻全都來了，他們見宋平生不在家都很奇怪，不過姚三春並未透露他的行蹤。

又過了一會兒，里正孫長貴也來到姚三春家，自然是為了朱桂花斷腿的事情，不過他態度倒是還好，並沒有為難姚三春，但還是要求姚三春現在就去孫本強家看一眼，因為孫本強夫婦已經找他鬧了好幾次，讓他簡直煩不勝煩。

姚三春一群人很快到了孫本強家的院子，不僅如此，他們身後還跟著一群看熱鬧的村民，一個個站在那兒翹首以盼等吵架的。

孫本強的腿才好全，慢吞吞地從裡屋出來，一見姚三春還帶這麼多人過來，不屑地冷哼道：「姚三春，別以為妳帶這麼多人過來我就會怕妳！我媳婦腿都斷了，恐怕這輩子都只能跛著腳走路，你們家今天必須給個說法，否則我咒你們夫妻倆不得好死，子子孫孫都是短命鬼！」

孫本強說話時，他兒子狗蛋跟女兒金桃就站在一旁攥著孫本強的衣襬，嘟嘴憤憤地瞪向姚三春。

周圍村民有人暗自搖頭，這孫本強還真是橫慣了，狗嘴吐不出象牙來！明明是他家占理的事情，他非要污言穢語地先將別人痛罵一頓，要壓人家一頭，可是外人聽到後只會覺得他嘴巴臭，然後便不想幫他說話了。

姚三春面不改色，全當沒聽見。「凡事皆有先有後，有因有果。我家的捕獸夾在家中放得好好的，它沒腿，又不會自己跑出來，怎麼就夾到了朱桂花腿上？」

孫本強臉色難看，磨了磨牙，伸著食指指著她，激動道：「少說屁話！管他什麼原因不原因的，老子只知道，我媳婦在你們家被捕獸夾夾到，腿都廢了！在你們家出的事，你們家就得負責到底！懂了嗎臭娘們？不懂就把妳男人叫過來，我懶得跟一個娘兒們廢話！」

宋平東濃眉皺起，不悅道：「孫本強，你說話給我放客氣點！」

孫本強惡聲惡氣。「我媳婦腿都斷了，你還讓我對她客氣？宋平東，你他娘的也說得出口？果然是蛇鼠一窩！」

眼見兩個男人快要打起來，羅氏趕忙拉住宋平東，別最重要的事情沒解決，又添新的事端。

姚三春朝宋平東夫妻使眼色，示意他們少安勿躁，轉而冷冷瞥向孫本強，冷笑道：「咱們沒必要拐彎抹角，朱桂花做賊偷到我家去，結果被放在倉庫裡的捕獸夾夾住腳，這叫什麼？這就叫活該啊！我們還沒找你們麻煩呢，你竟然還有臉找我們？呵……」

孫本強有恃無恐，鼻孔朝天，完全一副無賴嘴臉。「我媳婦偷妳家啥了？妳家又丟了啥東西了？啊？我媳婦根本沒拿你們家一分一毫，反而受了傷，妳在這兒瞎嚷嚷啥？該嚷嚷的是我才對！」

孫本強這話簡直無恥至極，言下之意：雖然我媳婦想偷東西，但是她還沒偷到啊，偷竊的事實不成立，那你們就沒立場怪我媳婦！

姚三春簡直被氣笑了，抱著胳膊諷刺道：「既然你這麼不講理，那我也不跟你客氣！你不是說捕獸夾傷到朱桂花嗎？那你找捕獸夾去啊，又不是我們夫妻動的手。你放心，捕獸夾歸你們，要殺要剮，熬湯紅燒都悉聽尊便，我們夫妻絕對不干涉！」

孫本強的眼睛簡直快冒出火來。「妳這個臭娘兒們，牙尖嘴利，就是欠抽！」說著竟然抬起手，作勢要打姚三春。

孫吉祥先宋平東一步伸手控制住孫本強，滿含威脅意味地瞪著孫本強。「動手打女人，你是不是男人？給我放客氣點！」

宋平東夫妻和孫鐵柱全都站上前來，目光不善地盯著孫本強。

孫本強這番猛如虎的操作，成功地將本來還有些同情朱桂花的人勸退，覺得就這對夫妻的品行，斷腿斷胳膊簡直就是活該！根本不值得同情！

孫本強用力推開孫吉祥，臉上的暴戾之氣簡直讓人看之生畏，索性不管不顧地道：「姚三春，妳別躲在後面偷當縮頭烏龜！我告訴妳，我媳婦腿斷了，你們必須賠錢，否則我就去告官！不把你們名聲搞臭，我不姓孫！」抱臂冷睨，眼中狠氣四溢。

孫長貴目光投向姚三春，為難地道：「平生媳婦，妳看這事鬧的。不管咋樣，咱們村幾百年的名聲不能被毀了啊！要不，你們就賠點錢得了，我看到朱桂花那腿，確實被夾得不輕呢！」

姚三春不悅地瞥了孫長貴一眼，這個里正怎麼一點本事也沒有，就知道和稀泥來息事寧人？

孫本強仍不滿意，沈聲強調。「不是傷得不輕，是斷了！我媳婦一輩子都毀了，你們以為一點錢就能將我們打發了？我告訴你們，沒有一百兩，這事沒完！」

這下包括宋平東他們，周圍所有人都倒抽一口涼氣。一百兩？這是多少人家攢半輩子都攢不到的錢，孫本強的胃口可真不小啊！

若真是跛一條腿就能換來一百兩，恐怕有很多人搶著被捕獸夾夾吧？

姚三春輕扯唇角，笑得有些嘲諷。「說來說去，你還不是想要銀子罷了，又何必假惺惺地裝作關心媳婦？」

「妳！」

姚三春卻不理他，兀自往孫本強家的木墩上一坐，語氣平靜地道：「等我男人從鎮上回來，自會給你一個交代。」

孫本強還欲再說，可是姚三春卻直接扭過頭，根本懶得理會他，又把他氣個半死。

眾人等了將近半個時辰，宋平生終於趕著馬車回到村子，並且馬車上還坐著一位揹著藥箱的老頭子，看樣子應該是個大夫。

宋平生領著大夫往孫本強家的院子一站，雖然孫本強極力掩飾，可還是流露出幾絲心虛氣短來。

不過其他人卻沒太明白這是在幹麼？

宋平東上前問道：「平生，你咋叫個大夫來了？」

宋平生笑道：「剛回村子就聽鄉親們說朱桂花被我家的捕獸夾夾斷了腿，以後恐怕就是個跛子，可是我家的捕獸夾是特製的，且經過多次試驗，是絕對夾不斷人的腿，所以為了證明我們夫妻的清白，我特意去鎮上回春堂請來盛大夫，讓他為朱桂花診治一番。」

宋平生這番話包含太多意思，周圍村民忍不住往深處想。原來姚三春家的捕獸夾根本沒那麼大的殺傷力，那她朱桂花叫得那麼慘，夫妻倆口口聲聲腿都夾斷了又是怎麼回事？唯一的可能性就是，朱桂花去姚三春家偷東西，沒想到東西沒偷到，反而被捕獸夾夾到腿，他們眼看要被人發現了，乾脆就將計就計，裝作受了重傷的樣子，到時候姚三春夫妻不僅怪不了他們，而且還要賠錢，簡直一舉兩得！

無論如何，結果都不會比做賊卻當場被抓更慘不是嗎？

眾人交頭接耳，議論紛紛。

只有孫本強一人手心冒汗。事情怎麼會變成這樣呢？

宋平東他們見宋平生有備而來，皆是鬆了一口氣，剩下的情緒便只有對孫本強夫妻的無限鄙夷了。去平生家偷東西不算，竟然還想訛詐人，簡直是喪了良心！心腸比臭水溝還黑還臭！

宋平生扯唇，似笑非笑地走過去。「孫本強，大夫我給你叫過來了，就麻煩盛大夫給朱桂花看看吧，孰真孰假，自有分曉。」

孫本強嚥了嚥口水，忍不住想起幾個月前被人打到下不來床的恐懼，宋平生眼神沈靜冷淡，沒有太強力的攻擊，可偏偏瞧得他頭皮發麻，壓力倍增。

孫本強見躲不過，最後只剩下耍無賴一條，他擋在自家門前，臉上拉出蠻橫的線條，不管不顧地道：「什麼盛大夫？誰知道你是不是給他塞了好處，讓他幫你們說話？以我看，你們分明是蛇鼠一窩、不安好心，就是不想賠錢！」

宋平東看不下去。「好你個孫本強！說被捕獸夾傷到的是你們，說斷腿的也是你們，從頭到尾平生兩口子啥都沒看到！你們嘴皮子一碰就要一百兩，你當平生兩口子是冤大頭啊？」

孫吉祥抱著胳膊恥笑道：「堂哥，還是讓盛大夫給堂嫂看看吧，看完順便也給你看看，看看你們是不是得了瘋病？想人家的錢想瘋了才得的病！」

周圍村民頓時一陣哄笑，幾個不懂事的小孩子更是巴掌拍得老響，「格格格」地亂笑，顯得孫本強無比的可笑。

孫本強見自己被人當成笑話，當即臉色臭得不行，咬牙切齒地回擊。「這是我們兩家的事，旁人插什麼嘴？狗拿耗子，多管閒事，滾一邊去！」

姚三春在一旁等得不耐煩，乾脆將孫長貴給拉下水。「里正，咱們村你地位最高，最有威嚴，你快說句話呀！」

眾人瞬間被點醒，目光齊刷刷地看向孫長貴。是啊，村裡出了這麼大的事，他里正不出面，誰出面？

孫長貴本來還想以逸待勞，讓宋平生夫妻自己將事情擺平，現在也不得不站出來了。他清了清嗓子，道：「本強，這事原本就是你家做得不地道，現在平生特地請了回春堂的大夫，再說還有咱們這麼多人看著，你就讓盛大夫進去看看吧！」說著，語氣陡然嚴厲起來。「否則，我就當你們作賊心虛！」

孫本強懟天懟地懟空氣，梗著脖子道：「里正，你是不是收了他家啥好處？還是看人家發財了想巴結？咋都幫他家說話？我告訴你們，老子不服！你們全都針對我家！」

孫長貴當了這麼多年里正，在村裡威嚴甚重，誰家不給他幾分薄面？現在一個小輩竟然對他這般無禮放肆，這叫他如何能忍？

不過孫長貴這個里正也不是吃素的，他胸口憋著一股氣，眉毛卻都沒動一下，肅著臉道：「你少跟我說這些虛頭巴腦的玩意兒，當我吃撐了愛管你家的事情？我告訴你，你媳婦幹出偷竊這等下三濫的事，事關咱們老槐樹村的名聲，我絕對要嚴查到底！不能讓你們這顆老鼠屎害了咱們全村受連累！」

孫本強根本沒有其他辦法，只有繼續耍無賴一途，當即嚷嚷得更凶了。「不行！你們都是宋平生請來的狗腿子！不安好心！你們這些黑心爛肺的玩意兒，遲早會遭報應的！」

孫長貴臉上的溝壑顯出幾分狠厲，直接大手一揮，指示旁邊的小輩年輕人，道：「你們一起把孫本強給我捉住！今天必須讓盛大夫給朱桂花看病！」

幾個年輕人得到指示，當即一擁而上，沒一會兒就將孫本強捉住，只是有兩個人還是被孫本強揍了一、兩拳。

孫長貴不再看孫本強，包括盛大夫在內，一群人烏泱泱地往屋裡頭擠。

姚三春和宋平生相視一笑，這事交由孫長貴出面，他們看著就好，省時省力。

沒一會兒，朱桂花所在的屋子裡傳來一聲殺豬般的慘叫聲——

「啊！疼死老娘了！我的腿……」

第十三章

盛大夫一言難盡地看著朱桂花。「這位嫂子，妳的小腿不過是被夾破流了點血而已，骨頭一點事情都沒有，妳哭得這般慘幹啥？」

朱桂花臉一僵，隨即就當沒聽見，繼續鬼哭神嚎，不知道的還當她得了不治之症呢！

姚三春根本不理會她，轉身朝村民道：「大家都聽到了吧？朱嫂子中氣足得很，盛大夫也說了她腿根本沒斷，這兩口子鬧這一齣，分明就是想騙錢！得虧我們提前有預防，又有大家和里正的支持和幫助，否則我們夫妻真是六月飛雪，冤枉得很啊！」

周圍村民瞬間炸開來，鬧哄哄吵作一團。

「朱桂花，妳還裝啥裝？都露餡兒了！真當別人是傻子啊？」

「幹的這叫啥事啊？做賊不成還想賴人家，咱們村咋有你們這種人？心黢黑的，真不是個東西！」

「就是，以往你們夫妻作威作福咱們都忍了，現在竟然當賊？被人告到官府，你們肯定要下大牢，到時候咱們全村人的名聲都被你們連累了！」

「噁心巴拉的夫妻倆！做賊的一輩子都是賊，生的孩子也是賊！」

「里正，前幾天我家菜園子少了好幾個香瓜，肯定就是她偷的！你一定要替我作主，最好讓他家抬不起頭做人……」

眼看其他人越說越過分，孫長貴重重咳嗽兩聲。「好了！丟幾個香瓜還瞎嚷嚷啥？你怎麼不先問你家孩子偷吃幾個！」

那人撇撇嘴，到底不好跟孫長貴硬碰。

孫長貴最後將目光投向宋平生。「平生，現在大家都知道是孫本強兩口子冤枉你，你想咋辦？」

宋平生冷冷地道：「那就告官吧！省得窩囊！」

孫長貴的眉頭一下子皺了起來。

朱桂花一時間都忘了哭鬧，似是被宋平生這話給鎮住了。

孫本強被人鬆開，這下子急了，到底沒了剛才的氣勢。「你家啥東西都沒丟，你憑啥告官？咱們鄉里鄉親的，得饒人處且饒人，有必要鬧得這麼難看嗎？」

周圍村民有人「喊」了一聲，前面還裝得跟啥一樣，一聽到「官」字，腿馬上就軟了，還真是外強中乾，讓人瞧不起啊！

不過宋平生連正眼都沒看孫本強，就當他是空氣。

孫長貴沈著臉，想了半晌才說道：「平生，我知道這事你們夫妻受累了，孫本強兩口子確實該罰，不過咱們到底是一個村的，這事鬧大了也不好看，咱們還可以想其他的處理辦法，你說是嗎？」

宋平生無奈地嘆口氣。「既然里正都開口了，而且我也不想村裡名聲被影響，不如這樣吧，上次朱桂花來我家時踩死兩隻小雞仔，現在得賠我家兩隻大的！還有，以後他們夫妻倆必須每晚戌時在村子裡巡視兩圈，以防有賊偷進咱們村子行竊，受益的是咱們所有人，里正你說咋樣？」

其實偷竊的事曝光後，孫本強夫妻注定抬不起頭做人，以後誰家丟東西第一個找的就是他們，小偷這個名頭將會伴隨他們一生，這才是他們真正的懲罰。

既然如此，他不如賣個好，既能讓孫本強夫妻難受，又賣里正一個面子，還能讓村民記著他的好，何樂而不為呢？

孫本強夫妻氣得臉紅脖子粗的。「宋平生，你——」

孫長貴面上已經極度不耐煩，陰沈地盯著孫本強，一聲厲喝。「都給我閉嘴！我作主，這事就這麼辦了！你們夫妻要是還敢反駁，明天就帶你們見官！」

孫本強當即被震懾住，可縱然氣得肺都要炸了，卻只敢在心裡咒罵。

朱桂花這下是真被氣癱了，東西沒偷到，卻被夾到腿，最後還得搭上兩隻雞，而且此後還要給村子免費當苦力……真真是偷雞不著蝕把米，她哭都沒處哭去！她的命咋就這麼慘啊？

一場鬧劇就這樣結束。

姚三春回村沒幾日，這天吳二妮再次找上門。

「三春，我有件事想跟妳商量。」

姚三春抬手摸了摸右眼，都說左眼跳吉、右眼跳凶，難道是真的？

姚三春跟著吳二妮來到竹園後面的一片蔭涼處。「吳嫂子，妳有啥事要說？」

吳二妮臉上堆滿笑。「三春，妳妹妹小蓮不是未曾婚配嗎？我看她手腳勤快，性格也開朗，就想給她保個媒。我介紹的人，妳放心，保證差不了！呵呵……」

姚三春不好一句不問就出口拒絕，因此頓了頓才道：「不知道吳嫂子想給小蓮介紹的是哪位？我可認得？」

吳二妮一揮手。「嗨，我想給小蓮介紹的，就是我娘家最小的弟弟！他今年剛好十五，個子高高大大，長得那是一表人才呀！而且能說會道，人又踏實肯幹！妳是不知道，咱娘家周圍幾個村子有多少小姑娘都想嫁給他哪！」

姚三春笑了笑。「吳嫂子，我妹是什麼條件我心裡有數，找個差不多的、能過日子的就行了。妳弟弟條件這麼好，我看不太合適。」

吳二妮娘家吳家村是一個藏在山溝溝裡的小村子，不是說那邊的日子不好過，而是那裡的人是出了名的刁，還很難纏，每年都有吳家村人跟別的村子幹架的消息傳出。

不僅如此，吳二妮的老爹及老娘來過老槐樹村，老槐樹村到現在還流傳著他們的傳說，總之，是兩個刁鑽的狠人，非常不好相處。並且老夫妻倆還極度重男輕女，此前為了生兒子，接連生了六個女兒，可家中條件很不好，所以後面生的兩個女兒直接被扔了，而另外四個女兒就像是兒子的丫鬟般，把屎把尿，任勞任怨。

在這樣環境下長大的孩子，姚三春不覺得他會是能託付一生的好人選。即使吳二妮的弟弟性格健全，可是他還有那樣的爹娘、那樣的家庭，誰家女兒嫁過去都是受罪。

人生如此美好，為什麼要想不開選擇「困難」模式呢？

還有一點，吳家到底是真心想結這門親事，還是別有所圖？這個還有待商榷。

吳二妮明白姚三春誇她弟弟條件好，只是不想拒絕得太直白而已，當即笑容僵了僵，不過她並沒有死心，調整好面部表情後又道：「三春，瞧妳這話說的！我們兩家這麼親近，我是真心想為小蓮找個好人家，剛好咱們知根知底的，她嫁給我弟弟，我保證，我娘家人絕對不會虧待她！」

姚三春嘆了口氣。「吳嫂子，這話我只告訴妳一個人，其實我跟我妹妹都被爹娘折騰怕了，所以我跟小蓮商量過，以後她會找個外地的人家嫁了，附近的人家不會考慮。」

吳二妮根本沒將她的話聽進去，還想再爭取，不過到底怕說多了反而惹姚三春反感，只能及時止住話題。

第二天起，生活照樣平淡如水地過。早晨宋平生準備營養餐，然後夫妻倆又一個拉二胡，一個跳廣場舞；早飯後宋平生去田地裡逛逛，姚三春姊妹和村裡其他幾個人則磨製農藥，打算多準備些農藥存貨。

不過自從為了給張順備貨，那之後姚三春家本就不寬敞的屋子就更加擁擠了，甚至放農藥的庫房裡幾乎都沒處下腳。

盼著盼著，終於到了立秋這一天，趙山石幾人帶著工具來到老槐樹村，之前訂的木材、磚瓦等材料也準時送到。

卜士所示的吉時巳時一到，趙山石他們便在孫吉祥家後面的平地開始動工了。

宋平生此前已經畫好圖紙，趙山石拿到圖紙後開始放線，用粗線沾上黑色墨水，方便丈量後在地上留下印記。

幾個人來來回回地丈量好，接下來便開始打地基挖土了。

天氣這麼熱，蓋房子不是一件輕鬆活，除了羅氏以外，宋平生他們都要上去幫忙，一天下來，個個都累得夠嗆。

至於羅氏不用動手的原因，因為她懷了身子了。

這天輪到姚小蓮留在家裡幹活，上午她從田裡摘好滿滿一背簍的草就往回走，快到村子裡的時候，吳二妮不知道從哪個地方突然冒出來，朝姚小蓮笑得異常親熱。

「小蓮啊，看到妳剛好！我早上摘了一個冬瓜，太大了吃不完，妳到我家拿一半回去，剛好省得我跑一趟了！」

姚小蓮知道宋平生和孫鐵柱關係好，也沒多想，點點頭就跟著吳二妮一起去了。

待到了吳二妮家，卻見她家院子裡有一個十五、六歲左右的年輕小夥子，嘴裡叼著一根狗尾巴草，靠在廊簷下的柱子晃腿。

吳豐看到來人，便朝她們的方向露出一排白晃晃的牙齒，也不知道是對吳二妮笑，還是對著姚小蓮。

姚小蓮愣怔了一下。這是一位她沒見過的少年，對方長得不錯，濃眉大眼的，個子也算高，笑的時候會露出尖尖的小虎牙，正是招小姑娘稀罕的類型。

吳二妮的眼睛飛快轉了一圈，笑道：「那個小蓮啊，妳就在這兒等一會兒哈，我現在就去廚房切冬瓜，很快就好！」

不過吳二妮說的話依舊那麼不可信，硬是在廚房磨蹭了半天還沒出來。

吳二妮家的院子裡，姚小蓮百無聊賴地站在那兒，只能輕微晃動身體來打發時間。

若是沒有吳豐盯著她看的話，她絕對會更自在些。

等了一會兒，發現這人竟然還看著她，姚小蓮沒了耐心，偏頭瞪他一眼。「你一直盯著我看幹啥？我臉上有金子嗎？」

沒想到吳豐不怒反笑，指了指她脖子上掛著的狗尾巴草花環，猶豫後道：「呃……我主要是看妳脖子上的花環，說實話……有點不好看。」

姚小蓮低頭看一眼，滿臉的不以為意。「不好看剛剛好，不然我戴在脖子上，反而襯得我更不好看了。」姚小蓮花了十四年時間終於接受了一個事實，那就是她長得真的不咋地，所以現在完全能處之泰然。

吳豐一噎，隨即面不改色地笑道：「年輕姑娘家幹啥這樣沒自信？這樣吧，妳把花環拿下來，我再給妳重新編一下，保證妳喜歡！」

姚小蓮後退半步，目光越發怪異。「你這個人很奇怪欸，我都說了就喜歡醜的了！而且你是誰啊？我跟你又不熟，莫名其妙！」說完背過身，用裝滿野草的背簍對著吳豐。

吳豐心中惱怒，面上卻沒表現出來，走上前用略帶歉意卻又有幾分無措的眼神望著姚小蓮，語氣十分誠懇真摯。「是我唐突了，如果惹妳生氣了，我跟妳道歉！我只是很少跟女孩子打交道，所以有點緊張……」

十五、六歲的男孩子，正處於男人和男孩之間，雜糅了男人的沈穩和男孩的青澀，有一種獨特的吸引力在，很容易能獲得別人的好感，特別是小姑娘的。

而且吳豐態度真誠，眉眼間還帶了幾分無辜，再加上他說的話，這讓姚小蓮也生不起氣來，斜瞄他一眼後，道：「沒事，我沒有生氣。」

吳豐長吁一口氣，隨即露出兩顆小虎牙。「這樣吧，為了表示我的歉意，我給妳編一隻螞蚱，怎麼樣？」

姚小蓮眼睛一亮。「這你也會？那你會編小雞、小鴨嗎？」

「這……這有點難度……」吳豐擦汗。

姚小蓮頓時沒了興致，也等得不耐煩了，便直接往廚房走去。「吳嫂子，妳冬瓜咋還沒切好？要不我進去幫忙吧？」

「……不用不用，這就好了！」吳二妮這才笑呵呵地抱著半個冬瓜出來。

姚小蓮道聲謝，將冬瓜放進背簍裡便出了院子。

吳二妮忙朝吳豐使眼色，壓著嗓子催促道：「小弟，你送送小蓮去！」

吳豐便闊步跟了出去，上前想替姚小蓮拿背簍。

院子裡，吳二妮插著腰，滿意地點點頭，唇邊甚至忍不住洩出一絲笑意。

在她看來，自己小弟跟姚小蓮若是成了，她對這門親事是極滿意的。她和她爹娘都是實際的人，女人長得好不好看不重要，最重要的是能幫助到他們家。雖然宋平生跟她男人關係好，但是有好處咋也輪不到她娘家頭上，而她娘家條件不好，她看著著急啊！只要小弟娶了姚小蓮，憑藉姚三春對姚小蓮的照顧，以後定少不了他的好處。

既然姚小蓮有這麼一對會賺錢的姊姊、姊夫，自己也是個勤快人，那小弟娶她就不虧。

雖然就姚小蓮那長相，確實委屈小弟了，但這世上哪有兩全的事情哪？

至於姚三春說什麼姚小蓮準備遠嫁的事，只要姚小蓮喜歡上小弟了，到時姚三春能阻止得了嗎？她又不是姚小蓮的爹娘。

說到姚小蓮的爹娘，別人怕他們上門打秋風、耍無賴，他們吳家人可不怕！敢上門就立刻打出去，看誰比誰更狠？

總之，這門親事，她吳家勢在必得！

吳二妮想像得很美好，奈何計劃永遠趕不上變化。

這頭吳豐趕上姚小蓮，剛說了兩句，宋婉兒突然從另一條岔路過來，正好和他們碰上。

宋婉兒剛才放鴨子回來，手裡拿著細竹竿甩來甩去，看到姚小蓮立刻蹦蹦跳跳地趕過去。「小蓮，天氣這麼熱，二嫂咋還讓妳出來給鴨子摘野草吃啊？」目光落在姚小蓮身旁的陌生面孔上，大而圓的杏仁眼眨了眨。「這是誰？我怎麼沒見過？」

姚小蓮站到宋婉兒身邊，抬頭看他。「是啊，你是誰？我還不知道你的名字。」

吳豐再次露出招牌的小虎牙，笑容可掬地道：「我叫吳豐，家住吳家村，吳二妮是我二姊。」

姚小蓮一聽他是吳家村來的，忍不住多瞅了幾眼。

吳豐渾不在意，因為此時他滿心滿眼都是宋婉兒，都快移不開眼了！

正是慕少艾的年紀，宋婉兒又是老槐樹村，甚至是周圍幾個村裡長得最俏麗漂亮的姑娘，當之無愧的十里八鄉一枝花，更是無數少男心儀的姑娘，吳豐看直了眼也實屬正常。

不僅是如此，宋婉兒愛打扮，從她今天這身穿戴來說，家中條件絕對也不差。

都說財帛動人心，又說美色動人，現在宋婉兒兩者都占了，他對宋婉兒起了心思也是人之常情。

想到娶了宋婉兒後的好處，吳豐的心都熱乎了。

宋婉兒對這樣熱切的眼神並不陌生，反而對吳豐充滿好奇，因為吳豐的長相確實招人。

「原來是吳家村的呀！聽說你們村端午的時候又跟別的村打架了，是不是？」

如果這話是由姚小蓮問的，吳豐極可能會不高興，覺得被冒犯，但這次是宋婉兒問的，吳豐不但不介意，反而覺得她直率可愛，於是軟和臉色，跟宋婉兒細細說來。

姚小蓮只能頂著烈日，聽兩人旁若無人地說著話……

姚小蓮回去後，便將上午的事情都跟姚三春說了。

說者無意，聽者有心，姚三春下意識覺得這事是吳二妮故意為之，因為她吳二妮就是這種無利不起早的人。

姚三春當即冷下臉來，隨後就叮囑姚小蓮以後離吳二妮遠一點。

姚小蓮懵懵懂懂，不知道她姊為啥突然變了臉色。

姚三春也不瞞著她，直接將吳二妮想讓兩家結親的事情告知姚小蓮。

姚小蓮這才恍然大悟。

不過姚三春又不好明著跟吳二妮吵，畢竟人家也沒明著撮合，只是設計兩個人見面罷了，吳二妮若說這是意外，自己也沒話頭壓她。只是，這事也太膈應人了！

中午姚三春姊妹準備好飯菜後，宋平生領著趙山石等人一齊回來吃中飯。

姚三春尋了個空，跟宋平生說了吳二妮幹的事，夫妻倆面面相覷。

最後宋平生懶洋洋地靠在柱子上，笑道：「姚姚，妳作決定，我都聽妳的。」

姚三春哼了一聲。「她吳二妮幹的這叫什麼事？看來是我原先拒絕得太委婉了！還得寸進尺，我真是不耐煩她了。她不是最愛錢嗎？以後收購材料這些事都別找她了，讓她看得到錢卻賺不到，應該會很難受吧？還有上次賒了十斤農藥的錢，我沒從貨款裡扣，她吳二妮還就裝傻了，我明天就找她要去！」

宋平生定定地望著她氣鼓鼓的樣子，低低地笑了兩聲，隨後緩聲道：「就這樣吧。鐵柱哥人不錯，明面上沒必要鬧得太難看。時間久了，他們總能明白點什麼，若是再不明白，以後也就沒必要再往來了。」人際交往，那也要相處愉快，否則只是累贅而已。

夫妻倆商量好便沒再糾結，畢竟他們的心思都用在賺錢和養家上面，有這個時間，他們還不如多磨製幾斤農藥呢！

另一頭，吳豐跟在吳二妮後頭打聽宋婉兒的事情。

吳二妮當下就變了臉，忙勸說吳豐打消念頭。宋茂山那個老頭子心氣高得很，是絕對不會同意宋婉兒嫁給吳豐的。

還有一點，宋茂山家中條件是不錯，可那也是吃老本，靠種田能賺幾個錢？再說他家還供著一個讀書的，費錢得很，又能有多少銀子接濟他們吳家？

但宋平生兩口子就不一樣了，只做了幾個月的農藥生意就賺了至少幾百兩，以後得多有錢啊？這絕對不是一個鄉下老頭子能比的！

吳豐聽他姊這麼一分析，頓時犯了難，他到底該選擇哪一個呢？

隔日中午吃完飯，姚三春不想耽誤宋平生休息，便戴上草帽，獨自去往孫鐵柱家收貨款錢。

這個時間孫鐵柱肯定也在家中，她當著孫鐵柱的面開口，吳二妮總不好東拉西扯。

不過事情的進展卻比姚三春料想的要容易得多，因為吳二妮心中本來就有鬼，生怕姚三春過來是興師問罪，結果姚三春卻是來收錢的，吳二妮雖肉痛了一下，最後還是掏錢了。畢竟她對姚三春夫妻有所求，當然要跟人家打好關係，不能輕易得罪。

可她哪裡知道，姚三春夫妻已經對她不滿很久了。

自從賣掉三千斤農藥之後，姚三春夫妻手裡有了積蓄，夫妻倆盤算著多買些水田，只是他們村並沒有賣田的，所以夫妻倆只能將目光投向隔壁的清水村。

清水村和老槐樹村距離非常近，在那邊買水田倒也可行。再說了，姚三春夫妻倆買田也不準備自己種，佃出去當個小小地主就行，所以這個距離完全不是問題。

只是沒田買這事卻為難到了孫吉祥，他一心想在成親前買好田地，奈何村裡買不到，他真是急得團團轉，最後沒辦法，今天也只能跟著宋平生一起去清水村碰碰運氣了。

由於宋平生不在家，所以上午姚三春抽個空去趙山石那邊待了一段時間，看有沒有需要幫忙的地方，再回來時就到了該準備午飯的時間。

姚三春姊妹進廚房忙活，姚三春頂著熱氣燒鍋，沒一會兒額頭就一層汗。

姚小蓮將葫蘆削好皮，拿起菜刀準備切絲時，想到什麼事，動作突然頓住。「……姊，今天上午我出去，結果又遇上吳嫂子她弟了，我不想理睬他的，但是他非跟著我！」

姚小蓮的臉色說不上好。她知道自己的長相不出色，不是招人稀罕的類型，可是吳豐卻表現得太過熱切。她不覺得受寵若驚，只覺得怪異，甚至有些噁心，畢竟人家真正圖謀的是她姊的銀子。

姚三春原本被灶膛裡的火燻得無精打采的，聽到這話，眼睛驀地睜大，隨即皺了皺眉。

「又遇上？他跟妳說了些什麼？」

姚小蓮放下菜刀，作回想狀。「也沒啥，就是看我出去割青草，說我真辛苦啥的。他還編了一個花環說要送給我，不過我沒要。」

姚三春的眉頭皺得更緊了，用斥責的口吻說道：「沒要是對的！他才見妳第二面，就送上東西了？還一副很熟稔的態度！若是被村裡人看到，還不知道怎麼瞎傳呢？到時候真有影響，壞的還不是妳的名聲！」姚三春說著搖搖頭，緊緊盯著姚小蓮。「這個吳豐，一看就是輕佻不可靠的，妳年紀小，別被這種一肚子花花腸子的男人給騙了！」

原本姚三春還沒那麼生氣，可是現在看來，這個吳豐的品行實在不咋地，做事目的性極強，根本沒考慮過姚小蓮的名聲，就這樣的貨色，吳二妮還想讓小蓮嫁給他？這不是坑爹了嗎？

到了下午，令姚三春更生氣的事情發生了。她去往趙山石那邊送涼開水，路上恰巧遇到一個年輕小夥子在跟宋婉兒有說有笑地說著話，地上還坐著一個二狗子在玩斷了翅的知了。

「……婉兒，這個草螞蚱是我特意編來送給妳的，妳看喜歡嗎？」

經過上次吳二妮的開導，吳豐思來想去，最後還是覺得抉擇兩難，他既捨不得姚小蓮她姊姊及姊夫的好處，也捨不得宋婉兒的美貌，所以他決定先兩頭吊著，若是能占到宋婉兒的便宜，那他就賺翻了。

宋婉兒兩手掐起看了看，隨即笑彎了眼睛。「謝謝你吳豐，不過你會不會編兔子，或者蝴蝶？螞蚱不好看，你不覺得它跟我不太配嗎？」

吳豐差點吐血，宋婉兒是繼姚小蓮之後第二個說他編的螞蚱醜的人！這可是他取得姑娘歡心的利器，在此之前，哪個姑娘收到不是滿心歡喜的？這兩個女人簡直就是他的剋星！

不過吳豐面上還是一片笑意，好聲好氣地道：「目前還不會，不過既然婉兒妳喜歡，我可以學，妳想要什麼樣的，我都會滿足妳。」吳豐以為宋婉兒會很感動。

誰知宋婉兒只是抿了抿唇，微抬下巴，有些傲嬌地道：「那好吧，我等著呢！之前有幾個人也說要給我編，結果過了這麼久都沒學會，真是笨！」

吳豐再次有吐血的衝動，他竟然不是第一個用這法子討好宋婉兒的人？怪不得她一點也不感動。

外面又曬又熱，宋婉兒聊了一會兒就有些不耐煩，直接揮揮手。「外頭曬死了，我要回去了！」說完也不看吳豐是什麼表情，牽起二狗子，抬腳就走，背影那叫一個瀟灑爽快！

被甩在原地的吳豐一副吃到屎的表情，好不憋屈。

姚三春看到這兒，心中暗爽，心想宋婉兒這個二愣子姑娘坑自己人是不能忍，但是看她懟外人卻莫名有點爽啊！

看來那個「有仇人就生個女兒嫁到仇人家」的這個說法，還真是有點道理。

吳豐憤憤轉身，結果就看到身後有一個陌生女人正目光炯然地看著他，神情像是有些幸災樂禍。他立即肆無忌憚地狠瞪回去，一腳踢向腳下的小石子，哼了一聲後大步離開。

姚三春望著吳豐離去的背影，心中怒火熊熊燃燒。

小崽子，年紀不大，心倒是不小啊，竟然還想腳踩兩隻船，同時對兩個姑娘獻殷勤？不給他一點苦頭吃吃，他簡直就是未來大渣男預定啊，以後還不知道會禍害多少姑娘呢！

姚三春磨了磨牙，準備回去後將這事告訴宋平東，看他怎麼處理這事。

下午宋平生和孫吉祥趕著馬車回村，兩個人先洗了一把臉，孫吉祥又舀井水痛快地喝了一大口，這才坐下來說說今天的戰果。

宋平生吹著穿堂風，不疾不徐地說來，簡而言之，就是有一戶地主準備舉家搬遷，他家在清水村的田地全部都要處理掉，所以他們剛好買了不少。

今天宋平生的戰果，是買下五兩一畝的上等水田二十三畝，四兩一畝的中等水田二十七畝，三兩一畝的下等水田十七畝，共六十七畝地，賣家去除零頭，最後付款二百七十兩銀子。

而孫吉祥則買了兩畝上等水田，三畝中等水田，三畝下等水田，共八畝地，一下子花去三十一兩銀子，現在他手頭是真沒什麼錢了。

不過宋平生答應他，若是他成親時手頭緊，宋平生可以出手幫忙。對此，孫吉祥自然是非常感動。

稍晚時候，宋平生去了宋家一趟，將吳豐的所作所為告訴宋平東。

宋平東當即變了臉，他對宋婉兒這個妹妹多有疼愛，又怎麼會眼睜睜地看著她嫁給這樣一個上不得檯面又心思不正的貨色？

宋平生走後，宋平東一個人在屋裡琢磨事。這事他目前不能告訴爹，不然他爹還不知道會幹啥事。可也不能告訴他娘，因為他娘整天忙裡忙外，已經夠辛苦了。

宋平東思前想後，最後決定還是親自找宋婉兒明說。

「……婉兒，就這個吳豐，前不久才讓他姊跟妳二嫂說想娶小蓮，轉頭又到妳這裡獻殷勤，這種反覆無常還毫無信用的人，妳別理他！妳一個漂漂亮亮的姑娘家，老是跟一個男人走在一起，村裡的人在背後肯定要說妳閒話，到時候影響妳的名聲咋辦——」宋平東苦口婆心，奈何話還沒說完便被宋婉兒打斷了。

「啥?!大哥你是說吳豐想娶小蓮？」宋婉兒大而圓的杏仁眼眨了兩下，臉上的不敢置信不加掩飾。

宋婉兒從凳子上一躍而下，震驚地道：「大哥，你莫不是聽錯了？這怎麼可能？就小蓮長得那樣，誰願意娶她呀……」說到後面，聲音小了下來。

不是她瞧不起小蓮的長相，只是吳豐高大俊朗，他和姚小蓮在一起未免太不搭了！而且她知道男人都是喜歡漂亮的，吳豐又怎麼可能喜歡長得堪稱砢磣的姚小蓮？

宋平東立即橫她一眼。「咋說話的呢？我告訴妳宋婉兒，容貌那是老天爺給的，妳長得好看也沒啥好得意的！就妳自己說，拋開長相，妳覺得妳身上有哪些比小蓮出色的地方？」

宋婉兒的嘴巴張了又合，最後突然扭過身去，抱著胳膊不滿地道：「是是是，我除了一張臉外，既不如她勤快，又不如她懂事，幹活也不如她，總之處處都比不上她！這樣可以了吧？」宋婉兒噘著嘴，兩個腮幫子氣鼓鼓的。

宋平東皺了下眉頭，臉上那點笑盡數斂去，看起來無端讓人感到壓力。

哪怕宋婉兒是背對著他的，還是突然感到一陣忐忑。

宋平東再開口時，語氣已經冷了幾分。「宋婉兒，我今天來是跟妳說正事的，妳別當自己是大小姐，脾氣說來就來！我是妳大哥，妳說話給我注意點！從前處處慣著妳、讓著妳，結果就寵出這麼個狗脾氣來了？還有一點，說話前動動腦子，不然除了家裡人，誰願意搭理妳？」宋平東說著，卻發現宋婉兒的肩膀在輕微抖動。

屋裡寂靜片刻。

到底是親妹妹，宋平東的語氣軟了下來，他正視宋婉兒，眼神柔和地道：「是大哥語氣重了，婉兒妳別哭，難受的話就在大哥身上砸幾拳，大哥保證不還手。」

宋婉兒緊咬著唇瓣，抬起紅通通的杏仁眼，抽噎兩下，十足委屈地道：「我、我才不打！打疼了你，大嫂會、會瞪我……」

宋平東笑得很無奈，抬手在宋婉兒頭頂揉了兩把，聲音多了幾許暖意。「好了婉兒，我還要去放牛。妳一定要記住我剛才說的話，那吳豐不是什麼好東西，妳一定要跟他保持距離，以後看到他也別理他，他敢糾纏妳就跟我說。」

宋婉兒的表情鬆了鬆，彆扭地點了點頭，聲音有點悶。「我又不是三歲小孩子了，他這樣的，我才懶得搭理他。」

宋平東露出一抹欣慰的笑來。

吳豐並不曉得自己腳踏兩隻船的美好願望才剛剛開始就已經夭折，隔天又來到老槐樹村。

一大早，宋婉兒趕著鴨子去大旺河邊，回頭就跟老樹下的吳豐碰著面，對方背靠樹幹，抱著胳膊朝她笑，露出兩顆小虎牙，顯得既無害又有幾分可愛。

只是，吳豐沒想到對上的卻是宋婉兒的冷臉，且她沒有理會他的意思，扭頭就要走。

吳豐毫不猶豫地跨出步伐，堵在宋婉兒跟前，一瞬也不瞬地盯著她的眼睛，笑道：「怎麼了這是？一大早就繃著一張臉。妳這麼漂亮，該多笑笑才是！」

宋婉兒猛地抬眼瞪過去，大而圓的杏仁眼裡有兩團怒火在燃燒。「你想娶小蓮的這些事我都知道了！現在我哥讓我跟你保持距離，所以麻煩你別在我眼前瞎晃悠，看著煩！」

兩人相對而立地站在老樹後頭，周圍倒是沒什麼人。

吳豐飛快地皺了一下眉頭，旋即鬆開，臉上並不見驚慌。「婉兒，這事妳是聽誰說的？其中有誤會。」

宋婉兒見他看起來相當平靜，眼下不禁閃過一絲疑惑，將手中的竹竿往地上一戳，道：「能有什麼誤會？我二嫂親口說的，說你姊想撮合你跟小蓮，我昨天也看到你跟小蓮說笑，難道這還能有假？再有，我大哥說了，我是未婚姑娘家，咋能三番五次地跟你一個外男獨處說話？傳出去豈不是影響我的名聲？你若是真有良心，就該離我遠點！」宋婉兒說完就抬腳作勢要離開。

吳豐忙伸出胳膊攔住，眼神帶著委屈。「婉兒，就算獨處不合適，但妳總該留個機會讓我解釋一下吧？否則我真是冤死了！」

宋婉兒有些不耐地抿了抿嘴，到底沒掙開，後退一步。「好吧，你快點說！」

吳豐右手摩挲兩下，面上一派正色。「首先，我二姊確實跟姚小蓮她娘提過撮合的事，但這事是二姊跟我爹娘商量的，我根本不知情，那天我才第一次見姚小蓮，是我二姊一個勁兒地讓我送送她，我才感覺出不對勁。但也是在那天，我遇到了妳，我才發現我見過的所有姑娘都比不上妳長得美。」說到這兒，吳豐的神情隱隱有些激動。「婉兒，原本我不想這麼快說出口的，因為怕妳覺得我輕佻，但是今天我必須要跟妳說，我……我喜歡妳，從第一次見面就喜歡上妳了！除了妳，我心裡根本裝不下任何人！至於姚小蓮，我怎麼會想娶她？妳比她好不知道多少倍，所以妳千萬別誤會！要是妳不喜歡，我以後就再也不理會她了，好不好？」

吳豐說得信誓旦旦，可他心裡想的卻是，他的事已經被人看穿了，他必須當機立斷地選擇一邊才行，否則最後會兩頭都撈不到好處。姚小蓮長得不咋滴，但防備心倒是挺重，不是輕易好打發的；而宋婉兒長得美卻是腦子簡單，那就她了，今天必須將她擺平！

宋婉兒到底是個少不經事的小姑娘，在此之前，她可從沒遇上哪個男人這般直白地說喜歡她，語氣坦蕩得讓人臉熱，所以她不由得紅了臉，還結巴了一下。「你、你瞎說啥呢？真不害臊！」

吳豐再上前一步，聲音柔和下來。「我說的都是真心話！婉兒，我是真的喜歡妳，所以我不想讓妳誤會我。」

吳豐見宋婉兒捧著臉蛋的害羞模樣，沒再開口，心中卻甚是得意。

宋婉兒等臉上的熱燙稍微降了下來，才清了清嗓子，微抬下巴說道：「吳豐，謝謝你的喜歡，不過我並不喜歡你，我們沒有可能，所以你還是找其他人吧！」

吳豐再次吐出一口老血！為什麼？為什麼這條路這麼難？

吳豐僵著臉擠出一抹笑。「婉兒，我有什麼地方做得不夠好嗎？我可以改！」

宋婉兒睜著圓溜的杏仁眼，十分耿直地道：「可是說實話，你身上幾乎沒有什麼我喜歡的地方欸！長得不如我大哥，個子不如我二哥，學問不如我三哥，你家的日子也不如我家好，那你怎麼改？總不能重新投胎吧？」

「……」吳豐感覺胸口中了一萬枝箭，他快吐血而亡了！

他娘的，這究竟是什麼妖怪女人？生來就是剋他的吧？

宋婉兒見他臉色忽白忽青，這才有些忐忑地說：「那個……你也不要太氣餒哈，除了我，天下姑娘多的是嘛！」

吳豐半晌才緩過勁來，但表情還是有些僵硬，笑意未達眼底。「婉兒，我是真心喜歡妳，但是如果妳真的不喜歡我，我不會勉強妳。」一聲苦笑。「不過，最起碼我們還能做朋友吧？」

宋婉兒吁了一口氣，笑容輕鬆許多。「那是當然，我們還是朋友。」

吳豐垂眉斂目，從懷裡掏出一隻草兔子，聲音裡是顯而易見的失落。「這是我作為朋友給妳送的小東西，我昨天學了好久才編出一個，妳拿著吧。」

宋婉兒抬頭看他一眼，目光掃過他泛青的眼下，默默收下草兔子，握著草兔子往回走，心想，吳豐雖然不是她喜歡的類型，但是人還不錯呀，也沒有大哥說得那麼差勁嘛！

在她身後，吳豐咧嘴冷笑。

轉眼半個月時間過去。這半個月來沒怎麼下雨，好在天氣比此前涼爽了一些，倒也方便趙山石他們上工幹活。

這種天氣對秋茶不算好消息，雨水少，鬧蟲害的可能性更大，因此姚三春夫妻倆便商量著，他們還得多準備些農藥才好。

除此之外，這半個月裡姚三春夫妻也沒少忙活，夏秋季節是很多農藥原材料採摘的好時機，所以他們兩口子一下子又收了不少原材料。臭蒿、苦艾、青蒿、蒼耳、桃葉、白蒿、蓖麻、桑葉、椿樹葉、黃芩、打碗花、核桃皮葉等等，這些不過是尋常的植物，收購起來並不貴。

他們夫妻倆知道，蟲害種類太多，他們要想做得更好，就必須擴大農藥種類，這樣才能滿足顧客多樣化的需求。

農藥種類增多，與之相對應的自然是防治蟲害病害的種類變多，棉蚜蟲、紅蜘蛛、菜青蟲、造橋蟲、稻螟蟲、黃守瓜蟲、白楊天社蛾、蝗蟲、行軍蟲、螬蠐、斑毛蟲、紅鈴蟲、地老虎、天幕毛蟲……總之，農藥種類一下子就豐富起來。

不過農藥種類多，效果必然有優有良，其中相當一部分農藥的殺蟲率不足百分之百，不過還算是相當高的。

這個情況也沒辦法，土製農藥的天花板就那麼高，難道還能比他們現代還要厲害？

姚三春所記得的土製農藥的方子裡面，效果最好的就數五加以及核桃樹上葉和皮等一干原材料製作的農藥。

只是核桃樹上一干原材料適合夏秋採摘，加之他們鎮上種植核桃的不多，所以核桃殺蟲劑才耽擱至今。

如今核桃殺蟲劑、核桃葉殺蟲劑、核桃皮液殺蟲劑全都做了出來，並且實驗的效果非常好，夫妻倆終於露出衷心的笑來。

只是鎮上種核桃的終是太少，收購也不方便，最後夫妻倆沒辦法，只能計劃著過陣子再買幾畝地，買來核桃樹苗自己種得了！

那頭姚三春夫妻倆忙著賺錢、忙著奮鬥，這頭宋婉兒卻在忙著隱瞞親哥。

宋婉兒知道宋平東非常不贊同她跟吳豐繼續往來，但是她卻覺得所有人都誤會吳豐了，只有自己長了一雙大而圓的慧眼，看出吳豐是好的。

她並不喜歡吳豐，但吳豐真心當她是朋友，這半個月裡，吳豐不過來了兩、三次老槐樹村，跟她也就說了七、八句話，這又不算什麼，所以宋婉兒便心安理得沒告訴宋平東這事。

這半個月來，老槐樹村一切風平浪靜，要說誰靜不下來，大概也就吳二妮了吧。

姚三春兩口子這下子收購這麼多原材料，大多是交給孫吉祥收購，他們家可一點好處都沒沾上，她能不躁得慌嗎？

吳二妮心裡嘀咕好幾天，終於忍不住了，拉住扛著鋤頭準備出去的孫鐵柱抱怨。「他爹，平生兩口子到底是啥意思啊？收購農藥材料的事咋全交給吉祥？都不想想咱們家嗎？」

孫鐵柱抽回胳膊，兩道濃眉緊皺，面上升起怒氣。「妳倒是還有臉說？妳自己不知道啊？」

吳二妮見孫鐵柱說話衝，立刻頂了回去。「我知道啥啊我？你是不是不會說人話？」

孫鐵柱氣得大黑痣上的毛抖了抖，指著吳二妮，氣憤地道：「還不都是你們老吳家幹的好事！妳一個勁兒地想撮合吳豐跟姚小蓮，這事妳跟我提都沒提過！而且平生媳婦跟妳明說了吧，姚小蓮不想在本地找人嫁，妳幹啥還讓妳弟纏著人家不放？人家能不對妳有意見？這也就算了，可妳弟弟一邊對姚小蓮獻殷勤，轉頭又去勾搭宋婉兒！這叫個什麼事啊？平生他們兩口子是顧及著我，所以沒把這事鬧開，不然這事傳出去，我這張老臉往哪兒擱？出了這事，妳還想平生兩口子有啥好事還想著妳？作夢吧！人家沒明著上門要說法就已經夠厚道了！」

吳二妮磨了磨牙，一雙眼睛裡全是不甘心。「孫鐵柱，你到底跟誰過日子哪？人家說啥你就信啥？我跟你說，事實根本就不是這樣！我是想說合豐子跟姚小蓮，但是豐子並不知情啊！他跟姚小蓮會認識，那也是我給他們製造相識的機會。我就想著萬一兩人看上眼了呢？這樣一來，姚三春那做法豈不是耽誤姚小蓮的幸福？退一萬步來講，就算豐子跟姚小蓮看不上眼，那姚小蓮也沒掉一兩肉不是？我總不會拿刀架在她脖子上逼她嫁給豐子吧？只是豐子他後來看上了宋家小女兒，所以他便沒再糾纏姚小蓮，最多就是見個面打聲招呼、說兩句話而已，這也有錯？」

孫鐵柱盯著吳二妮的眼睛。「打招呼？打招呼吳豐還想送姚小蓮花環？轉頭還送了宋婉兒草兔子？吳豐他怕是想腳踏兩隻船吧？」

吳二妮的臉色僵了一瞬，強壓怒氣，信誓旦旦地道：「你這話說的！豐子是這種人嗎？有些話我是礙於情面，不想說出來讓大家難看，我家豐子他長得俊，眼光高著呢！要不是看在我的面子上，你以為他會搭理姚小蓮？我娘家附近幾個村的小姑娘喜歡他的不知道有多少，豐子根本都不看人家一眼的！」

孫鐵柱垂眼想了想。「那花環？」

「哎喲！」吳二妮一拍手，一副極度無奈的樣子。「什麼花不花環的？根本沒這事，肯定是姚小蓮看吳豐對宋婉兒好，她心裡不服氣，隨便胡咧咧的！」

孫鐵柱扛起鋤頭，不耐煩地擺擺手。「得了得了，老子說不過妳！我也不知道妳嘴裡有幾句真話，反正平生都跟我說過了，以後收購材料的事情全交給吉祥，妳就別想了！」

此前宋平生都明確地跟他說了，他心中也可惜，可他也是要臉面的，再說他一直種著自己的一畝二分地，也沒餓死。

孫鐵柱說完也不待吳二妮有所反應，扛著鋤頭就大步走開。站在原地的吳二妮雙手捏來捏去，心就像在油鍋裡滾一樣，疼得直抽抽。以後所有收購材料的事都交給他孫吉祥，自己家一點好處都得不到？這讓她怎麼甘心！尤其他們得到過好處，不過忙活七、八天，三百多文錢輕輕鬆鬆就進口袋，現在自己卻只能眼睜睜看著錢溜進別人的口袋，她真的忍不了！

吳二妮糾結了好一會兒，最後索性心一橫，腳下生風般趕往姚三春家的方向。

姚三春家的院子裡，姚三春見到吳二妮的態度不算親熱，也就敷衍地點了下頭，喊了一聲「吳嫂子」，然後便專心忙自己的。

吳二妮不甘心，覥著臉湊過去，擠出笑說道：「三春啊，這陣子妳跟平生兄弟忙著採摘收購核桃葉這些，我都有一陣子沒看到妳嘞，我瞧著妳好像又白了不少，變得更好看了呢！」

姚三春的眼皮子懶懶地垂下，慢條斯理地道：「吳嫂子說笑了，我都出門採摘核桃葉這些去了，天天大太陽曬著，又怎麼會變白呢？嫂子還是有話直說吧，我手裡事情多著呢！」

吳二妮碰了個不軟不硬的釘子，但也看出來姚三春不想跟她多說話，她臉色訕訕，還是厚著臉皮道：「三春，是這樣的，這陣子我跟大毛他爹不是很忙，妳有想收購啥的直接跟我們說，我們絕對幫忙！」

姚三春神色冷淡，嘴角的笑更冷淡。「吳嫂子，該說的平生都跟鐵柱哥說過了，妳若是不知，不如先回去問問鐵柱哥？」

吳二妮的臉色變了又變，最後神色間也冷了，語氣裡隱隱帶著不滿。「三春，平生兄弟跟大毛他爹的關係這麼好，用得著鬧到這一步嗎？」

姚三春倏爾抬眼，銳利的目光就這樣直直射進吳二妮的眼。「可這事是誰的錯，自己心裡就沒點數嗎？」

吳二妮被姚三春凌厲的目光看得心亂，氣焰頓時降了不少，眼見談話到了死胡同，她兩條眉毛一拉耷，苦哈哈地道：「三春，想當初你們小倆口剛分家出來時，大毛他爹想都不想就又拎肉、又拎蛋的，他對平生兄弟是真心的啊！現在你們發達了，難道就不能拉扯咱們一把嗎？」

姚三春心中冷笑，這個吳二妮絕口不提吳豐做的齷齪事，竟然還打起感情牌來了？姚三春兩個酒窩淡淡的，提醒道：「吳嫂子，要是我沒記錯，當初妳好像並不太捨得雞蛋和肉，還給我們夫妻臉色看，後來我們夫妻連本帶利都還給妳了吧？」

吳二妮臉色微僵，尷尬了好一會兒才道：「……那大毛他爹的心意你們總收到了啊！」

姚三春噗哧一聲，捂嘴輕笑。「吳嫂子，妳這笑話真好笑！東西都一絲不剩地還回去了，還有啥情義啊？妳變出來的嗎？」就算真有，那也被她吳二妮抹沒了！

場面一度非常尷尬。

這個情況若是放在別人身上，人家恐怕恨不得找個地縫鑽了，可吳二妮就是不一樣的人種，不但心理素質夠強，而且臉皮質量也夠好。

片刻後，吳二妮又笑道：「三春，哎，咱們鄉里鄉親的，兩家關係又好，妳又何必計較這麼多呢？妳相信吳嫂子，我是真的為你們著想！吉祥是能幹，但是他就一個人而已，且平時就沒心沒肺的，有時候還不太著調，你們家要收這麼多材料，萬一出了啥紕漏可就不好了，我是真的想幫幫忙啊！」

姚三春彎唇，笑咪咪地道：「吳嫂子，妳是真的不用擔心，就算吉祥一人負責不了，我還能找大哥，不行還有隔壁的堂哥，再不成也還有前頭孫四叔家的青松兄弟。只要有銀子，想找人還不簡單？吳嫂子妳還是照顧好妳的家吧！」

言下之意：村子裡人多的是，少自作多情了！

吳二妮的臉色一陣青、一陣紫，差點氣得七竅生煙。

她設計姚小蓮跟豐子見面前不是沒想到姚三春會生氣，但是她仗著宋平生跟自己男人關係好，而且她又沒要幹啥特別過分的事情，所以她便做了。而且在她看來，她弟弟長得這麼俊，姚小蓮能嫁給他是她走狗屎運，燒高香還來不及呢！

只是計劃趕不上變化，一切都跟當初想的背道而馳。

她實在沒想到，姚三春這兩口子竟然這般小心眼又斤斤計較，這事他們跟姚小蓮又沒損失啥，竟然還對她擺臉色？不就是有一點臭銀子嗎？得瑟個啥！

吳二妮的臉色千變萬化的，最後臉上的笑都扭曲了。「……三春，妳為啥要這樣揪著不放？就算你們夫妻有錢、發達了，也沒必要這樣呀！」

姚三春停下碾盤，微微一笑。「為啥？那當然是因為我小心眼，心胸狹窄呀！吳嫂子不是第一天認識我吧？以前我沒錢，誰氣我，我只能罵誰。現在有錢了，所以升級一下，誰氣我，我就用銀子眼紅她、饞死她，這絕對比罵她更能讓她難受，妳說對嗎？」

吳二妮的指甲蓋快戳進肉裡，她快要被氣瘋了！為什麼世上有姚三春這種牙尖嘴利的瘋婆子？說話句句像頂到她的肺管子般，氣得她腦暈肚子疼的，簡直快吐出一缸子的血來！

最後，吳二妮雄赳赳、氣昂昂地來，卻踉踉蹌蹌、腳步凌亂地走，整個人就如同剛被人打了一頓似的，灰頭土臉、精神萎靡，絲毫沒有往日俐落得體的精明婦人形象。

經過這次的事，吳二妮第一次意識到，姚三春夫妻倆真是十足難纏的角色！

只是經過這回的事，多多少少影響了宋平生和孫鐵柱的關係，加之吳二妮整日吹枕頭風，弄得孫鐵柱心情鬱悶，便好一陣子沒找宋平生胡侃了。

不過，姚三春夫妻卻根本沒時間想這事。農藥材料收回來了，他們不僅要請人製作新的農藥，還要做實驗，同時又要四處推廣農藥等等，總之就是忙得不行。

夫妻倆一心想為賺錢大業添磚加瓦，根本無心理會外頭的流言八卦。

第十四章

姚三春夫妻倆忙忙碌碌，轉眼間就到了白露，秋日收穫季節慢慢來臨。

上旬開始，芝麻陸續成熟，可以收割，隨後是花生、棉花、大豆可以收穫，還有最重要的一點，就是中稻也要收割了。

姚三春家兩畝旱地種的大豆、棉花、芝麻，以及水田田埂上的大豆都要收割，不過這回姚三春夫妻並沒有下地，而是直接出錢找人幫忙收割了。

有這個時間，他們還是用在製農藥、實驗農藥上更划得來。

老槐樹村的村民們再次忙碌起來。

宋家種了十畝的中稻，旱地又多，這下子更是忙得不可開交，只是現今羅氏懷著身子，宋平東也知道媳婦對這個孩子珍視非常，所以宋平東便想讓宋婉兒替下自己媳婦，羅氏在家幫忙做飯什麼的就行。

對此，宋婉兒並不太甘願。從小到大，她爹娘以及大哥都寵她，很少讓她下地幹活，除非情況緊急才會叫她幫忙一二，現在她大哥卻讓她替下大嫂，那她豈不是要在地裡曬上十天半個月？於是宋婉兒一邊幹活，一邊抱怨，田氏安慰也沒用。

宋平東沒說什麼，在羅氏面前還替宋婉兒說話，可是心裡不是沒氣的。

自己這個么妹長得好，性子嬌，有時候就跟小孩子似的，他作為大哥自然要多擔待些，可是現在她大嫂懷了身子，這可是大事，她卻一點都不懂事，幹一點活就要抱怨許久！

村裡像她這麼大的姑娘，誰不是天一亮就跟爹娘下地，每天弄得灰頭土臉的？她嫂子娘家就一個姑娘，還不是啥都會幹？

要他說，姑娘家可以嬌養，但是性子不能太嬌。他這個做大哥的有時候都看不過去了，更何況她以後要嫁到別人家去。從前宋平東就想教宋婉兒做人的道理，可惜都被宋茂山攔住，致使宋婉兒現在長得有點歪。

和宋家相比，姚三春家的勁都往一處使，氛圍倒是挺不錯的。

這天，趁水稻剛收回來要曝曬的功夫，宋平生擠出半日空閒去鎮上買東西，不是別的，就是一件風鼓車。

宋平生兩口子不是斤斤計較的人，村裡人跟他們借風鼓車都沒拒絕，為此還在村裡賺了一波好名聲。

農忙仍在如火如荼的進行著，而一年一度的團圓日子中秋節也要到了。

姚三春心裡沒將姚大志夫妻當作父母，又怕那兩個極品打蛇隨棍上地纏了上來，自然不會回姚莊。

但姚小蓮心頭還殘存著幾絲不切實際的念想，都說子不嫌母醜，狗不嫌家貧，到底是生養自己的父母，就算父母對她不好，到底也過了這麼多年，總是有感情的。不過姚小蓮很清醒，她知道若是自己真回了姚莊，她父母絕對會纏上來，影響她就算了，就怕到時候還會害了她姊和姊夫，所以她絕對不能這麼做！

中秋的前一晚，夜深人靜，姚小蓮睜著眼，望著安靜無聲的明月，窗前一片淺淺淡淡的清輝，淚水從眼尾一路滑到底，沒入被中，尋也尋不著……

第二日，中秋佳節。

從上午開始，宋家就熱鬧起來了，宋婉兒不用多說，宋平文也放假歸來，宋氏一家五口也早早來了，羅氏有身子，她兄弟特地過來告知她不用回去，所以也在家中，最後宋平東上門請人，姚三春夫妻和姚小蓮也去了。

這下子可真是滿滿當當十五個人，一大桌子都坐不下！

姚三春還沒進宋家院子，就聽見院子裡頭宋氏在指點江山，讓人幹這幹那的。

姚三春前腳進院子，看到宋氏一家子都在，便喊道：「大姑、大姊、姊夫。」

宋氏笑得分外和藹親和，目光在姚三春臉上打量兩圈，就朝宋巧雲道：「哎喲，巧雲啊，咱們好一陣子沒見著三春了，妳看她是不是白了好多，還變俊了呢？」

弓著腰準備拿刀殺雞的宋巧雲抬頭看一眼，驚喜道：「是的嘞！三春比前兩個月白了不少，也變好看了！」

姚三春抿唇笑，她天天帽子不離身，出門就算熬著酷暑也要穿長袖，不變白才對不起她！

都說宋家是老槐樹村日子過得數一數二的人家，這話真不假，今天中秋，別人家都是割點肉，雞鴨是不太捨得殺的，可宋家又殺雞、又殺鴨，是真捨得。

姚三春看到不免心裡嘀咕，宋茂山渾身都是缺點，可唯獨在花錢上算不得小氣，當初分家那麼不像話，也還是分給他們二房三畝水田、兩畝旱地、四分菜地及一間茅草房，最起碼他們夫妻還勉強有遮風擋雨的地方。

這年頭供一個讀書人真是很費錢，可是宋家的日子卻還是照樣過得不錯，幾乎幾天就吃一次肉，比村裡絕大部分人家過得滋潤得多。

可若真說宋茂山大方吧，他偏偏在種田上捨不得花錢，家裡二十來畝地全靠自家人忙活，只要宋平東他們沒累趴下，宋茂山就不會花錢雇人。

這種人，姚三春實在是看不懂，最後只能歸咎於五指各有長短，宋平文、宋婉兒以外的孩子不招人疼唄！

姚三春在心裡默默把宋茂山罵了幾十遍，回頭又覺得為這種人浪費心神沒必要，便拉回思緒，繼續拔自己的鴨毛。

宋家院子裡，田氏和宋巧雲殺完雞便拔雞毛，姚三春則跟羅氏坐在小凳子上給鴨拔毛，沒一會兒宋氏也搬個小矮凳過來幫忙。

面對姚三春，宋氏第一次展示了什麼叫春天般的溫暖，臉上的笑就沒消失過，可把姚三春給瘮到了。

一群女人忙活半天，終於將十二道菜全部做好，紅燒雞、青椒血旺、雞雜鴨雜、蒜苔鹹肉、清炒空心菜、清炒莧菜、紅燒冬瓜、炒南瓜……

宋家今天兩張桌子合併，十二道菜放上去倒也不顯得滿當，不過宋家今年的菜卻比往年都要豐富，二狗子和虎娃看著，口水簡直快流一地了。

合併成的長桌上，包括小孩子，十五個人依次坐下，嘰嘰喳喳說著話，原本寬敞安靜的堂屋裡，一下子人氣爆棚，熱鬧得不行。

眾人還未開動，宋氏掃視眾人，然後就滿面笑容地朝宋茂山道：「大哥，今天中秋，難得大家都在，一家子團團圓圓的，你不說兩句？」

宋茂山手放在酒杯上，面皮少有的鬆動，嘴角也不復往日嚴厲甚至不近人情的弧度。

「既然大妹妳開口了，那我就說兩句。」宋茂山清了清嗓門，聲音低沈有力，又道：「今天是中秋節，是一家人團圓的日子，咱們一大家子今天為啥聚在一起？那是因為咱們是親人！是血親！什麼是親人？親人就是要相互幫助、相互扶持！發達了也不能忘本，要記著幫襯親人！鬧矛盾了，也不該斤斤計較，該放寬心胸，互相體諒才是，因為一筆寫不出兩個宋字！」宋茂山食指用力戳在桌面，臉色極為認真。「咱們親人之間，打斷了骨頭還連著筋，若是不相互扶持、不團結，反而跟個仇人似的，誰都不搭理誰，那外人就會欺負到你頭上，誰讓你人單力薄好欺負？」

宋氏擦了擦眼角，似乎很有感觸。「大哥說得太對了！想當初，大壯他爹早早地去了，就留我們孤兒寡母三個，不僅日子過得清苦，大壯他大伯、二伯還想搶我家的田地。雖說我小時候跟大哥關係不太好，可是緊要關頭還是大哥出手相助，幫我奪回田地，還為我們撐腰，否則如今我們母子仨恐怕早就餓死，墳頭草都有三尺高了！」

宋茂山擺擺手。「咱們親兄妹，說這些見外的話幹啥呢？無論如何，我們都是血親，緊要關頭不出頭，那我還是人嗎？」

宋茂山說得倒也不是假話，其實他們親生父母都是脾氣好的，從小教育宋茂山兄弟姊妹仨要好好相處、互幫互助，所以在宋茂山離家闖蕩前，他對底下兩個弟弟妹妹還是不錯的。

可自宋茂山從外頭闖蕩回來後，一切都變了。

他先逼父母分家，搶走絕大部分家產，又將宋茂水一房趕出家門，不管其生死，真真是一副冷硬心腸。

後來宋茂山的老父老母被氣得重病在床，可能宋茂山心底還有一絲人性，倒是請了大夫治療，只是二老被刺激狠了，最後還是撒手人寰。

這期間還發生過一件宋茂水和宋氏都不知道的事，就是二老臨終前一邊痛哭流涕，一邊罵宋茂山冷血無情，對親兄弟都這麼狠，又罵宋茂山畜生，把自己父母氣死，他這種不孝子，死後絕對要下地獄！

宋茂山對父母的感情雜糅著那一點點的愧疚，後來他將這點感情轉移到宋氏身上，所以對宋氏倒真是不錯了。

至於為什麼不對宋茂水好？那是因為分家時鬧得太決絕，郭氏罵得很凶、很難聽，而且跟宋茂水修復關係的代價太大，他可不想把吃進肚子裡的東西再吐出來。

所以，才有如今宋茂山和宋氏兄妹情深的戲碼。

對此，圍觀群眾姚三春只想說：哎喲，演技不錯喔！

如果宋茂山兄妹說得不是那麼別有深意、句句暗示，她絕對會給滿分。

今天的宋家真稱得上是你方唱罷我登場，熱鬧極了。

這不，宋茂山和宋氏兩個骨灰級戲精才表演完，又輪到宋平文這個小戲精，起身雙手捧酒杯，微弓著腰輪番向上頭兩位兄長敬酒，一會兒說感謝兄長多年照顧，一會兒又回憶起小時候調皮搗蛋被兄長揍的趣事，引得堂屋裡好一陣大笑，可謂做足了姿態。

宋氏便在一旁兢兢業業地做綠葉，直誇宋平文大了，懂事知理，對兩位兄長萬分尊重；又誇兄弟仨感情好，以後平文出息了肯定會拉扯兄弟云云。總之好話不要錢地往外倒，整個堂屋都是宋氏的大嗓門，一刻都沒冷場過。

宋茂山最欣賞的就是宋氏這一點，能猜到他想聽什麼、想做什麼，他們之間的默契能讓他事半功倍，所以他的神色便更滿意了。

對於宋茂山三人精彩絕倫的表演，宋平東確實生出幾許感觸。他作為兄長，自認照顧弟妹是分內之事，若是弟弟、妹妹們誤入歧途，他就伸手拉一把；要是弟弟、妹妹們犯渾犯錯，他便說之以理、動之以情，總之絕不能撂挑子不幹。

宋巧雲作為大姊，對底下的弟弟和妹妹同樣寬容。

而姚三春夫妻卻持有迥然不同的想法。前世製作精良的電視劇及電影看多了，如今再看宋茂山兄妹的表演……怎麼說呢，演技生硬且沒有靈魂，不合格！夫妻倆忍笑忍得很辛苦，只能化笑意為食慾，悶頭吃東西。

宋茂山看到二房完全無動於衷，簡直氣結，可是今時不同往日，今天又是中秋，他只能按捺住火氣，雖然私底下牙齒都快磨碎了，罵人的話卻只能往肚子裡嚥。

堂屋裡安靜了一瞬，彷彿空氣都凝滯了。

對此，姚三春夫妻毫不在意，他們今天過來是看在宋平東和田氏的面上，否則他們才不會來吃這頓飯。

在場的若是非要說誰心頭稍微輕鬆一點，那恐怕也只有田氏了。五個兒女齊聚一堂，不管氣氛是好是壞，她光是看著，便覺得心裡有了一絲慰藉。

中秋團圓飯就這樣結束，明明人比以往都齊整，宋茂山也沒怎麼板著臉，偏偏還是有些尷尬地散場。

吃完飯，姚三春和宋巧雲幫田氏收拾碗筷，完了便回了自己家。

中秋節後的幾天，姚三春家迎來幾位客人。

姚三春家的小破院子裡，劉青山站在中央，他身側站著兩位穿著氣派的中年男人，三人中只那位體型瘦長、留有八字鬍的中年男人身後還跟隨一位小廝。

宋平生一見劉青山便知其來意，除了買農藥還能是什麼？聽說自從立秋以來，包括大豐縣在內，他們這一片都沒怎麼下雨，對於種茶之人來說，這確實不是一個好消息。

果不其然，劉青山進入小破院子後，就開門見山道：「宋兄弟，我身旁這兩位一位是劉仲義劉兄，一位是王發王兄，都是我朋友。我們幾個今天遠道而來，不是為了其他，正是專門來買五加皮農藥的。我家茶山這幾天又鬧起茶尺蠖了，比起春茶那時有過之而無不及，短短幾天就鬧開，我怕再耽擱下去會損失慘重，所以趕忙過來跟你訂農藥！」

劉青山眼下發青，眼袋很重，且面帶憂色，看樣子情況應該挺緊急的。

他一口氣沒喘勻，又語速飛快地道：「這次我要一千五百斤！你們大概啥時候能交貨？錢不是問題，只要能盡快交貨。」

劉青山語畢，另一個叫劉仲義的也沈聲道：「宋兄弟，我大概要一千六百斤，訂金可以現在就給你，但是你一定要保證盡快交貨，否則買回去也遲了。」

劉青山加了一句。「我們的茶葉就靠你啦！」

也是劉青山他們倒楣，春茶鬧蟲災不少見，但秋茶倒是還好，今年壞就壞在雨水少，天氣又合適蟲子繁衍，導致秋茶遭受重創。

但甲之砒霜，乙之蜜糖。劉青山等人為蟲災愁禿了頭，於姚三春夫妻來說卻是機遇。

宋平生背脊挺直站在那兒，沈穩一笑。「二位不必如此焦急，我們家五加皮農藥的存貨足夠，若是方便，你們下午便可以拉走。」

「當真?!」劉青山跟劉仲義對視一眼，臉上均是掩飾不住的驚喜和激動。

一直沒出聲的王發則目光放肆地打量著宋平生，目光談不上多和善。「是真是假，帶我們去你家庫房看一下不就知道了？」

宋平生恍若沒發覺王發對他的敵意，只道：「當然，各位隨我來。」

於是，宋平生便將四人引至庫房前，只是庫房兩扇門只能開一扇，另一扇門直接被農藥擋住去路，推也推不開。

庫房本就不大，裡頭的農藥快堆到屋頂了，甚至將另一頭唯一的窗戶都堵個嚴實，導致庫房裡頭黑黢黢的，打開門也只能看到方寸之地。

也是因為這陣子不下雨，否則宋平生兩口子也不敢把農藥就這麼放在地上，容易生潮，但其實他們還有很多收購的材料在孫吉祥家呢！

劉青山和劉仲義伸直脖子在裡頭掃兩圈，一本正經的樣子，雖然他們根本不認識哪個是哪個，但是不妨礙他們點頭作瞭解狀。

王發看完，眼中劃過不屑，繼而朝劉青山問道：「青山兄，不是我不相信你的話，只是這家庫房實在簡陋，一堆不知什麼的東西亂七八糟地堆在一起，說不定還有蛇蟲鼠蟻呢，這樣的農藥你真敢用於茶樹？咱們種的茶葉可不是棉花、大豆那些下賤東西，金貴著呢！」

劉青山的目光投向宋平生，遲疑了一下後道：「這……反正別的我不敢說，但是宋兄弟家的五加皮殺蟲劑，我敢打包票，絕對有用！我就沒見過效果這麼好的農藥，否則我也不會介紹給王兄和劉兄了。」

劉仲義望著宋平生，一副欲言又止的表情。「……王兄說得也不是沒有道理，畢竟做生意的，門面很重要。」

宋平生不見惱怒，只是略帶無奈地扯了下唇角。「各位說得是，只是我家新屋才蓋一大半，庫房尚未完工，還要一陣子才能搬進去。我也很想將農藥放在寬敞整潔的地方，只是三位也看到了，我跟我媳婦目前還住破茅草屋呢，哪有地方給農藥挪地方？」

宋平生這麼一說，劉仲義臉色不禁略帶訕然，他總不能讓人家自己都住不好，還給農藥造金窩銀窩吧？

只是王發卻彷彿跟宋平生槓上似的，下巴一抬，語氣中自有一種高高在上的得意。「既然如此，你不介意帶我們去參觀新庫房吧？畢竟我們種茶不是小打小鬧，若是你家就這點東西，我還真不放心買！」

宋平生不動聲色地望去一眼，像王發這種端著大爺作派的顧客他從前見得多了，這點陣仗他根本不放在心上，遂從善如流地道：「可以。」

於是宋平生便領著劉青山一行人去往新屋那處，這倒是讓他想起上輩子才開始創業時，他領著顧客參觀自家廠房的記憶。

一行人很快到達新屋所在地，只是新屋還沒做好，廠房和倉庫都只初具雛型，只因姚三春夫妻要建造的屋子太多太大，又要求質量可靠，這絕不是一個月就能了事的。

雖說廠房及倉庫只是初具雛型，但是光從框架來看，便可推測建好後的地方有多大，廠房目測最少可容納七、八十人，倉庫將近有兩個老屋那麼大，這還有什麼放不下的？

劉青山和劉仲義見到這麼大的倉庫和廠房，清楚地知道到了宋平生做農藥生意的決心和態度，這下便再沒什麼疑慮。相反的是，經由這事，二劉領教到宋平生這份幹大事的魄力，不由得高看他一眼。

這邊二劉指著新屋說笑，那邊王發卻背著手，緊抿唇角不說話，也不知道在想什麼。

姚三春家又來貴人的消息就跟那天上的鳥兒一樣，撲騰著翅膀飛得老遠，沒一會兒新屋周圍便圍著不少人，一個個站在那兒看熱鬧，半天不挪步，好像別人多長了一隻眼睛似的。

見這麼多人打量自己，王發心中更加不悅了，袖子一甩便道：「青山兄，該看的都看了，咱們還是快些回去吧！」

畢竟是自己帶來的人，劉青山不好拂了人家的面子，只笑容微斂，朝宋平生頷首，五人便又回到小破院。

來時劉青山料想過宋平生兩口子可能準備了存貨，只是他沒想到人家竟然準備了好幾千斤，這下子真是解了他們的燃眉之急，揪緊幾天的心終於舒緩了些，就算讓他多掏錢他也願意。

劉仲義也沒猶豫，爽快地付了錢。

倒是王發卻沒有買農藥的意思，劉青山不禁對他瞥了好幾眼，但人家直接當沒看見，後來劉青山便沒再理會他了。

劉青山和劉仲義兩人一共要了三千一百斤，共計四百九十六兩銀子，兩方一手交錢、一手交貨，很快就將這單生意辦妥。

付好銀錢，後面便是搬運農藥了。雖說他們來時王發獨乘一輛馬車，倒是能空出一輛馬車來，但是要裝三千多斤的農藥還是遠遠不夠。最後宋平生提議讓孫吉祥驅使馬車幫二劉送貨到大豐縣，只是路費得劉青山他們包了，二劉自然答應。

孫吉祥才買的田，還沒稻子收，最近又不用收農藥材料，正閒在家中沒事幹呢，一聽有錢賺自然樂意，屁顛屁顛地跑來搬農藥，甭提多開心了！

幾人搬農藥的空檔，宋平生將劉青山拉到一旁說話，順便將十兩銀子送到劉青山手裡。商人張順再加上今天的兩單生意，劉青山都是出了力的。

劉青山稍作推辭，最後還是收下了，只是他在原地磨蹭了一會兒後，突然開口道：「宋兄弟，我告訴你一件事，只是這事得你自己分析，我也不知真假。」

宋平生目露幾許訝然。「你說。」

劉青山神色鄭重地道：「就這幾天的事，有人來我們大豐縣找茶農，聲稱他們手上有五加皮殺蟲劑，且一斤只要五十文。說實話，我本也動了心思想買，只是我看了那五加皮殺蟲劑，和你家製作的有所不同，聞著味兒好像也不是完全一樣，所以便沒買，畢竟有這麼多茶葉，可經不得瞎折騰。」

「本來我和劉兄、王兄約好一道過來買農藥的，如今王兄沒有買的心思，恐怕是想買別人家的農藥了。」劉青山目光掃向宋平生。「咱們大豐縣買那家農藥的人家應該不少，原本有幾個也想跟來的，如果那家的農藥真的有效，恐怕……」

宋平生深知劉青山這話半是告知、半是試探，所以從頭到尾都淡定得很。事實上，他是真的很淡定，內心毫無起伏，甚至還有點想笑。

從他們夫妻請人磨製農藥的那一天起，他們就已經做好材料種類被洩漏的準備，但這沒關係，因為五加皮所需要的信石從頭到尾只經過他們夫妻倆的手。

五加皮殺蟲劑中所需要的信石不算多，但是他們夫妻都是悄悄請中間人採購，再親自磨製、親自添加，就連姚小蓮都不知道有信石的存在。

更何況，五加皮殺蟲劑各材料的比例非常重要，不知道混合的比例，效果絕對會大打折扣，所以無論心懷叵測之人如何費盡手段，到頭來還是會竹籃打水一場空，甚至是賠了夫人又折兵，虧到他吐血。

宋平生萬分淡定地回道：「我恐怕只能說聲遺憾，那些人買的五加皮殺蟲劑絕對是假的。您看著吧，過幾天就知道有沒有用了。」

劉青山見宋平生這般篤定，便沒再說什麼。見農藥都裝上車後，他跟宋平生打聲招呼便離開了老槐樹村。

回到家中，宋平生將假五加皮的事告知姚三春，夫妻倆同一個想法——靜觀其變，隔岸觀火，且看他們如何玩火自焚。

只是，這將他們的農藥原材料洩漏出去的人到底是誰？是故意還是無心呢？

村子裡議論姚三春小倆口的聲音還未斷，又出了一件大事。

這日上午，姚三春姊妹坐在院子裡挑揀大豆，宋平生則在門前打穀場將稻粒攤開晾曬。姚三春家這邊正忙活，這時田氏突然一路跑過來，她遠遠地揮手喊著宋平生的名字，到近處時緊緊抓住宋平生的胳膊，粗喘一大口氣，才急惶惶地道：「平生，你快去鎮上請大夫！你大嫂摔了，見了血，肚裡的孩子眼看是保不住了！萬一大人又有個三長兩短，你大哥恐怕要瘋了！」

宋平生大吃一驚，也沒時間問明前因後果，扔下木鍬便往孫吉祥家的方向跑去。萬幸孫吉祥今早剛從大豐縣回來，他還能用著馬！

院中的姚三春聽見田氏驚慌恐懼的聲音，當即奔了出來，緊張地問道：「娘，大嫂現在怎麼樣，人還醒著嗎？」要是人失去神智，那情況可能更糟。

田氏慢半拍地扭頭，額頭佈滿細汗忘了擦，啞著嗓子道：「人醒著，但是肚子疼得厲害，叫得嗓子都啞了，平東是一步都不敢離開啊！」

姚三春心中一緊，忙跟著田氏小跑去往宋家。

此時宋家門外有不少人站在那兒，看來羅氏摔倒的事情已經傳開了，不過田氏婆媳倆誰也沒心思理會他們。

宋家偌大的院子裡，此時不見宋茂山跟宋平文的人影，只有宋婉兒半躲在堂屋門板後，臉色蒼白，連嘴唇都是白的。

姚三春沒心思管這些，因為東屋斷斷續續的哀叫聲實在太慘，她跟在田氏後頭踏入東屋，剛一進去，一股血腥氣混合著刺鼻的臭氣便直沖面門，刺激得她一陣窒息。

田氏走過去朝床上的羅氏輕聲安慰道：「平東媳婦，平生已經騎馬去鎮上找大夫了，很快就能到！妳再忍忍，再忍忍，啊？」

姚三春走近看過去，便見羅氏蒼白的臉龐上汗水混合著淚水，鬢髮黏在皮膚上，眼皮無力地耷拉著，眉間卻緊蹙成一座小山丘，時不時就會發出痛苦的尖叫聲，真是十足的狼狽。

床榻一旁，羅氏的衣裳被扔在地上，上頭大片猩紅的血混合著像是豬屎一類的東西，簡直臭不可聞。

宋平東一張臉緊繃到極致，眼中全是擔憂和焦急，被羅氏緊握住的那隻手都被摳出血來了，但他就像是沒感覺一樣，只朝田氏急忙說道：「娘，二狗子他娘現在離不開我，您幫我把地上的衣裳帶出去，再燒些熱水來。」

田氏忙不迭地應下。

姚三春見羅氏的樣子太淒慘，心裡很不好受，可現在她唯一能做的就是幫忙燒點水了。離開前她對宋平東說道：「大哥，要是大嫂疼得狠了，你就塞一塊布讓大嫂咬著，以防她太疼咬到舌頭。」

宋平東無力地點了下頭。

姚三春離開後，宋平東用袖口幫羅氏擦汗，另一隻手緊緊反握著羅氏的，口中不停地安慰著。「小玉，沒事的，我在這兒呢！」

羅氏的目光時而迷離，時而疼得清明。又一陣痛熬過去後，她得以有片刻的解脫，虛弱地望向宋平東，聲音輕得幾乎聽不見。「他爹，咱們孩子沒了，對不起……」她知道自己男人同她一樣，對這個孩子滿懷期待。

宋平東摸著她的臉頰，安慰道：「沒事的小玉，等妳好了，咱們還會有孩子！妳要怪就怪我，是我沒照顧好妳！」

羅氏狠狠閉上眼，將淚水擠出來，哽咽一聲，氣息微弱。「他爹，我真的……好難過……嗚嗚……」

人真正傷心的時候，言語這東西便會顯得蒼白無力，甚至於可笑。宋平東無法用言語安撫羅氏，只能用額頭碰著羅氏的，另一隻手緊緊摟住她。

在羅氏看不到的地方，宋平東的眼眶驀地紅了。

沒一會兒，屋子裡又傳來羅氏痛苦的叫聲。

宋平生騎馬去鎮上，很快便把回春堂的大夫從鎮上請回來。

從馬上跳下來的那一刻，不僅是中年大夫，就連宋平生都覺得自己的屁股差點顛裂開了。

這時候，宋茂山和宋平文終於出現在堂屋裡。

田氏等人一見到大夫，提心吊膽的情緒有所緩解，宋家院裡終於有了一絲人氣。

回春堂的大夫進入診治時，羅氏已經疼暈過去。

一番診治後，大夫嘆了口氣，朝圍住他的宋平東等人說道：「這位嫂子這一跤摔得太狠，很不幸，孩子已經沒了。但不幸中的萬幸，這位嫂子的身體不錯，雖然流了不少血，今天還受了不少罪，但沒傷到根本，養好身子以後還能有孩子，若是換作身子差些的，恐怕半條命都沒了！」

宋平東聽到這兒，彷彿溺水的人被打撈上岸般，終於得到大口喘氣的機會，整個人都活過來了。「謝謝大夫！真的謝謝你！」宋平東由衷地感激道。

大夫擺擺手，從藥箱中拿出兩包藥來。「我來時只來得及帶兩服藥，現在就先熬了給病人服下，剩下的我開個方子……」他指向宋平生。「你送我回鎮上，順便把藥買了。還有，病人身體受虧損，這陣子一定要照顧好，不然容易落下病根……」

宋平東和田氏仔細聽著，全都一一記下。

待宋平生再次騎馬送大夫回鎮上，宋家院子也再次安靜下來。

村裡有好些人進院子想打聽兩句，卻被宋茂山陰沈的臉色嚇退，一個個訕訕地離開。

大門關上後，宋家的氣氛更加詭異了。宋茂山唇角下撇，面色沈沈，端的一副「黑山老妖」的形象；宋平文的神色看不出什麼；宋婉兒卻肩膀垮下，捂著臉就跑回自己屋裡，惹得一旁的姚三春好一陣胡思亂想。但是最詭異的莫過於宋平東拿藥進廚房前瞥向宋茂山的眼神，翻騰著各種濃烈的情緒，這讓姚三春更加疑惑了，羅氏到底是怎麼摔的？

宋家人人都陷在自己的思緒中，彼此間幾乎沒有交流，連眼神都自動錯開，安靜到姚三春發慌，而村裡老槐樹下卻討論熱烈。

「……我親眼見到宋平東抱著他媳婦回去，一路都在淌血呢！嘖嘖，孩子絕對沒了，恐怕人都去了半條命！作孽喔！」

「平東媳婦都顯懷了，宋家還讓她挑豬糞？沒看出來啊，宋平東竟然是這種人？平日裡還裝著一副老好人的樣子，啐！」

「我上午看到宋平東一直在打穀場脫粒，要不是有人叫他，他都不知道呢，咋會讓自己媳婦挑豬糞？就算不是為了媳婦，肚子裡的孩子總是他的吧？」

「啥呀，要我看羅氏就是命不好！誰家媳婦懷了身子跟懷個金蛋似的？還不是照樣下地幹活！誰跟她一樣，挑個豬糞都能把孩子摔沒了？真是沒用！羅氏要是我媳婦，我直接一巴掌摑過去！」

「妳嘴巴可積點德吧！人家平東媳婦這麼慘了，妳還拿人家說嘴。要我說，這事說不定跟宋老頭有關，你們看他在幾個子女前脾氣大得很，說一不二，他家不都得聽他的？家裡那麼多田，也沒見他怎麼請人幫忙，恐怕也不是啥會心疼人的！」

「宋老頭的派頭是大了點，但是又沒聽說幹過啥壞事，就連當初把二房分出去，那也還給了三畝水田、二畝旱地呢！這說明啥？說明宋老頭就是脾氣臭了點而已，對子女還是好的，你們可別瞎咧咧了！」

「那總有人讓平東媳婦挑豬糞吧？總不能是她自己想幹這活兒吧？」

村裡的議論聲，從上午出事後就沒消停過。

宋平東自己在廚房熬著藥，姚三春見沒其他事情，便回自己家去了。

廚房裡，田氏正想著如何跟宋平東開口。

這時宋婉兒頂著腫成核桃的眼，磨磨蹭蹭地進來廚房。

幾乎是宋婉兒進來的一瞬間，宋平東的眼神就猛地冷下來，冷得就像那冰天雪地的刺骨風雪，颳得她遍體生寒，不得動彈。

宋平東也不說話，就這樣冷冷地看著她，眼中沒有一絲情緒，這樣的目光卻比打罵更讓宋婉兒難過。

宋婉兒在原地站了一會兒，先是後悔中夾雜著難受和痛苦，最後卻又生出一絲委屈。她在原地蹲下，抱著膝蓋仰面痛哭，一把鼻涕、一把淚地道：「大哥，你相信我，我真的不是故意的！我在地裡幹了這麼多天活，這幾天一直渾身不舒服，今天身上實在沒勁，所以才讓大嫂幫忙幹活的！再說大嫂自己也點頭了，要是她幹不了，我咋也不會逼她幫我幹家務活啊！」

宋平東冷笑。「宋婉兒，我當初是怎麼跟妳說的？我說妳大嫂懷這胎很辛苦，最近還在吐，人瘦了不少，讓妳這陣子多擔待些，等忙完這陣子我自己來。這話我說多少遍了？我就差點低聲下氣求妳了！結果呢?!」宋平東最後三個字的聲音陡然拔高，彷彿一道驚雷響徹整個宋家院子。

不僅田氏嚇著，宋婉兒更被嚇得身子一抽，竟一屁股摔坐在地上。

「妳前面答應得好好的，今天就說不舒服！妳真當自己是哪家的千金大小姐嗎？幹點活就這疼那疼的！妳大嫂從進門開始，對妳怎麼樣妳心裡沒數嗎？啊？我總想著，我們兩口子畢竟是做大哥、大嫂的，對弟弟和妹妹能多擔待就多擔待些，妳平常懶散嬌氣些也就算了，念著妳遲早要嫁出去，我們就想待妳好一些，可是妳呢？宋婉兒，妳懂事嗎？妳有良心嗎?!是，割稻子、收大豆是辛苦，妳只幹一季就喊苦，我跟娘及妳大嫂年年忙活，我們難道不是人，就我們不辛苦嗎？怎麼，在這個宋家，就我們三個命賤？就我們三個活該當牛做馬給你們當畜生使？就幹這麼點活，妳就快死了？躺床上都起不來了？還有臉讓妳懷著身子的大嫂幫忙幹活？妳怎麼不讓宋平文去幹？怎麼不讓爹去幹？不就是看妳大嫂平日讓著妳嗎？」

宋平東咆哮著，脖頸上的青筋都蹦了出來，眼眶微凸，裡頭全是血絲，配上他冷硬的表情，看起來十足嚇人。

宋婉兒的內心全面崩潰，只能捂著臉放聲痛哭。「對不起、對不起，我真的不是故意的！大哥你相信我，我知道錯了，我以後再也不會了！嗚嗚……」

宋平東的胸口劇烈起伏，喘著粗氣，連手都在抖，聞言冷笑不已。「現在說這些屁話有什麼用？宋婉兒，對妳好根本不值得！是我瞎了眼，是我害小玉受苦！以後再也不會了……妳不要跟我道歉，妳去跟二狗子他娘、跟我死去的孩子磕頭道歉去！」

田氏似驚懼、似擔憂地抓住宋平東，可是嗓子卻像被什麼梗住般，半天都說不出話來。待宋平東端著藥從廚房出去，宋婉兒還在那兒淒淒慘慘地哭，上氣不接下氣，簡直哭得腸子都快斷了。

田氏過去，一把扯住她的手腕往上拽，語氣是難得一見的凶。「哭什麼哭！我早上還叮囑過妳，妳咋還這麼不懂事啊？妳真是……妳真是在妳大哥、大嫂的心窩子上戳啊！」

宋婉兒哭得快厥過去了。

宋平生將大夫送回回春堂，再趕回家已經過了中午。姚三春給他留了飯菜，他也真餓狠了，兩三下鏟起大鍋裡的鍋巴拿在手裡，沾上燒豆角濃濃的湯汁，大口就吃了起來。

姚三春真怕他噎著，忙給他盛一碗青菜蛋花湯，一邊讓他吃慢一點。

可他還未吃完呢，宋平東突然來到他們家院子，看樣子像是有事要跟宋平生商量，姚三春便自覺地離開了。

宋平生加快速度將剩下的半碗飯吃完後，放下碗筷，問向皺眉不語的宋平東。「大哥，你有事直說。」

宋平東放在方桌上的右拳握得發白，語氣異常艱難。「平生……你大嫂出事，跟婉兒和爹都有關係！」

宋平生眸色一滯。「到底是怎麼一回事？我們到現在都糊裡糊塗的。」

宋平東的眉頭皺出極深的紋路。「……前陣子婉兒替你大嫂下地幹活，她嫌太累，今天聲稱自己不舒服，便讓你大嫂幫她幹活。你大嫂這人你也知道，平常就是個勤快的，對婉兒他們也都多有忍讓，所以沒好意思拒絕。但是你大嫂不是不懂事的人，她最近吐得厲害，精神頭不算太好，所以她只把輕省的活兒幹了，看到豬圈裡豬糞太多，猶豫了一會兒沒動。可是爹嫌豬圈味兒太大，非要讓你大嫂挑出去肥地。爹在家從來就說一不二慣了，這事沒有拒絕的餘地，婉兒又不願意幹，所以你大嫂只能自己挑，誰知路上就摔了！」

宋平生望著宋平東微彎的背脊，抬手拍了兩下。「大哥，大嫂人沒事最重要，你想開點。現在最難過的就是大嫂，心裡說不準難受成什麼樣子，你自己要頂住，才能做她的依靠。」

宋平東使勁眨眨眼皮子，抬首時面上有幾分心灰意冷的頹然，很多心裡的怨言再也憋不住。「我知道。只是經過這事，我的心也冷了。從前我對爹言聽計從，可爹呢？他可曾經正眼看我？他眼裡只有平文！小時候我才上半年學，因為先生說我讀書沒什麼天賦，他二話不說就不讓我上了，也不管我如何想識字！可對平文，他要什麼給什麼，只管讀書，其他一律不用管，從小到大連地都沒下過！憑啥？憑啥爹這麼偏心？

「家裡二十多畝的田，還有那麼多旱地，幾乎每年就是我跟娘她們種的，每天累得跟狗一樣，可是爹就是捨不得平文下地，又捨不得錢，非要我們脫層皮！從前我不願意相信，現在我終於被打醒了，呵呵……他簡直就是把我們當畜牲用啊！恐怕我媳婦跟孩子在他眼裡，根本不值得一提！

「還有婉兒，我跟二狗子他娘對她不好嗎？我知道爹把她慣得嬌氣，所以我跟你大嫂都是寧願自己吃虧，也不讓她受累，誰叫我們是大哥、大嫂呢！可她回報我的是什麼？我不盼著她真回報什麼，但她最起碼有點心，緊要關頭能頂點事吧？是我的錯，我不該放縱婉兒，婉兒成了今天這樣，我也有錯！你大嫂是被我連累了，是我讓她讓著婉兒點，如果不是我，你大嫂就不會攤上這事，孩子也不會掉……」宋平東狠狠搓了把臉，揉著眼皮子，喉嚨滾動著，再也說不出話來。

宋平生無聲地嘆口氣，他知道宋平東這回受的打擊太大了，從前為宋家累死累活，最起碼他覺得家人會記得他的好，所以為這個家累一點也值得，可是現實卻狠狠地甩了他一巴掌！吃一塹長一智，只是這次教訓的代價太大了。

宋平生思慮半晌，最後試探道：「大哥，要我說，你乾脆分出來過得了，這個家除了娘，還有什麼好留戀的？以後你我兄弟倆相互照料，再把娘接過來養，日子不會難過。」

宋平東揉臉的動作頓住，拿開手露出微紅的眼眶。「……分家？你以為我沒想過？可我是宋家長子，就算分家了爹娘也該跟著我，但婉兒還沒嫁人，而爹他捨得誰也不會捨得把平文分出去過，所以這家怎麼分？就算我真能分出來，但爹娘沒和離，我們又怎麼能讓娘跟著咱們過？若留下娘一個人在家裡過，家裡所有的活兒都落到她一個人肩上，我簡直不敢想像娘會受到什麼樣的搓磨……」分家這條路，好似條條都是死路！

宋平生倒覺得還能接受，最重要的是宋平東已經有分家的想法，這說明他不是那種沒腦子的愚孝之人，是個愛恨分明的。

宋平東純粹地愛護著自己的父母兄弟姊妹，但是他也有自己的底線，當他發現親人背叛，或是被傷害，越過他的底線，那麼他便不會一味地退讓，不會一味地委曲求全。從目前看來，他對宋茂山和宋婉兒真是失望透頂了，至於對宋平文，倒還是存有幾分感情的，畢竟人家裝得好，目前也沒幹出啥天怒人怨的事情。

只是分家的事，到底是太難了。

兄弟倆面對面皺著眉頭，半天沒說話，只是周身的氣壓都壓抑得很。

就在這時候，田氏突然冒出來，她的眼睛亮得驚人，腳步匆忙地趕到兩兄弟中間，兩手各掐住一個，壓低聲音急切地道：「平東，你聽平生的，分出去吧！這回你爹對不起你們在先，這事要是傳出去，他的名聲就臭了，所以你爹絕對會想盡辦法捂住這事！只要你堅持分家，實在不行就少分點東西，他很可能會同意的。」

宋平東和宋平生對視一眼，均不能理解田氏對於分家一事的急切，彷彿是抓住了什麼難得的機會，生怕會錯過一樣。

像極了當初勸宋平生分家的時刻。

宋平東搖頭。「娘，我分不分出去是其次，主要是您啊！要是我跟二狗子他娘分了出去，您咋辦？家裡那麼多田地，每天還要忙前忙後，爹幹得少，婉兒跟平文又不幫忙，難道您要我眼睜睜看您累死？」宋平東的神色再次沈了下去。「不管您承不承認，爹他就是打了您！要是我分出去，爹再沒了顧忌，又打您咋辦？」

宋平生的目光緊緊盯在田氏的臉上，這時插了一句話。「娘，妳想要大哥安心地分出去過，那妳就跟爹和離，這樣大哥才能徹底安心。」

田氏垂下眼，讓人看不到她此刻的神情，語氣中有一種說不清、道不明的感覺。「……你們為啥非要我跟你們爹和離呢？我沒了娘家人，只有丈夫跟孩子，就算我跟你們爹感情不咋樣，可是婉兒跟平文還沒成家，要是我跟你爹真鬧到那一步，不僅會影響平文明年考科舉，婉兒嫁人也會受影響的。我這個做娘的沒多大本事，但是我絕不能給兒女拖後腿！」

宋平東聽著，心裡一陣一陣的難受。他的娘，似乎一輩子都是為別人而活，為丈夫、為兒女、為這個家，說得最少，做得最多，永遠任勞任怨，還要忍受丈夫的折磨，她啥時候才能自在地活著？

宋平生心中也有一絲觸動，不過很快就恢復了理智，問道：「娘，若是平文跟婉兒的大事都解決，不需要妳擔心了，妳就願意離開爹了？」

田氏愣怔地望著宋平生。「可、可是我都嫁給你們爹了……」說實話，不管是大環境，還是宋茂山這幾十年對她灌輸的思想，嫁雞隨雞、嫁狗隨狗，加上他們還有五個孩子，她早就認命了。

這輩子來世間走一遭，她大概就是來受苦的吧！這世間的各種苦楚，她都一一嘗遍了，所以現下她唯一的願望就是孩子們過得好，至於其他的，她再也不奢望了。

宋平生見田氏雖然怔然糾結，卻唯獨沒有不捨，心裡猜測田氏對宋茂山並沒有太深厚的感情羈絆，當即勸道：「娘，妳是我們的娘，難道看到娘妳不好過，我們會快活？相比於虛頭巴腦的名聲、別人胡言亂語那些，我更希望娘妳能活得自在些。人生不長的，為什麼不為自己多打算？」

宋平東思索半晌，突然開口附和。「娘，我也同意您離開爹！既然他對您不好，就讓我們做兒子的照顧您！總之，您不同意離開爹，我就不分家！我不可能眼睜睜看著您一個人受苦！」

田氏不知為何，眼中湧起淚花，無助地捂住眼睛。「可是……我真的不能——」

宋平東打斷她，態度無比堅決。「娘，您不用多說了，這就是我的態度。您不離，我不分！」

不知過了多久，田氏猛地從手中抬起頭，用力吸了口氣，臉色突然變得堅決。「好！我願意跟你爹分開！但是現在不行，我一定要看到平文跟婉兒的事情成了，我才能放下心！」

她一把抓住宋平東，勸道：「但是你分家的事不能拖，必須盡快去找你爹說開！聽到了嗎？」

宋平東的神情有些激動。「娘，我知道！」

一旁宋平生的目光在田氏和宋平東之間梭巡，莫名覺得田氏的態度轉得有些突兀。

田氏離開後，宋平生拉住宋平東。「大哥，你覺不覺得娘答應得太快了？會不會娘有其他的心思？」

宋平東挺直腰桿，之前的頹廢陰鬱去了不少。「我們是娘的兒子，她怎麼會隨意誆騙我們？我想好了，退一萬步說，就算娘到時候反悔，不願意離開爹，那也沒事，我們兄弟倆直接把她搶過來，跟我們一起住！反正爹娘的年紀大了，出來帶孫子也是正常的。」

宋平生沒想到宋平東的想法這麼簡單粗暴，不過聽起來倒也不是不可行，反正年紀大的夫妻為了子女而分開住，別人基本上不會多想。

宋平東作了決定後，心中便不再動搖，打算晚上跟羅氏商量一下，明天就把分家的事提了，省得夜長夢多。

第十五章

第二日上午吃完早飯，宋平東沒有去打穀場，而是留在堂屋，單獨和宋茂山說話。

宋茂山依舊板著臉坐在方桌上首，目光沈沈，整個人陰鷙得很，不知道的，還當是哪裡來的黑面閻王呢！

宋平東的臉色同樣不好看，父子談話，宋平東不需要也不想委婉什麼，開門見山就道：「我要分家。」

宋茂山虛握的拳頭驀然收緊，鷹隼般銳利的目光如同利箭般飛射出去。「再說一遍！」

簡單四個字，被宋茂山唸出震耳欲聾的架勢。

宋平東不為所動，只挺直腰桿，再次冷聲地道：「我說，我要分家！」

話音落下的瞬間，方桌上白底青花茶壺應聲而碎，四分五裂的瓷片飛濺出去，更有瓷片直衝宋平東的臉，還好他躲得快。

宋茂山起身指著宋平東怒聲責罵。「宋平東！你這是翅膀硬了，想造反啊？我跟你娘還在，平文及婉兒還沒成家，你做大哥的，分什麼家？這事傳出去，別人一人一口唾沫都能淹死你，你這個不孝子！」

宋茂山當然不同意，雖然大兒子比不上小兒子聰慧，沒有太大的本事，也不能光耀門楣讓他長面子，但最起碼孝順聽話，最重要的是任勞任怨，幹活不含糊，能把家裡事都包圓了，根本不用他和平文為家裡事操心，這樣用得得心應手的兒子，傻子才把他分出去！

宋平東昨夜一宿沒睡，宋茂山的反應他都預想過。他面無表情地抬眼看宋茂山，神情異常冷漠。「爹，兒子也是人，不是畜牲。將近十多年了，家裡二十多畝田、十幾畝地，人前人後，最重的活都是我幹！我有哪一天是閒的？這樣還不夠嗎？對於宋家，對於爹娘，對於弟弟和妹妹，我宋平東都可以說一句，我問心無愧！要是這樣別人還說我，我只能說嘴巴長在別人身上，他們要說我也管不著！」說到這兒，宋平東的氣勢忽地一變，眼睛一片怒紅。「我對得起宋家，對得起爹你們，可是爹你咋對我的？我跟二狗子他娘盼了好幾年的孩子，就因為你非要逼她挑豬糞，現在孩子沒了，二狗子他娘也差點去了半條命！可你卻從頭到尾一聲都沒吭，你又對得起他們，對得起兒子我嗎？現在我想開了，我不會再當傻子！連自己媳婦和孩子都保護不好，我還算什麼男人？至於平文跟婉兒，他們已經不是小孩子了，我這個做大哥的沒什麼大本事，幫不到什麼忙，唯一能做的就是分家的時候少分些東西，給弟弟和妹妹多留一點，我仁至義盡！」

宋茂山臉色陰沈，目露痛色。「你媳婦摔沒了孩子，難道是我願意看到的？別人家懷了孩子，七、八個月的還不是照樣挑糞砍柴，怎麼別人都沒事，就你媳婦出事？還不是你媳婦自個兒不小心，怪不到我頭上——」

宋平東當即變了臉色，眼睛都快瞪凸出來，撕心裂肺地怒吼一聲。「你說的這是人話嗎?!」

宋平東的胸口劇烈起伏，發出「哼哧哼哧」的不甘聲，整個人被刺激得徹底失去理智，心底那點情感束縛煙消雲散，用啞得跟被石子碾過一樣的聲音怒吼道：「這個家我分定了，你不分也得分！你要是不分，我現在就去村裡說開，說你做爹的不把兒子、媳婦當人看，連兒媳肚子裡的孩子都被你折騰沒了！」

或許是積壓許久的怨氣，也或許是壓倒駱駝的最後一根稻草，又或許是血性爆發，總之這一刻，宋平東真是什麼都不想管了！這樣的父親……這樣一個鐵石心腸、冷血無情的父親，他能稱得上是父親嗎？他值得嗎？

宋茂山何曾被人這樣赤裸裸地打臉？更何況還是他向來溫順聽話的大兒子，這下子他臉上的表情變化真是精彩至極，指著宋平東，半天都說不出話來。「你、你……你敢！你這是要毀了咱們宋家才甘心啊！」

宋平東狠狠抹一把臉，再睜眼時裡頭的怒火如有實質，簡直快燒穿眼前人，但他的聲音卻和眸光相反，冷冰冰的。「不，我不想毀了宋家，更不想害了平文跟婉兒，所以爹，你同意分家吧！」

宋茂山當然不會輕易答應。

若是有人問宋茂山這大半年學到什麼，那就是他從兩個兒子身上學到了人不能一味的態度強硬，必要時虛與委蛇、假裝示弱，或者用感情綁架他人，這些都是好法子。

眼看今天宋平東動真格的，是鐵了心要分家，宋茂山就有些坐不住了。

所以讓宋平東難以置信的一幕出現了——

宋茂山向來挺直的後背突然垮下，就如同一座高山突然有崩裂的跡象，他眉眼一鬆，整個人瞬間多了幾分老態。

「……我宋茂山活到這把年紀，為兒女辛勞了半輩子，一把屎、一把尿地把五個孩子拉扯大，好吃好喝地供著，從小就沒讓你們過過啥苦日子。現在孩子們大了，心也大了，一個兩個都不把我這老東西當回事，要罵就罵，要威脅就威脅！我這輩子啊，也真是活得沒勁！」宋茂山低眉垂目，擺擺手。「走吧！都走吧！孩子們心裡沒我，強留下也沒用，就讓我跟你娘再扛幾年、累幾年，哪怕累到吐血，甚至少活幾年，我都要把平文和婉兒養出來！」

聽到宋茂山這番類似「示弱」的言語，宋平東不是沒有觸動的，畢竟是生他養他的親生父母，總會有惻隱之心，可偏偏宋茂山這番話的漏洞太多，生生讓宋平東冷下心來。

「爹，你說這話不虧心嗎？你為了平文跟婉兒，哪怕折壽都要對他們好，那平生呢？他也是你親生兒子，你怎麼就狠下心把他掃地出門，連一文錢都不給？你是為了兒女付出很多，但是你付出最多的，難道不是只有平文跟婉兒嗎?!至於我跟巧雲、平生，從小到大都是娘一個人帶大的！後來我跟平生大了些，你送我們去學堂，但是人家先生說我們讀書沒天分後，你就看都不看我們兄弟倆一眼了！這些，你真當我不記得了嗎？」既然說了，宋平東索性說開。「說到平生，他為啥總是跟你吵架？還不是你偏心平文，對他沒有好臉色，動輒打罵！平生混了這麼多年，難道沒有你的一丁點錯處？」

宋茂山實在不敢置信，曾經懂事孝順的大兒子，如今竟然這樣跟他說話，句句夾槍帶棒，言語犀利無情，絲毫不給他留面子，簡直就像是在他臉上重重甩下一巴掌。

「你這個畜生，我可是你老子，你的命都是我給的，你憑什麼用這個態度跟我說話？你真這麼有骨氣，就把命還給老子！」

到最後，宋茂山能指望的還是所有父母共同的殺手鐧——你的命都是我們給的！你忤逆我，你就是不孝、就是畜生不如的東西，你就該天打雷劈！

宋平東又不傻。「我為什麼要把命給你？生我的是我娘，養大我的還是我娘！你不就出了點銀子？這些年我為宋家當牛做馬的還不夠還嗎？實在不行，大不了我以後連本帶利還給你！」這回他是真的發了狠，曾經不敢說的大逆不道的話，現在全跟倒豆子一般往外說。

宋茂山脹得臉色鐵青，偏偏他無法反駁。對於大兒子和二兒子，因為他們不是讀書的料，所以他幾乎沒關心過，都由田氏養活，哪像他對平文那般細心教養，感情自然不可同日而語。

宋平東見宋茂山氣得許久說不出話來，畢竟他此行目的是為了分家，便接著道：「爹，如今我也大了，過去的事我也不想多說，沒意思，我只要你同意分家。你放心，你分多分少我都接受，你也不用擔心家裡事多沒人幹，為了娘，我不會放著事不管，讓娘累得要死要活的。唯一不同的就是，我有自己的家，幹不幹都是我們自己願意，旁人沒資格強迫我跟我媳婦幹這幹那。」

宋茂山雖然在氣頭上，但是畢竟心態穩如老蝦蟆狗，敏銳地抓到重點——宋平東想分出去，連分不到多少東西都無所謂，但他還是會繼續幫家裡幹活，因為他不會任由他娘吃苦！

在宋茂山看來，這分家跟沒分家根本沒區別！因為他想留下大房唯一的原因，就是大房兩口子會幹活，現在大房甚至願意主動放棄爭奪家產的資格，雖然他本來就不準備給多少，但是大房主動讓步，那倒是省去他不少功夫。

這事若是放在從前，他絕對是想也不想地拒絕的，因為他不允許任何人挑戰他的權威，除非他想趕人，否則子女絕不能有一絲分家的想法。

但是今時不同往日，自己有把柄在別人手上，並且他遲早要把大房分出去，因為從頭到尾，他都只準備跟小兒子過。他手上這筆錢財，除了自己和小兒子，不會讓第三個人碰。

宋茂山從頭到尾思慮一番後，心中便有了計較。只要握住田氏，就相當於握住大房的命門，大房怎麼折騰都翻不出個浪花來。而對於田氏，他有的是辦法讓她一輩子逃脫不掉！她的命運，終究被他緊緊握在手中，逃無可逃！

既然如此，他現在讓大房分出去也不是不可以。

只是，他終究是被人逼迫的，這讓他如何心甘情願？

所以他偏不願現在就答應，他要讓大房多承受幾日的煎熬，讓他出一口惡氣！

於是宋茂山弓著背，神色頹唐地往長凳一坐，一隻胳膊搭在桌面，閉目搖頭，字字泣血一般。「兒女都是債啊！我宋茂山上輩子到底作了什麼孽？你給我出去，我現在沒心情談分家的事，更不想見到你！」

宋平東愁眉緊鎖，上前一步。「爹！你——」

宋茂山抬眼一聲怒喝。「你要是想氣死你老子，現在就分，我不攔著你！」這氣勢，彷佛只要宋平東再多說一句，他直接就要跟宋平東拚命。

宋平東被堵得說不出話來，在原地站半晌，最終只能帶著滿腹怨氣離去。

下午姚三春過來看望羅氏，從羅氏那裡得知事情始末，不過這樣的結果並不讓人意外，如果宋茂山是這麼好說話的人，那他也就不是那個老奸巨猾、手毒心黑的宋茂山了！

不過宋茂山沒有一口咬死不分家，又沒有同意，她們著實有些費解，目前也只能等幾天再提了。

只是這樣的情形對於宋平東夫妻來說，確實有幾分煎熬。

姚三春夫妻很快就被別的事分了心神，因為第二日大豐縣又來人了，而且是六個人，而其中一個正是上回王發身旁的小廝。

說來王發最近也是十分淒慘，上回王發沒買姚三春家的農藥，而是回大豐縣買那假冒偽劣的，使用後他家種的名貴茶樹蔫了吧唧，茶尺蠖卻不見少，這下子王發真是悔得腸子都青了！

而當他去一趟劉青山和劉仲義兩家的茶山一看，發現兩家茶山的茶尺蠖被殺滅得乾淨徹底，他差點猛漢落淚。

他不就是貪點小便宜，咋就淪落到這麼慘的境地？

於是王發也不敢起什麼么蛾子了，馬不停蹄地讓自己的小廝來老槐樹村買農藥，雖然現在買恐怕為時晚矣，但能救多少是多少！哪怕多挽救一斤茶葉，那也是值得的，要知道，這東西多稀罕、多貴啊！

大豐縣裡跟王發同樣想法的人不少，他們再也不敢貪小便宜，紛紛委託熟人走這一趟，讓他們捎帶農藥回去。

都是開門做生意，誰也跟錢沒仇，姚三春和宋平生自然是笑臉相迎，一手拿錢、一手交貨，對王發的小廝也沒有刁難。

這一趟，又是上千斤農藥賣出去，到手一百多兩，姚三春的錢袋子又胖了一些。

只是這一去，姚三春家的農藥存貨便所剩不多了。不過秋茶也快用不上農藥了，所以倒不用急。

王發等人離去後，宋平生和姚三春坐在堂屋裡說事。方才聽王發的小廝等人所言，假冒偽劣的五加皮農藥效果很差，絕對對不起那麼貴的價錢，所以大豐縣很多人都去找那賣假農藥的人麻煩去了。

別人找賣假農藥的人麻煩，賣假農藥的自然要找洩漏農藥方子的人麻煩，這下子甚至都不用他們出手打聽，洩漏方子的人很快就要露出馬腳了。

姚三春夫妻小日子過得不錯，但是心裡還記掛著宋平東分家的事情。

只可惜分家之事實在坎坷，隔天宋平東又提了一次，這次宋茂山直接裝病，躺床上理都不理他，任由宋平東氣得半死。

不得不說，就宋茂山這種難纏的個性，實在是嘔死人不償命的那種。

到第四天，宋平東再也忍不住了，他準備再一次向他爹宋茂山提分家，若是他爹還不同意，他也不介意給村裡人添點話題。

只是宋平東還沒來得及開口，家裡又出事——宋婉兒她跳河了！

姚三春夫妻聽到消息，第一時間趕到河邊，就看到一堆人緊圍在那兒低聲議論，裡頭的人被遮擋得嚴嚴實實，只有田氏驚恐萬分的大哭聲。

「婉兒！婉兒！妳別嚇娘啊！」

宋平生護著姚三春，好不容易擠進去，就看到宋婉兒緊閉雙眼躺在地上，渾身都濕透了，烏黑的髮絲貼在臉上，襯得她的臉色一片慘白，沒有一點人色。

姚三春看著心中一緊，宋婉兒是不討人喜歡，但她們也不忍心她年紀輕輕就沒了命啊！姚三春迅速往四周掃一圈後，板起臉，忙伸手趕人。「快讓讓，大家擠在一起憋得慌，婉兒更喘不上氣了！」

周圍人聽聞，忙往後退開，宋婉兒周圍終於空出地來。

這時候宋平東飛奔而來，後頭宋茂山也來了，他們一看到宋婉兒這副奄奄一息的樣子，無不變了臉色。

就算宋平東還在氣頭上，但自己的親妹妹都快沒命了，他哪裡還有心思計較其他？急得汗都出來了。

此時田氏眼裡沒有旁人，一邊忍著哭，一邊掐宋婉兒的人中，然而人中都掐紫了，宋婉兒還是沒有醒來。田氏一邊放聲大哭，一邊繼續掐她人中，聲音嘶啞到刺耳的地步。「婉兒！妳不能丟下娘啊！我的婉兒——」一股絕望的情緒，在田氏心底蔓延。

周圍有的人已經捂住嘴不敢看了。

宋平東甚至腿一軟，差點跪下。

宋平生與姚三春對視一眼，隨後姚三春輕一頷首，迅速跪坐下去，動作極為俐落地探宋婉兒的鼻息和脈搏，確定還有氣後，她稍微鬆了口氣。

還好，她曾經給別人做過心肺復甦術，就算在古代做有些怪異，但是事關人命，她也顧不了那麼多了。

姚三春不再猶豫，一把扒開田氏緊抱不放的手，語氣十足的乾脆果斷。「娘，妳讓我試一試，說不定還有機會！」

田氏的眼淚流個不停，不過她還是勉強打起精神，自覺地讓出地方，然後緊緊盯著宋婉兒，眼中微弱的光欲明欲滅。

除此之外，宋平東等一干人全都緊張萬分地望向姚三春的動作，大家都不自覺地放輕呼吸，一時間，周圍安靜極了。

而周圍的變化姚三春全然不知，此時她滿心滿眼都是心肺復甦的步驟和重點，不敢有片刻的分神。

良久的沈靜過後，宋婉兒突然胸腔一動，接著不斷往外吐水，隨後杏仁眼也終於艱難地睜開了，漆黑的瞳孔裡倒映著姚三春緊張的面容。

看到宋婉兒睜開眼的一瞬間，田氏甚至不知道該用什麼樣的表情，待她終於回過神，忙抱著宋婉兒嚎啕大哭。

同樣跪坐在地上的宋平東偷偷別過頭去，再回轉時，眼眶已紅了一片，若是有人再細心些，就能看到他被指甲戳破的手心。

宋婉兒的眼神逐漸由迷濛到清明，而待她徹底回過神來後，她嘴唇微顫，身體不由自主地抖動起來，眼淚跟斷了線的珠子般往下掉，似是驚懼又似是後怕，一副驚魂未定的模樣。

田氏心疼不已，緊緊摟住宋婉兒，母女倆抱頭痛哭，聲聲不絕。

姚三春甚至擔心宋婉兒要把喉嚨都給哭破了。
一旁包括宋茂山在內的宋家人，見宋婉兒救過來，無不慶幸。
不過入秋的水已經有些涼，田氏怕宋婉兒著涼，哭一會兒就趕緊扶著宋婉兒往家走去。
宋家人雖然走了，周圍村民卻沒走，一個兩個都圍著姚三春夫妻問話。
「……平生媳婦，妳剛才對婉兒又是按胸口、又是對嘴吹氣的，這是幹啥呢？」
「對啊，咋婉兒就跟被大羅神仙吹一口仙氣似的，沒一會兒就活啦？」
「真神啊！」
「從來沒見過……」
不僅周圍村民好奇，就連姚小蓮都目光灼灼地看向她。
姚三春雙手摩挲，感受到手心裡頭全是方才出的汗，心臟猛跳的餘韻似乎還未完全消散，她張嘴剛想回答，卻被宋平生搶先一步說話。
「這還看不出來嗎？首先婉兒落水，那她肯定被迫喝了很多水，所以我們要將她肚子裡的水按壓出來；其次，都說人活著就靠一口氣吊著，所以我媳婦用嘴渡氣給她，自然是希望讓婉兒重燃人氣啊！不過，這也不是萬能的，若是婉兒落水過久，就算渡再多氣也沒效果，還得看命！」宋平生說得通俗易懂，有理有據。
周圍村民聽他這麼一解釋，紛紛露出「原來如此」的表情，均是信了三分。

卻說田氏一路跟護著寶貝疙瘩似的，將宋婉兒送回屋子。

「婉兒……」田氏用並不柔嫩的手幫宋婉兒整理頭髮，眼神含著細碎的光，脆弱而溫柔。「答應娘，不要再做傻事了好不好？娘真的不能再承受這種打擊！婉兒，好不好？」

宋婉兒那顆從醒來後就萬分煎熬和痛苦的心，在自己母親細聲軟語的安慰中，似乎得到了片刻的安慰。「娘……」宋婉兒聲音哽住，垂眼抽泣，半天才緩過勁來。「我再也不會再犯傻了，再也不會……」

跳河前她滿腔絕望，以為死就能解決一切問題，可待她真正跳進河水裡，洶湧的河水就跟猛獸一般四面八方湧來，鑽入她的耳嘴鼻，將她拖入無盡的深淵和暗黑。

那一刻，她退縮了，她害怕了，她後悔了！原來死亡是如此的恐怖，直教她現在回想起來，還會渾身打寒顫。

可一想到跳河的原因，這幾天痛不欲生的遭遇再次在她腦海裡閃現，萬分的委屈襲上心頭，她的情緒瞬間崩潰，抱著田氏又悲悲切切地哭了起來。

田氏一直等宋婉兒哭完，情緒穩定後才小心翼翼地問道：「婉兒，妳告訴娘，妳跳河，是不是……是不是因為妳大嫂的事？我——」

沒等田氏說完，宋婉兒卻驟然白了臉，她猛地翻過身去，用後背對著田氏。

「娘，我不舒服，我要睡一會兒，妳出去吧！」

田氏當是宋婉兒不想再提羅氏的事，為宋婉兒掖好被角，輕聲叮囑幾句，隨後才出去，關上房門。

屋子裡，宋婉兒死死咬住唇角，兩隻眼睛裡頭全是恐懼和害怕。娘幫不了她，大哥恨她，現在唯一能救她的只有爹了！

宋婉兒躺在床上翻來覆去，糾結著該不該說？又該怎麼說？爹會不會氣得發瘋？這時候，宋茂山卻來了。

他端來一杯熱茶放在床頭的矮櫃上，隨後在床邊坐下，聲音難得的溫和。「婉兒，身體有沒有事？有事千萬別逞強，爹給妳叫大夫。」

宋婉兒翻過身，淚眼朦朧地望著宋茂山，委屈地抿著嘴，頓了頓才道：「爹，我沒事，不用請大夫。」

宋茂山嘆口氣，神色很無奈。「傻閨女，好好的為什麼要跳河？」說著臉色嚴肅起來。「是不是因為妳大哥、大嫂罵妳，說了許多難聽的話？」

宋婉兒撐著身子坐起來，脖頸微彎，輕輕搖一搖頭，目光卻不太敢跟宋茂山對視。「……不，跟大哥、大嫂沒關係。」

宋茂山沈著臉，聲音陡然嚴厲。「沒關係？那到底是怎麼回事？我宋茂山的女兒，怎麼能這般窩囊，竟然想不開要去跳河！」

宋婉兒脖頸更彎了幾分，不知是想到什麼，她突然雙手捂臉，聲音裡帶著濃濃的哭腔，道：「爹，我、我……我被人欺辱了！」

「……什麼?!」宋茂山好一會兒才醒悟過來是什麼意思，猛然從床沿坐起，眼睛瞪得老大，不敢置信中雜糅了滔天怒火，隨即目光陰鷙下來。

饒是親生女兒宋婉兒，也被這樣的宋茂山嚇到，不自覺地往床裡頭後退，想離宋茂山遠一些。

宋茂山卻不允許她後退，一把拽住宋婉兒的胳膊往外一拉，面色鐵青地問：「宋婉兒！到底是怎麼回事？」

從前宋茂山雖然脾氣大，卻從沒對宋婉兒這麼凶過，這還是頭一回，所以宋婉兒嚇得眼淚都憋回去了，哆哆嗦嗦、結結巴巴才把事情始末說出來。

原來是前幾日羅氏的孩子掉了，宋平東和田氏都責罵宋婉兒，宋婉兒從沒被娘親和大哥這般對待過，一時間既難過、又委屈，可是家裡根本沒人安慰她，這讓她更加苦悶，根本都不想在家裡多待。

而就在這時候，吳豐突然出現了，他見宋婉兒心情很差，便溫柔細心地安慰她，說宋婉兒心善單純，就算做錯事那也絕對不是本意，這句話真是說到宋婉兒心坎裡去了。

一連兩天，吳豐都特意來老槐樹村安慰宋婉兒，這對於情緒極其低落的宋婉兒無異於雪中送炭，她自然心中感激，不知不覺就放下戒心。

就在第二日的下午，吳豐說陪她去小山上摘野毛栗，順便逛一逛，散散心，宋婉兒覺得待在家中很壓抑，所以便答應了。

可待到山中無人處後，吳豐突然變臉，毫無預兆地撲倒她，然後就開始拉扯她的衣裳。

宋婉兒嚇得魂不附體，最後只能憑藉本能胡亂反抗，也是她運氣好，竟然一腳踢到吳豐的命根子，吳豐疼得弓著腰，半天沒緩過勁來，宋婉兒連忙乘機逃走。

還好她回去時天色已暗下來，宋家人又在地裡忙活，所以她才能順利跑回家中，可是她到家還沒安心一會兒，卻突然發現她忘了拿回自己的肚兜！

她當時怕吳豐還在山上，所以不敢上山找，只能挨到隔日上午才帶著菜刀上山，可是她萬萬沒想到，吳豐竟然又出現了！

吳豐見宋婉兒手中有菜刀便沒再亂動，但是他以手中的肚兜威脅宋婉兒，她若想拿回肚兜，就必須在五天內送來五十兩銀子，否則不僅肚兜拿不到，他還會將看過宋婉兒身子的事情傳揚出去，讓她徹底身敗名裂。

宋婉兒當即被嚇得面無人色，這事若真是傳出去，她恐怕只能嫁給吳豐，別人都不敢娶她了，而且她這輩子都要被人指指點點，抬不起頭來。

想到這兒，她不禁悲從中來。難道她真的要嫁給吳豐這種卑鄙無恥的小人嗎？那她這輩子還有什麼指望？不如直接死了算了！

宋婉兒不敢將這事告訴任何人，自己卻越想越絕望，最後腦子一熱，便跳進了大旺河，好在被村裡人看到，被救了上來。

宋茂山聽完後，陷入久久的沈默，只是臉色越來越陰冷，整個人陰沈得可怕，看向宋婉兒的目光莫名的瘮人。

宋婉兒被看得頭皮發緊，可她還是覺得她爹到底是心疼她的，所以斗著膽子，淚眼汪汪地道：「爹，現在我醒悟了，再也不會想不開去跳河了！」她抓住宋茂山的胳膊，眼巴巴地望著他。「爹，吳豐要五十兩銀子，你一定要幫我！我就算死，也不要嫁給他那種人！」

宋茂山低頭不語，瞇著眼打量宋婉兒，那眼神是宋婉兒從未見過的，彷彿在打量一件東西的價值幾何一般。

等待的時間太長，宋婉兒無端覺得緊張，忍不住吞了口唾沫。

宋茂山的眸色變化萬千，到最後只剩下一汪看不透的深潭。他緊緊盯著宋婉兒，語氣不算尖銳，卻莫名讓人有些害怕。

「婉兒，爹自然想救妳，可妳畢竟是女人，這種事一旦傳開，不僅僅是妳的名聲受到損害，咱們宋家的名聲也徹底完了！到時候我和妳娘還有什麼臉面活在這個世上？妳上頭的哥哥和姊姊還怎麼抬頭做人？妳三哥還怎麼參加科舉？妳這樣，咱們宋家真是要徹底毀了啊！」宋茂山一巴掌拍在床柱上，一臉痛色。

宋婉兒仰頭，圓溜溜的杏仁眼眨也不眨，因為沒聽懂宋茂山是什麼意思，只是抓住宋茂山胳膊的手更緊了些，聲音都有些變調。「爹，你說啥呢？我當然不想毀掉宋家，所以你要幫幫我啊！」宋婉兒一眨也不眨地盯著宋茂山的臉，大顆眼淚毫無預兆地往下滾落。「爹！跳河後我就後悔了，我不想死！死太可怕了，我想好好活著！」

宋茂山猛地抽回胳膊，也不管宋婉兒失去支撐後差點摔倒，逕自背過身去。

「婉兒，爹也很痛心，可是發生這種事，妳只有兩種選擇，要麼嫁給吳豐，要麼……自我了斷，沒有第三個選擇！為了這個家，爹也實在沒有任何辦法啊！妳在爹心裡向來是懂事的好姑娘，這次……妳自己作主吧！」

宋婉兒張著嘴，半天都沒動一下，慘白著臉，黑溜溜的杏仁眼誇張地瞪著，彷彿化成一座石雕。為什麼爹說的每一個字她都聽得清，可是連到一起她卻聽不懂呢？

「爹……」宋婉兒無意識地喃喃喚道。

宋茂山心頭也不平靜，他對這個向來信賴她的小女兒到底還是有幾分感情的，可是他又想到自己在她身上花費這麼多精力和錢財，本想著憑藉婉兒這般出色的容貌，總能找個有身分地位的人家嫁了，哪怕做妾也好，只要能幫襯到宋平文一二就行，也不枉他費心養育她這一場。可誰能料想，宋婉兒竟然被吳豐占了便宜，辱了清白，害得他打的算盤全部成空！

現在不管給不給這五十兩，只要吳豐還活著，這事就如同懸在宋家頭頂上的刀，時刻都能要了他們的命，這叫他如何不如坐針氈？

任何事他都能忍得，只有一點，就是誰也不能辱沒家門，污了名聲，因為任何會影響宋平文考科舉的事，都是他絕不能忍受的！

雖說失去小女兒很可惜，而且從此以後，恐怕除了平文，其他子女都跟他離了心，但是他還可以接受，因為他根本不用指望那幾個平庸無能的子女。

其實，他手裡擁有一筆錢財，而且還是一筆不小的錢財，足夠他一輩子不愁吃穿，根本不需要子女給他養老。相反地，子女分家反而還要分他的錢財，那還不如將子女都推出去！

他這輩子在錢財上已經不需要太熱衷，下一步自然是要名望、地位。只要宋平文科舉順當，哪怕只考個舉人，當個小官，那他就是官老爺的爹，這輩子便圓滿了，也不用再擔心「那件事」會東窗事發！

既然決定拋棄小女兒這顆棋子，宋茂山索性心一橫，徹底拋下心底那點猶豫。

如果婉兒堅決不願意嫁給吳豐，那她只有死一途了。可無論如何，宋家的名聲不可有損，他絕對不能讓這件沒臉的事傳出去，所以哪怕婉兒要死，那也只能找個地方偷偷地死，到時他再找個託詞糊弄過去。

雖然宋婉兒今天跳河的事在村裡傳開了，但是外人都不知道內情，後面只要他閉緊嘴巴，外人也發現不了什麼的。

而對於吳豐來說，宋婉兒人都沒了，難道他還會蹦出來亂說，反而惹得自己一身騷嗎？

宋婉兒見宋茂山神情變幻莫測，越發深沈看不透，可是經過跳河一事，現在她的求生慾是從未有過的強烈，於是她斗著膽又道：「爹，吳豐沒讓我嫁給他，他只說要錢，只要我把五十兩交給他，他保證會守口如瓶的！爹！」

宋茂山第一次覺得自己這個小女兒的腦子空無一物，蠢得沒救，聲音裡多了不耐。「婉兒，男人的嘴就是騙人的鬼！吳豐這種人說的話妳都信？他這次要五十兩，妳給了，下次又要五十兩，妳還給不給？嘴巴長在他身上，還不是他說什麼就是什麼！難道妳要我拿一家子的積蓄去填吳豐這個無底洞？」小女兒已經是廢棋了，及時止損才是最聰明的選擇。

宋婉兒快瘋了，神情激動不已，大聲叫嚷。「這也不行，那也不答應，那爹你要我怎麼辦？難道你要眼睜睜地看著我去死嗎？我可是你親生女兒啊！只要給吳豐五十兩，說不定他就會守住秘密呢？五十兩買我一條命不值嗎？三哥他讀書每年都要花那麼多銀子！」

宋茂山徹底沒了耐心，又不想吵架被別人聽到，眼中藏著一股惡狠狠的神色，壓著嗓子朝宋婉兒罵道：「是好是歹，還不是妳自己做的？誰讓妳蠢笨如豬，一個大姑娘不知羞，竟然還跟陌生男子待在一起！我把妳養大成人，已經是仁至義盡，妳還想花我的棺材本？宋婉兒，我欠妳的嗎？」

宋茂山這突如其來的變臉讓宋婉兒目瞪口呆，渾身突然感到一陣發冷，因為她從爹的眼睛裡看到一抹狠色，她曉得他說的都是真的，他根本不願意出這個錢！

宋茂山跟宋婉兒對視一眼後，轉身就大步流星地走了出去，背影沒有一絲的留戀。

宋婉兒呆呆地望著宋茂山離去的身形，冷得牙齒都在打顫。

為什麼？為什麼她爹突然間就變成了另外一個人？變得那麼冷酷無情、陰沈可怕？

……不，她爹從來沒有變過。她爹對待大哥及二哥從來就是這般冷漠無情，是她想錯了，她以為爹是真心疼愛她的。

這一刻她突然明白了，她簡直傻得可笑！

這幾日來連續的沈重打擊，致使宋婉兒差點再次失去活下去的勇氣，可是只要一想到落水時接近死亡的那種恐懼和絕望，她就如同被潑了一盆冷水，腦子瞬間冷靜下來。

宋婉兒一人在屋裡待了半日，最後還是下床去找田氏了。現在她只能將唯一的希望寄託在二哥身上，希望田氏能勸說二哥出手幫忙。

田氏今日受到刺激，還沒安心一會兒，又得知宋婉兒被人欺辱的消息，一下子經受不住，竟然直接暈了過去，最後甚至將宋平東都引了過來。

田氏醒來後就不停地抹淚，這消息對於一位疼愛孩子的母親來說，無異於晴天霹靂。不過這事她也沒多大的主意，最後只能將目光投向宋平東。

宋平東受到的刺激不比田氏少，畢竟是從小看到大的親妹妹，無論如何他也做不到見死不救，所以便準備一起去找宋茂山拿銀子。

這時候宋婉兒才告訴他們，爹已經知道事情始末了，並將宋茂山無情冷血的話語一字不漏地告知田氏和宋平東。

饒是田氏早已麻木的內心，聽到這話還是忍不住陣陣抽痛。婉兒可是他的親生骨肉啊！他怎麼能狠心成這樣子？他怎麼可以？

不過當務之急，還是解決宋婉兒的麻煩。宋茂山不願幫忙，又不願意出錢，那他們只能去找宋平生兩口子商量了。

田氏讓宋婉兒回屋休息，隨後便跟宋平東來到宋平生家。

宋平生和姚三春聽田氏說完後，一時間都不知該如何反應。

不過短短幾日，誰知道其中竟然發生這麼多事情。

姚三春更是又氣又後悔。「我當初就不應該跟吳二妮往來，誰知道她弟弟竟然是這種喪心病狂的瘋子！」

宋平生長眉皺起，垂眸思索，沒有立刻說話。

田氏急得如同熱鍋上的螞蟻，雙手緊握放在胸前，幾乎用懇求的目光望著宋平生。「平生，婉兒是你妹妹，你一定要幫她啊！我……我就你們兄弟姊妹五個了，你們誰有個三長兩短，那不是要我的命嘛！」

宋平東輕拍田氏後背，安慰道：「娘您別擔心，有我跟平生在，絕對不會讓婉兒有事的。」

田氏的目光卻一瞬也不瞬地盯著宋平生。

姚三春望著田氏比實際年紀蒼老憔悴的面孔，頭髮裡都夾雜白頭髮了，心裡微酸。「娘，妳放心，我跟平生絕對不會坐視不理的。」

田氏還是眼巴巴地望著一旁沈默的宋平生，用破鑼般的嗓子問道：「平生？」

宋平生收回思緒，清潤的眼輕眨兩下，緩聲道：「娘，我自然會幫忙。我方才只是在想，吳家村的人雖是出了名的刁，但是咱們鄉下人鮮少會幹出這種喪心病狂的事，吳豐我也見過幾回，不像是個失心瘋的，就是不知道他為什麼會突然對婉兒發難，且一張口就要五十兩？這可不是一筆小錢呢！」

姚三春瞭解宋平生，就像瞭解自己一樣，因此身子靠近他半分，問道：「平生，你是不是想到什麼了？」

田氏和宋平東全部看向宋平生。

宋平生捏了捏眉心，這事還真不知道該怎麼說。宋平生釐清思緒後便不再猶豫，開口道：「此前劉青山跟我說過，大豐縣有人打著五加皮殺蟲劑的名號賣農藥，前幾日大豐縣來人，說那家賣的五加皮農藥根本沒用，所以被很多顧客找上門。我的猜測是，很可能是吳二妮將我家日常磨製的農藥材料跟她弟吳豐說了，而吳豐財迷心竅，便透露給了別人。可如今那賣假農藥的倒了楣，自然要找吳豐算帳賠錢。吳豐恐怕是走投無路，狗急了跳牆，才會把主意打到婉兒身上，威脅婉兒給他錢。」若吳豐頭腦清醒，這個農家少年未必會有這麼大的膽子，能幹出這麼喪心病狂的事情。

姚三春略一思索，覺得這個可能性很大。在她家磨製農藥的人不少，但都是在村裡名聲還算不錯的，否則她也不放心用這些人，唯有吳二妮是個關係戶。

可因前陣子收購農藥原材料的事，兩家關係緊張，吳二妮心裡肯定有怨言。再者，吳豐是她親兄弟，她肯定會毫無保留地將五加皮殺蟲劑所用的幾種原材料都告知吳豐。

可是他們姊弟也不想想，姚三春夫妻請這麼多人幫忙，只叮囑他們不要出去亂說，甚至都沒立字據讓他們畫押，難道他們夫妻會沒所依仗？真是太傻、太天真！

不過姚三春上午在河邊跟吳二妮碰過面，她跟在河邊浣洗衣裳的嫂嫂或者大妹子們都有說有笑的，看樣子恐怕並不知情。

也就是說，從頭到尾都是吳豐一個人在那兒折騰來、折騰去地作死，結果卻把自己作廢了，最後還喪心病狂地拉宋婉兒下水。

想到這兒，姚三春心裡不免有一絲的不自在，不過很快便消散了。他們夫妻問心無愧，這事說到底是吳豐太噁心，其二是宋婉兒太蠢。

宋平東也是怒其不爭，一掌拍在桌面。「上回我對婉兒說了那麼多，我說吳豐不是個好東西，讓她離吳豐遠點，她表面上答應得好好的，背地裡竟又跟吳豐往來！真是……」宋平東想拍死宋婉兒的心都有了！

田氏左看右看，急道：「平東、平生，婉兒有錯，這咱們後面再說，當務之急是怎麼救你們妹妹啊！婉兒是姑娘家，這事若是傳出去，她一輩子都完了！」

作為一個母親，她現在為女兒擔憂得頭髮都快白了，甚至連性命都願意豁出去，哪裡還會去想著要怪罪女兒？千怪萬怪，她只能怪自己沒養好女兒，是個不稱職的母親，怪自己命不好，攤上這樣的丈夫。

宋平東兄弟同時犯了難，一時之間也理不出頭緒，因為這事太棘手了！

這個時代，女人的名聲大過天，現在宋婉兒既被吳豐看了身子，又有肚兜在人家手裡，這兩個致命的把柄令宋平生他們非常被動。

他們若是答應吳豐的要求，拿了這五十兩，或許可以拿回肚兜，可萬一吳豐還要求娶宋婉兒怎麼辦？又或者他用宋婉兒的名聲來無止境地威脅他們又怎麼辦？難道他們要永遠受制於吳豐，任他予取予求嗎？

可他們若是不答應，吳豐魚死網破，宋婉兒名聲盡毀，一輩子都要被人指指點點，抬不起頭做人，這種壓力又豈是普通人能承受的？

就算他們告官，吳豐未遂，不會有重罰，反而會讓更多的人知道宋婉兒被人欺辱，到時候流言滿天飛，說她不檢點，宋婉兒便會受到二次傷害。

總之，出了這種事，無論以何種辦法解決，女人總歸還是最受傷的那一方。

想完美解決這事，實在太難了。

宋平生猶豫了一會兒後，道：「娘，這五十兩我可以出，但是這次我出了，下次吳豐再開口怎麼辦？以後又該怎麼辦？您想過嗎？」

宋平東愁得眉頭高高蹙起，無力地搓了把臉，一臉掩蓋不住的頹喪。

田氏弓著背坐於長凳上，手臂無力地垂在桌沿，閉上眼，半晌後虛弱地睜開，一抹詭異的暗芒轉瞬即逝，啞聲道：「老二，這次……先給了吧，後面再想辦法。」

她說後面再想辦法，可是眼中掩蓋下的情緒卻是那樣絕望。

宋平東欲言又止，最後還是深深地垂下頭，一言未發。說什麼呢？他解決不了問題，也拿不出錢來，更安慰不了親娘，他簡直無力到想痛哭！

最後，姚三春回屋拿出一張五十兩的銀票交到田氏手裡，田氏坐在凳子上發了一會兒呆，很久後才步履有些踉蹌地出了小破院。

姚三春夫妻望著田氏不那麼挺直的背影，以及灰暗無光的髮絲，心中驀然湧起一股無言的感受。

而田氏的內心只會比姚三春夫妻以為的更難受萬分。

田氏仔細妥貼地收好五十兩的銀票，回到家後照常幹活忙活。

直到晚上熄燈後，夜深人靜時分，田氏破天荒地主動跟宋茂山說話，咬牙切齒的語氣在黑夜裡都聽得分明。

「……宋茂山，婉兒是你親生女兒，你身上分明有銀子，竟然連五十兩都不願意出！你這是眼睜睜地看著婉兒去死啊，你還是人嗎？」

宋茂山不禁冷笑。「妳不是去找妳的好二兒子要銀子了嗎？怎麼，沒要到？」

到底是多年夫妻，宋茂山瞭解田氏的性子，子女比她的命還重要，她絕對不會對宋婉兒置之不理的。

可憐田氏連吵架都不敢太大聲，只是呼吸還是逐漸粗重，氣得渾身都在抖。「那還不是因為你不願意拿銀子出來！你不但不願意出錢，你還讓婉兒去死，你怎麼敢！婉兒那麼相信你，你，你還有心嗎？你根本不是人！」

宋茂山二話不說，一腳將田氏踹在地上，黑夜裡滿含惡毒的聲音比厲鬼還令人膽寒。「好一陣子沒抽妳，是不是皮癢了？別以為有兩個兒子撐腰，妳就能對我吆三喝四，真惹毛了老子，呵呵……妳知道的！」

以往只要宋茂山這般威脅田氏，田氏便會瞬間慫了，可今晚不知怎的，田氏竟然反常的沒有退縮。

她慢吞吞地從地上爬起來，隨後便站著沒有動作，像是在黑暗中居高臨下地死死盯著床上的人，不知過了多久，她毫無預兆地發出一陣低沈的怪笑。

饒是宋茂山這種不信鬼神的，也突然覺得後背一涼，雞皮疙瘩密密麻麻地爬上後背。不是他膽子小，而是今晚的田氏太反常了，反常得像是換了一個人，簡直跟被鬼附身一般。

宋茂山往床裡擠了擠，聲音卻更大更沈。「錢玉蘭！快給老子閉嘴，否則別怪我不客氣！」

田氏反而笑得更加猖狂，在這個漆黑一片的夜裡更添詭異。

她從牙縫裡擠出幾句話來。「不就是打我嗎？被你打了這麼多年，我早就麻木了！你也就這點能耐，就會偷雞摸狗、打女人，真是上不得檯面、喪盡天良的無恥小人，我呸！」

也不知是田氏準頭高，還是宋茂山運氣差，田氏這一口唾沫竟然穿破黑暗，絲毫不差地砸到宋茂山臉上！

宋茂山震驚得無以復加，一時間甚至忘了要擦掉臉上的口水。

然而更震驚的還在後面，田氏整個人像是豁了出去般！

禁錮田氏幾十年的心裡枷鎖一朝被打開，心中的怨恨就如同脫韁的瘋狗，恨不得將眼前人撕得粉碎，再一口一口啖其肉、飲其血！於是田氏趁宋茂山被震住還來不及反應的空檔，猛地撲過去！到底是長年幹慣農活的人，力氣不小，她也聰明，最先就制住宋茂山的兩條胳膊，然後一刻不停地直接攻擊他的下半身，力道之大、下手之狠，簡直讓人瞠目結舌。

宋茂山欲反抗，奈何田氏的速度太快，並且她毫不拖泥帶水，出手就直接攻擊宋茂山最脆弱的地方，幾腳下去，宋茂山瞬間弓成蝦狀，半天都沒喘上氣，差點疼得升了天。

田氏卻猶不滿足，見宋茂山幾乎喪失力氣，她便再沒了顧忌，瘋了一般，拳頭就跟雨點似的，盡情往宋茂山身上招呼。

她心裡有一團火，她這麼多年來受的苦、孩子們受的苦，她全都要討回來！

就是這個男人，生生毀了她的一生！

不過宋茂山也不是吃素的，最猛烈的一陣痛挨過去後，他得到喘息的機會，忍著疼就要反擊。

可惜田氏的反應比他快一步，竟然一個打滾，從床上滾下去拉開了距離。

宋茂山碰不到田氏，只能厲聲咒罵。「錢玉蘭，妳瘋了？今天不收拾妳，老子不姓宋！」說著便踉蹌著從床上爬下來，聲音裡的陰寒如有實質。

田氏不等他走近，突然扯開嗓子放聲尖叫，尖叫聲之大甚至傳出宋家，恐怕連附近的人家都聽到了！

宋茂山頓在原地，聲音彷彿來自地獄的惡鬼。「錢、玉、蘭！」

田氏一陣桀桀怪笑，聲音悲愴蒼涼。「來啊，宋茂山，有種你來打我啊！我讓你打！今天我命都不要了，就讓你打！」

「……」宋茂山震驚得說不出話來。這個瘋子！

這時候，宋平東及宋婉兒的屋子全都亮起燈。

宋茂山望望外面的院子，再望望微弱光線下田氏狀似癲狂的神色，咬住後槽牙，最後一腳踹在床擋板上，然後便脫力一般地坐倒在床上。

宋平東他們很快就托著油燈趕了過來，在門外用力推門卻沒推開，語氣焦急萬分。「娘？您咋了？是不是爹動手打您了？快開門！」說著又「咚咚咚」地猛捶門板。

宋茂山捂住痛處，齜牙咧嘴，恨不得現在就剮了這對母子！

田氏在地上坐了片刻，待身上有了力氣，便起身打開房門，朝門外一臉急切和擔憂的宋平東與宋婉兒笑笑，道：「娘沒事，剛才是作噩夢了。把你們吵醒啦？快都回屋睡覺去吧！」

宋婉兒木著一張臉，眼神沈沈地往裡頭看一眼，沒再說什麼，轉身回自己屋裡。

宋平東借由油燈火光打量田氏，見她面色紅潤，兩眼炯炯有神，頭上還有一層薄汗，真不像是有事的樣子，這才放下心來，說了兩句也回屋了。

至於在床上疼得直喘氣的宋茂山，宋平東根本沒去注意。

目送子女各自回屋熄了燈後，田氏這才關上門，然後扯下床上的被子，就躺在床下的一方木板睡下。雖然她心裡惦記著宋婉兒的事，心頭亂糟糟的，根本睡不著，但還是閉上眼。

她如此，宋茂山更是氣得臉都扭曲了。奈何田氏連性命都不要了，簡直就是個瘋婆子，這樣的田氏，宋茂山頭一次生出「不敢惹」的情緒……

第十六章

宋茂山好面子，自然沒將小兒弟受傷的事透露出去，只是一連幾日都躺在床上。不過這幾天田氏徹底不管他，宋平東跟宋婉兒連問都沒問，而宋平文又不在家，他簡直氣得七竅生煙，差點升天。

轉眼間就到了吳豐所說的第五日。

這日上午，宋婉兒揣上五十兩銀票，揹上背簍，菜刀藏在乾草下，朝田氏點點頭，隨後上山。

宋婉兒走沒多久，田氏也揣了個東西後，尋著宋婉兒的蹤跡上山。

可田氏沒想到的是，宋茂山也尾隨在她身後。

宋茂山走沒多久，宋平東跟宋平生夫妻又跟了上去。

所以，這是一個螳螂捕蟬，黃雀在後，結果後頭還跟著三隻老鷹的故事……

宋婉兒到達約定地點，這時吳豐早就在等著了。

看到宋婉兒的那一刻，吳豐微不可見地鬆了口氣，他一刻都不想多耽擱，迅速往前兩步，眉眼間的凶狠之色愈燃愈烈。「銀子呢？」

宋婉兒跟受驚的兔子似的，連蹦帶跳地往後退了好一段距離，她這才發現吳豐走路不正常，一條腿像是受了傷，不僅如此，他的臉色也非常差，看樣子這幾天過得十足的狼狽。

不過宋婉兒也好不到哪裡去，這五日以來她幾乎沒怎麼睡過，只要一閉眼，眼前都是吳豐猙獰扭曲的面孔，她便再也睡不著。短短幾天，宋婉兒便肉眼可見地瘦了一大圈。

而當夢魘源頭再次出現在眼前，宋婉兒只想盡快逃離，所以她從背簍裡抽出菜刀，抖抖瑟瑟地指向吳豐，抖著嗓子假裝凶狠地問道：「東、東西呢？」想到田氏就在周圍某個地方看著她，她的心中稍稍安定了些。

吳豐同樣不想多耽擱，這幾日那邊追得越來越緊，再不把錢賠上，他的腿恐怕真的要廢了，所以他沒二話，從懷裡掏出一件藕粉色的肚兜抖開，沈聲道：「肚兜在這兒，五十兩呢？」

宋婉兒見他就這樣大剌剌地把自己的肚兜甩開，臉色一陣青、一陣白，咬緊牙從袖中掏出銀票展開。

吳豐確認無誤後，伸手就要搶過來。

宋婉兒飛快地縮回手，一臉警惕地瞪著吳豐。

吳豐本就心中不耐，當即威脅意味十足地道：「宋婉兒，妳少跟我玩花樣，小心我讓妳臭名遠揚，讓所有人都知道妳是個沒了清白的賤人，到時候妳就算死，都要被人指指點點！」

他實在太需要這筆銀子了！他不是沒考慮過宋家有人發現這事的可能性，但是他已經顧不了那麼多！再不交錢，那些人就要廢了他的腿，反正自己手裡握著宋婉兒的把柄，就算宋家人知道又怎麼樣？

宋婉兒的臉色再次變得慘白，勉強穩住搖搖欲墜的身子，強撐著一口氣道：「我沒耍花樣，但是你要發誓，不會出去胡說八道，並且以後再也不會找我要銀子！」

吳豐盯著宋婉兒好一會兒，驀地一聲冷嗤，眼中的惡意簡直快溢出來。「宋婉兒，妳搞清楚，現在是妳求我，妳有什麼資格跟我提要求？我警告妳，乖乖按我說的做，或許我心情好就放過妳，否則……」眼神凶狠如惡狗。「別怪我心狠！」

宋婉兒的身子晃了晃。

吳豐乘機又欲搶奪那張五十兩的銀票。

就在這時，田氏突然從吳豐身後的草叢中冒出身來，她放輕腳步，一言不發，氣勢洶洶地直奔吳豐，手中那把早上磨了兩刻鐘的半舊菜刀，在陽光下閃著懾人的寒光！

田氏分明沒做多狠厲的表情，可是從她緊抿的唇角、冷靜又似癲狂的眸光，可以看出她今日真是徹底豁出去了。

吳豐一心繫在那張銀票上，沒注意到宋婉兒陡然震住的臉色，也沒注意到身後的異常。

田氏也是狠，既然決定為了女兒殺人，那就乾脆點，直接使出全身的力氣，奮力砍向吳豐的頭部！

這些變故也不過是眨眼之間發生的事，宋婉兒睜大杏仁眼，目眥盡裂，在那把菜刀即將砍到吳豐後腦勺的瞬間，她的第一反應就是緊閉眼睛，歪過頭去。

下一刻，毫無意外的，她聽到了近處的吳豐發出一聲殺豬般的慘叫。

然而，宋婉兒後退睜眼後，看到的卻是宋茂山一手握住田氏的手腕，另一隻手則試圖去搶奪田氏手中的菜刀，而吳豐則捂著左肩一道長長的血口子，冷汗涔涔，疼得在地上直打滾，染了一地的血跡。

田氏頭髮散亂，已然砍紅了眼，劇烈地掙扎著。「宋茂山，你給我讓開！」

宋茂山齜著牙，一邊想制住田氏，一邊又要防止發瘋的田氏砍到自己，緊張得冷汗都流下來了。「妳這個瘋婆子！殺了吳豐，平文這輩子都毀了，咱們宋家也毀了，妳這是要害死老子！」那晚之後，宋茂山早就起了疑心，若田氏是想殺吳豐，那他絕對會阻止的！宋家一旦背上殺人的名聲，宋平文連科舉都不能參加。

其實，這幾天於田氏而言有太多的折磨和煎熬。

一方面她為了救女兒而準備手刃吳豐，然後再自殺；可是另一方面，她知道這事又會影響到宋平文考科舉。兩方一直拉扯，她的心簡直要碎成兩半了。

可是在她心裡，兒子或女兒都是心頭肉，她不能眼睜睜地看著女兒去死啊！

她既捨不得五個子女，可是她又不能露出其他情緒，以免宋平東他們發現異常，繼而阻攔她的計劃，所以她連想在臨死前看五個子女一面都不能夠。

忍。

這幾日的每一刻，她都深深受著這凌遲一般的痛苦，偏偏還要裝作若無其事，何其殘

地上的吳豐疼得齜牙咧嘴，一臉的冷汗，縱使他的眼睛被汗水打濕，可是視線裡那張猙獰的女人臉上露出的怨恨和殺意卻像極了一把鋒利的毒劍，直插心底，彷彿不見到血便死不甘休！吳豐被這股洶湧的殺意嚇到，心臟不受控制的一陣猛顫，甚至連身子都在抖。

這個瘋女人是真的要殺他！毫無懼意，甚至不死不休的那種！

這一刻，吳豐是真的怕了，前所未有的怕！買農藥方子的那些人只是要斷他的腿，可這個瘋女人卻是要他的命啊！

宋茂山跟田氏還在爭奪刀子，但宋茂山害怕被菜刀砍到，不敢硬來，而田氏卻是連命都不要了，完全不管不顧，因此幾番來回，田氏得了機會便掙脫開來，哼哧哼哧著，提刀再次向吳豐砍去。

吳豐本就因失血而脫力，現在又被嚇得不輕，反應慢半拍，眼見腦袋瓜子又要挨刀了。這一刀下去，別說他的腦袋瓜子要被削掉一塊，恐怕命都要沒了！

嚇倒在地的宋婉兒也嘴巴大張，呆愣愣地看著，又猛地閉上眼，兩手用力揪住的野草應聲而斷。然而，這回她等了片刻，卻沒聽到預想中的慘叫聲。她虛虛地睜開半隻眼，入眼的是宋平東和宋平生一人一邊抓住田氏的胳膊。

宋平東面色發白，死死盯住田氏，不敢置信地道：「娘！您竟然打這個主意？您怎麼這

麼傻啊！為了一個狗娘養的，您把自己的命都搭上了，值得嗎？」

宋平生的唇角緊抿，毫不猶豫地從田氏手中抽出菜刀。

這幾天來，田氏卯足了勁、一心一意要殺掉吳豐，可是兩個兒子一來，她彷彿被抽掉所有力氣一般，虛弱地往兒子身上一靠，眼淚汩汩而下，嘴裡喃喃說道：「我沒辦法呀兒子，我不能眼睜睜地看著婉兒的一輩子就這麼沒了啊！她是娘身上掉下來的一塊肉啊，她還這麼年輕，以後的路還長著……我除了殺掉吳豐，再一命抵一命外，我還能咋辦呀？」

宋平東望著他母親泛白的頭頂，拚命眨眼，彷彿這樣就能讓淚意消失，但是聲音卻前所未有的冷硬。「如果娘您就這樣沒了，那就是我們做子女的窩囊、無能！古話說長兄如父，我是婉兒的大哥，又是您的長子，就算真要殺吳豐救婉兒，那也該由我來動手才是！」

宋婉兒頓時目瞪口呆，甚至都忘了擦掉眼淚。她實在不知道，事情怎麼突然就變成這樣了？

在場者宋茂山的臉色最黑，吳豐的臉色最白。

宋平生不禁有捂臉的衝動，原本就難處理的事情，經過這麼一番猛如虎的操作，這下子更是難以妥善解決了。

宋平東緊緊閉了閉眼，再睜眼時，眼中的掙扎盡數被壓下。「我是老大，最該孝順娘親、照顧弟妹的就是我。平生，以後你大嫂跟姪兒就要多拜託你了！還有娘——」

宋平生再也聽不下去了，一揮手打斷宋平東，話中夾雜著不耐煩。「大哥、娘，你們別要死要活了行不行？這事還沒到那一步！」

包括宋茂山在內，眾人的目光齊刷刷地看向宋平生。

宋平生暗暗深呼吸口氣，事已至此，覆水難收，他也只能行此下下策了。

他臉上擠出一抹三分邪氣、兩分狠辣的笑來，說起話來卻是吊兒郎當。「吳豐人在這兒嘛，反正這裡都是咱們宋家人，不如咱們直接把吳豐砍了，再丟到深山裡埋了，死無對證的，到時候誰知道是跟咱們宋家有關啊？就算他被人發現了，那也查不到咱們頭上來啊！」

一瞬間，樹林裡陷入死一般的寂靜，田氏他們全都目瞪口呆。

其中最為激動的莫過於吳豐了，當宋平生寡淡又冷漠的目光掃過來時，吳豐渾身一個激靈，如墜冰窟，再不敢有任何動作。

宋平生似是不耐煩了，握著菜刀在手裡隨意掂了掂，一路把玩著靠近吳豐，隨後蹲下身，用菜刀在吳豐臉上拍了兩下，吳豐還沒反應過來之前，兩隻手便被卸了。

「嗷嗷嗷——」痛徹心腑的慘叫聲響起。

宋平生的眼睛都沒眨一下，沒個正形地朝吳豐笑，商量道：「嗨，兄弟，你也別怪我們，要怪就怪你自己下作，竟然把主意打到我們宋家人頭上。我也不想剁了你，但是你這般不依不饒的，我很難辦啊！你放心，我宋平生不是沒良心的人，以後每年的今天，我都會多燒點紙錢給你的，好不好？」宋平生還極無辜、極溫和地朝吳豐眨眨眼，像是在努力釋放自己的善意般。

一直站在一旁的姚三春嘴角抽了抽。這不是電視裡反派角色的標準台詞嗎大哥？

吳豐到底只是個十五歲的孩子，今天受到連番驚嚇和恐嚇，整個人徹底崩潰，竟然直接哭了，而且不僅是哭了，他還尿了，尿騷味瞬間四散開來。

吳豐這十五年來何曾這般狼狽過？可是一想到宋家人全部要他的命，他便再也顧不得其他了，崩潰地大哭出聲討饒道：「求求你們不要殺我，不要殺我啊！我不敢了，我再也不敢了！你們放過我好不好？你們讓我幹啥都行，只要別殺我！」

宋平生嫌煩，抓起一把野草塞進他嘴裡，然後搭著他的肩，手指頭敲兩下，安撫道：「殺人不過頭點地，忍忍就過去了，十八年後又是一條好漢！你是男子漢，不要怕啊！」

其他人。「……」

宋平生說完後，一把將吳豐推倒在地，手中的菜刀在吳豐的脖頸上來回比劃。

吳豐拚命蹬腿搖頭，急得涕泗橫流，臉紅脖子粗，脖頸上的青筋都爆了出來。

宋平東他們終於回過神，忙上前喊道：「平生，你快放下菜刀！讓我來！」

田氏也擦乾淚上前。「不，你倆都得聽我的！放開，讓我來！」

吳豐幾乎暈厥。

爹啊、娘啊，快來救救兒子吧！佛祖啊，我真的後悔了！這家人簡直就是瘋子啊！原來相比之下，只是斷條腿的滋味竟然是如此甜美啊！

這世道果然是軟的怕硬的，硬的怕橫的，橫的怕不要命的！

田氏與宋平東為了一把菜刀跟宋平生吵得難捨難分，奈何菜刀被宋平生牢牢掌握在手裡，搶也搶不走，他們母子倆的臉色都快綠了。

眼見宋平生手持菜刀作出大刀剁骨頭的姿態，發狠就要砍下，吳豐的眼睛都快瞪裂了。就在千鈞一髮之際，側面突然伸出一隻腳踢過去，菜刀頓時一偏，狠狠扎在吳豐左側的耳朵上方，只要稍微再偏那麼兩公分，吳豐的頭就要被當成西瓜剖開了！

吳豐自然被嚇得忘記嚷嚷了，胸前衣裳被浸得濕透，他大口大口地喘著粗氣，彷彿一條被拍上岸的魚。

宋平生扭頭一看，偷偷朝姚三春挑挑眉。「姚姚，妳這是幹啥？」

姚三春雙眉緊皺，黑白分明的眼睛泛著淚光，厲聲喝斥道：「宋平生！你膽子肥了？竟然還敢殺人？我姚三春可不願意嫁給一個殺人犯！」

宋平生似是神色一震。

吳豐重新燃起希望，目光灼灼地望著姚三春，盼望她能大發善心。

姚三春抽抽鼻子，可憐兮兮地道：「實在不行，你可以割了他的舌頭就好啊！」

其他人。「……」

吳豐。「……」爹娘啊，快來救救你們苦命的兒子吧！我以後再也不敢幹壞事了！

宋平生略一思索，隨後點點頭，同時吁了口氣。「割舌頭也行，總之能讓他閉嘴就好了！」說完便將吳豐嘴裡的野草全部拔出來。

吳豐嘴巴一得空，鼻涕都來不及吸，立刻哀聲求饒。「爺爺爺爺，我閉嘴！你讓我幹什麼我就幹什麼！我向天發誓好不好？我絕對不會再提宋婉兒的事，如果違背誓約，就讓我腸穿肚爛，不得好死！我真的知道錯了，求求你們不要割我舌頭啊！嗚嗚嗚……」

一個十五歲的小夥子，硬是哭成嬌滴滴的小姑娘。

姚三春似乎面有不忍，糾結了會兒後，扯了下宋平生的衣裳。「平生，我看他是真知道錯了，唉……神仙特意給我們托夢，這般看重我們，想來肯定不願意我們造殺孽吧？」

吳豐猛點頭，求生的慾望飛漲，像極了一條諂媚的狗。

宋平生思索片刻後，眼中劃過戾氣。「神仙不讓我們造殺孽，我們不造便是。但是他欺辱婉兒在先，這個仇必須報！」

吳豐還沒能理解其中之意，宋平生已站了起來，在吳豐迷茫又混雜恐懼的眼神中，一腳踹在吳豐的左臂上。

「喀噠」一聲，這是骨頭碎裂的聲音。

而骨頭主人吳豐卻沒能發出聲來，因為他疼得痙攣，喉嚨發緊，疼得無法發洩痛苦。

宋平東一干人皆震驚地瞪大眼睛，卻沒有覺得宋平生下手過分的，只覺得下手太輕，吳豐這種人，活該千刀萬剮！

宋平生收回腳，居高臨下地望著他，一雙清潤的眸子毫無波瀾。「記住你今天說的話。」

姚三春目光寡淡地望著地上的人，嘆口氣，最後掏出十文銅錢扔在地上，語氣波瀾不驚。「這回是你不對在先，斷了胳膊被砍傷怪不到咱們頭上，這十文錢就當是給你去鎮上找大夫的路費吧。你也不要嫌少，若是下次我男人再打斷你一條胳膊兩條腿的，我就多給你幾兩銀子，想來……一條腿也不算太貴吧？咱們家還是付得起的。」姚三春微笑著說完狠話。

吳豐的臉皮不正常地抽動著，後背發涼，眼前陣陣發黑。瘋子！這群宋家人都是瘋子！

最終，這事被迫按照並不圓滿的方式解決，下山的途中，眾人都很沈默。

走到半山腰時，宋平生的臉色略帶些不太自然的表情。「娘、大哥，殺人不是解決問題的最好辦法，我相信經過今天這一番恐嚇，吳豐應該不敢再胡說了。」

宋平東擦擦汗，豈止是吳豐被嚇到？連他都被嚇得夠嗆！宋平生那副狠厲的模樣，現在還在他腦海裡揮之不去，恐怕今晚都要作噩夢了！

田氏的嘴巴動了動，最後只有一聲苦笑。「希望吧。」如果吳豐還要繼續糾纏宋婉兒，她不介意再拿一次刀！無論如何，她都要守護好自己的兒女！

宋婉兒挽著田氏的胳膊，垂著頭胡思亂想。

這時候，宋平生卻將目光轉向宋婉兒。「只是婉兒，娘為了妳連命都差點搭上，我們也都做了惡人，能做的、不能做的都做了，妳可意識到自己哪裡錯了？又可曾悔悟過？」

田氏也望向她，現在事情暫時算是穩住，她便也有精力教訓女兒了，臉色難得嚴厲。

「婉兒，看妳這回惹的禍，差點把自己的一輩子都搭進去了！妳大哥告訴過妳離吳豐遠一點的，妳偏不聽！看現在落得個什麼下場？還有妳大嫂的事，妳對不起她、對不起妳大哥啊！可憐都這樣了，妳大哥還不忍看妳被吳豐欺負！日久見人心，誰對妳是真心，誰對妳是假意，妳這回總該知道了吧？」

宋茂山的臉瞬間就黑了。

宋婉兒不敢抬首看兩位兄長，囁嚅半晌後，才細如蚊蚋地道：「娘、大哥、二哥，這回我是真的知道錯了，以後真的不會了，我會努力改正的。」

短短時間內發生了這麼多事，逼迫這位不諳世事的少女不得不成長起來。

宋平東定定地望著她，只點頭，多的沒有說，態度仍是冷淡的，畢竟冷掉的心不會一日就能被焐熱。

宋平生就沒那麼客氣了，聲音裡含著那麼點嘲弄。「宋婉兒，妳最好說到做到，否則下回我也懶得幫妳！別以為別人對妳好是理所當然的，該想想自己回報過別人什麼？娘跟大哥對妳這般掏心掏肺，妳可別再寒了他們的心！」宋平生幫她是看在田氏和宋平東的分上，也不指望她多感激。宋婉兒這人就是好話聽多了，逆耳的話聽得少，從小沒受到什麼挫折，所以才這麼天真愚蠢，是時候對她進行一番社會主義的毒打了。

這回田氏跟宋平東都沒有幫宋婉兒說話，她自己做成這樣，宋平生幫她是出了大力氣的，又出錢又出力，說她幾句又怎麼了？

該！

沒過兩日，村裡的吳二妮坐在老槐樹下嚎啕大哭，原來她弟吳豐偷走家中不多的錢財，跑路了！

可是賣假農藥的人家又怎麼會輕易放過吳家？三天兩頭地上門，跟吳家爹娘鬧得不可開交，最後吳家爹娘都被氣得躺床上了。

不過村裡人知道事情始末後，可沒人同情吳家，這叫啥？這叫活該呀！

兄弟逃跑、父母病倒，吳二妮這回受到的刺激太大了，她必須不停地罵罵咧咧，才能讓自己心裡好受些。

可是她還沒罵痛快，老槐樹下的村民卻指指點點的，說她黑心肝，竟然把姚三春家農藥的方子告訴她弟，而她弟也是狼心狗肺的，為了錢啥都幹，最後闖禍了連父母的錢都偷！看她父母把兒子教成啥樣？難道這還能怪到別人頭上不成？

可是這些話吳二妮聽不進去啊！她一氣之下，跑去姚三春家門口罵個天昏地暗，十足的難聽，最終被氣極的孫鐵柱拉回家，夫妻倆又是一番大戰。

只是經過此事，宋平生兩口子跟孫鐵柱一家的關係就徹底冷了下來。

田氏這幾日相當忙碌，一來要幹活；二來大兒媳婦小月子要上心；三來小女兒晚上不敢睡，又吃不下飯，話也少了，人又瘦了一大圈，把她急得團團轉。

是夜，田氏等宋婉兒睡著後，回屋從木櫃裡抱出一床被子鋪在床下的木板上。

田氏人剛躺下，宋茂山就冷冷地開口，用命令的口吻道：「我渴了，給我倒一杯水來！」

田氏的動作頓了下，還是俐落地爬起來，去廚房給宋茂山倒了杯水。

宋茂山拿到水後又開口了。「晚上涼，妳就讓我喝這涼開水？」杯盞往床頭櫃一放。「去，給我倒杯熱的來！」

大晚上的，哪裡有什麼熱水？不過田氏已經習慣宋茂山的刁難，咬咬牙，還是去廚房燒水了。

宋平東他們都睡著了，就田氏一個人坐在灶底下摸黑燒開水，周圍陪伴她的只有慘澹的月光，以及牆角蟈蟈的叫聲。

田氏早就習慣這種反覆無常的折騰……或者說折磨。

水燒開後，她又添了些涼開水，使得杯子裡的水溫熱不燙嘴，人喝著正好，想來宋茂山應該沒得說了。

不過，當一個人想找麻煩時，哪怕自己化作一粒看不見的塵埃，人家都不會放過，而宋茂山就是這種人。

他陰陰地望一眼床頭櫃的瓷杯，再次開口。「茶葉呢？沒有茶葉不好喝，再去泡一杯！」

田氏知道他是故意刁難，那晚她踢得那麼狠，睚眥必報的宋茂山怎麼可能嚥得下這口氣？但是她就站在那兒不動，頂了他一句。「要喝茶水，自己泡去！」

宋茂山坐在床上，沒能立刻反應過來，下意識地問了句。「什麼？」

田氏深呼吸一口氣，道：「我說，要喝茶自己泡去！」

宋茂山不敢置信，隨之目眥盡裂，拿起櫃上的茶盞就要扔，但在即將扔出去的瞬間，卻又猛然收住，因為他想到現在大晚上的，若鬧出動靜，大房他們肯定又要過來。

這個短暫的停頓，導致瓷杯沒扔掉，反而整條胳膊都被水打濕了，於是宋茂山更是怒不可遏，整個人陰沈下來，跟哪裡來的鬼似的。

他陰惻惻地笑了一陣後，道：「錢玉蘭，妳是不是忘記自己的身分了？竟然敢用這種態度跟我說話？妳要是不記得，我——」

可惜他威脅的話還沒說完，就見田氏不慌不亂地從木板下抽出一把半舊菜刀，顯然就是前幾天砍傷吳豐的那把。

宋茂山剩下的話被迫嚥進肚子裡，舌頭差點打結，不過眼中的光卻更加陰鷙，不屑地冷笑。「錢玉蘭！是不是前些天砍了人，膽子肥了？竟敢對我動起刀了？妳是得了失心瘋吧！我警告妳，不要挑戰我的底線，現在就去給我沏杯茶，否則……」

他瞭解眼前這個容顏憔悴的女人，她牽絆太多，除了這一次為了婉兒奮不顧身，其他時候都聽話得像條狗般，絲毫不敢有反抗的念頭。再說，她也逃脫不了！

可是他不知道的是，田氏已經徹底放棄過自己的生命一次，拋卻一切枷鎖，眾多情緒在她心裡翻滾、蔓延，且有越來越洶湧的態勢。

就像被禁錮太久的人一朝得到自由，躲在陰影下的人久別太陽，這種久別重逢的感覺才更令人刻骨銘心、心潮澎湃。

經過吳豐這件事後，田氏已然想開，她連命都可以不要了，還怕宋茂山拿把柄威脅她嗎？

田氏的心緒再次翻騰，抿唇將菜刀往床上一扔，眼眸裡的光冷冷的。「宋茂山，你少逼我！我連命都能不要了，你以為我現在還怕你威脅嗎？我現在不過是不想鬧開，不想因為你的醜事而連累幾個孩子罷了，不然，你誤我大半輩子，害了我一生，我早就想跟你同歸於盡了！」

宋茂山下意識嚥了口唾沫，他不知道自己手中的把柄到底還有沒有用，但是這樣的田氏，卻讓他從心裡升出幾絲驚駭。

可田氏是宋平文的母親，這個關頭絕不能鬧出什麼意外，否則另外那兩個小畜生絕對不會善罷甘休的！為了維持宋家名聲，為了平文的科舉，他必須得忍耐！

最後，宋茂山沒再有任何動作。

也是從這晚開始，宋家的局勢悄然發生了變化。

隔了幾日，姚三春姊妹在野外發現一小片野茭白，回去後便裝了一些送去宋家。

只是到了宋家，姚三春再次感受到那股壓抑的氣息，宋家每個人臉上都沒什麼笑容，看起來神情慘澹得很。

田氏接過野茭白，臨走前告訴她，宋茂山準備下午分家，讓她跟宋平生到時候過來。

姚三春意外非常，她沒想到宋茂山竟然這時候又同意了！正常人家怎麼可能允許長子分出來過？難不成太陽打西邊出來了？

姚三春一肚子的疑問無人解析，真相只有宋茂山心知肚明。

晌午後，宋平生和姚三春去了宋家，此時宋家院子、堂屋裡黑壓壓一片，擠了許多人，有被宋茂山請來的，也有過來看熱鬧的。

總之，這次分家的陣仗可比宋平生那次要大上不少，也不知道宋茂山到底是怎麼想的。

夫妻倆進堂屋找凳子坐下，沒一會兒人差不多來齊了，最後，宋平東攙扶著羅氏進堂屋。

羅氏身體沒好全，整個人清瘦不少，神色懨懨的，其實宋平東不讓她來的，但羅氏還是來了。只是，當目光觸及到宋茂山和宋婉兒兩人的身影時，她的眼神瞬間變了，憤怒、仇恨、後悔、痛心……各種複雜情緒飛快閃過。

要不是她爹娘過來時開解她，叫她為了分家暫且忍一忍，她真想發瘋一般衝過去，抓花這父女倆的臉，打得他們頭破血流，用他們的鮮血來祭奠她那個沒能出生的孩子。

她跟宋平東盼了四、五年的孩子，就這樣沒了！

面對羅氏含著淚光的、似是質問又似是仇恨的眼神，宋茂山只瞥了一眼，便面無表情地扭過頭。

可宋婉兒卻沒有這份本事，不過被羅氏盯了兩個呼吸的功夫，她就眼神慌亂，深深垂下脖頸。

從羅氏進來開始，堂屋裡的氣氛便有幾分怪異，只是村裡人都不知道宋家具體發生了什麼事，因此均是摸不著頭腦。

所有人到齊後，宋茂山簡潔明瞭地朝孫長貴道：「里正，除了平文在學堂，咱們宋家人都來了，你看就開始吧！」說著，同時將摺疊整齊的一張紙遞給孫長貴。

孫長貴接過紙，反手壓在手下，目光落在宋平東身上，卻朝身旁的宋茂山道：「茂山兄弟，容我多問兩句，好好的，為啥要分家呢？而且就算分家，哪有分長子的道理？難不成你們以後就跟小兒子過了？」

宋茂山耷拉著眼皮子，表情沈重晦澀，半晌後才深深嘆一口氣，輕輕搖著頭，道：「里正，孩子們都大了，有自己的小家，也有自己的想法。我一把老骨頭，以後幫襯不到孩子們什麼，但我也不想成為孩子們的拖累，不如就分出去放他們自由，讓他們過好自己的日子吧！」

周圍人一聽，這宋茂山拳拳的愛子之心，簡直讓人聞之落淚啊！

宋平東兩口子的能幹鄉親們都看在眼裡的，以後日子絕對過得不差。

可憐天下父母心，宋茂山要嫁么女，還得供小兒子讀書考科舉，可是為了不拖累大兒子，竟然連分家都同意了！能為大兒子做到這一步，宋茂山真真是大大的慈父啊！

這個想法不僅是孫長貴有，周圍很多村民都這樣想，於是眾人看向宋茂山父子倆的目光都變了。

眾人一方面覺得宋茂山面硬心軟，是個百年一遇的好父親；另一方面卻覺得宋平東表裡不一，在外頭裝成老好人，結果作為長子的他竟然要分家，良心怕不是被狗吃了吧？

對於宋茂山的這番操作，姚三春夫妻只想說，這個老頭真是讓人想掄起胳膊在他臉上來上九十九個巴掌，送他歸西啊！

不過姚三春等人氣得太早了，因為宋茂山的表演才剛剛要開始。

宋茂山說完便不欲多說，示意孫長貴打開紙條。

孫長貴打開一看，豁，東西還真不少！

鍋碗瓢盆、農具廚具之類雞零狗碎的就不必多提了。光是水田就八畝，其中三畝都是上等良田，除此之外，還有四畝旱地，東屋也歸大房，最後還有整整三十兩白銀！

當里正一字一句將紙上所有東西唸完後，宋家整個院子裡安靜了一瞬間，隨後卻是更加激烈的議論聲。

這個宋茂山，真是絕世好爹了！

長子要分家，親爹不但不怨恨，還一片殷殷父愛，割肉切骨地分了這麼多東西給大兒子，尤其是那白花花的三十兩白銀，差點亮瞎村民們的眼啊！

如果這都不算愛？那啥才叫愛？

村民們的反應宋茂山盡收眼底，嘴角勾起一抹不易察覺的笑，又極快地掩去。「說來也是我對不起平東，從前我家日子過得算還行，但是供讀書人花費太大，所以現在的日子也是不如從前了。原本我是想著能湊個二十兩，可是當平文知道這事後，當即讓我再添一些，說他自己省吃儉用沒關係，也可以替人抄書賺些錢，總之，絕對不能讓他大哥受委屈！他還說，到底是自己讀書花費了家中的銀錢，如今兄長們雖然分出去過了，但是在他心裡，兄長永遠是兄長，他日若是僥倖能考個好成績，也絕不會忘記兩位兄長多年的照顧！」說到最後，宋茂山揩掉眼角的濕意，飽含欣慰地道：「他們做兄弟的關係和睦，相處融洽，我這個做父親的心中甚慰啊！」

宋茂山說完，臉上帶著溫和的笑，慈愛地掃視自己的子女，好一副絕世大慈父的作派。

聽到這兒，在場村民甚是動容。攤上這麼一個好爹，以及這麼一個腦瓜子靈光還懂事的兄弟，他宋平東上輩子是幹了啥好事喔！

只是，拿宋茂山、宋平文父子和宋平東一對比，一方是慷慨、重情義，另一方卻是長子要分家，兩廂一對比，村民們對宋平東的印象當即大打折扣，對宋茂山及宋平文父子的評價卻好上不少。

可想而知，經過今天這事，宋茂山和宋平文在村裡的名聲將更上一層樓。

在村民們嘈雜喧鬧的議論聲中，以及宋平東夫妻暗淡的神色下，今天這場分家大戲終於落幕。

無論生活是艱難還是順利，日子還是得踏踏實實地過下去。宋平東他們低沈了幾天，轉頭還得忙活地裡的活計。

宋平生兩口子見大房振作起來，也為他們高興。

鄉下的生活沒有太多波瀾，其間姚三春得到了一個意外的消息——姚小蓮覺得自己年紀到了，不想一直麻煩姊姊和姊夫，所以想盡快找個合適的人嫁了。

姚三春有些意外，不過她尊重姚小蓮的想法，很快便找好媒婆，讓媒婆替姚小蓮多留意一些外地的未婚青年，若是遇到好的，他們夫妻倆便帶上姚小蓮去當地看看，把把關。

姚小蓮的親事還沒影兒，轉眼卻到了孫吉祥成親的日子。

孫吉祥成親這日秋高氣爽，天朗氣清，是個諸事皆宜的好日子。

早上天還未大亮，宋平生便從竹床爬起來，穿戴整齊去孫吉祥家，因為今天他要和迎親隊伍一起去大狗村。

宋平生起來沒多久，姚三春也跟著起來了，孫吉祥去迎親，家中還要留人招待客人。說起來，孫吉祥也沒什麼親人，今天的客人絕大部分都是村裡人，倒也沒那麼拘謹。

一上午，姚三春都在招呼客人，準備席面，幫忙端菜，總之哪裡要人補哪裡，忙得是暈頭轉向的。

這邊的習俗是兩頓飯，所以村裡人都是敞開肚子吃，一邊吃一邊瞎扯淡，反正都是一個村的，什麼都能侃，院子裡還有一群小屁孩來來回回，你追我趕。

孫吉祥家的氣氛之火熱，離得老遠都能聽得見。

但是最讓姚三春覺得無語的是，孫本強跟朱桂花帶著兩個孩子也來了，還是不請白來，一家四口上了桌子跟餓狗撲食一般，風捲殘雲就解決了一盤菜，一嘴巴都是油光，看起來埋汰得不行！

但是今天是吉祥的大喜之日，所有人都不會在今天觸人霉頭，所以姚三春見到孫本強一家子也只是冷眼走過，不浪費一點多餘的目光。

時間到了中午，迎親隊伍吹吹打打地從村口走來，新郎官孫吉祥坐在高頭大馬上，胸口繫著大紅花，臉上一派喜色，嘴巴就沒合起來過，可見是有多高興了。

不過從大狗村到老槐樹村，這一路那是相當艱難，路上相熟的人家便會攔住轎子，新郎官不給糖果啥的就不給走。

孫吉祥爽快得很，遇到攔轎的大手一揮，宋平生就去散東西，攔轎的人家都想沾點喜氣，得到東西就使勁說吉祥話，這可真是在吉祥日子對吉祥說吉祥話，吉祥可樂壞了！

新娘子接到孫家，隨後自然是今日最大的重頭戲——夫妻行禮交拜了。只見原本在胡侃的村民全部往堂屋挪動，沒一會兒就將堂屋裡裡外外擠得水泄不通。

姚三春也想湊這個熱鬧，脖子都快拉出新紀錄了，甚至數次衝擊人群，奈何圍觀群眾的力量是可怕的，縱使她使出渾身解數還是擠不進去，實在氣死人！

站在最周邊的姚三春氣得跺腳，這時背後傳來「噗哧」一聲，姚三春一回頭，對上的是宋平生略帶嫌棄的眼神。

奈何宋平生笑起來實在好看，姚三春可恥地發現，她竟然連氣都生不出來，實在是太沒有原則了！所以她只能努力板起臉，讓自己的酒窩不要暴露出來。

宋平生還不知道自己的寶貝媳婦嗎？邁著長腿兩步走過去，搭上她的肩頭後衝她挑了下眉。

姚三春未解其意，宋平生卻已經擠進人群，將姚三春緊緊護在懷裡，一路帶著她左鑽右穿，最終硬是穿破層層人牆，到達堂屋最裡頭。

這兩口子長相出色，今天穿得也好看，站在那兒又不知成為多少人眼中的風景。

待新郎官孫吉祥和新娘子黃玉鳳一出場，眾人的注意力瞬間被轉移，議論聲就沒斷過。

一來孫吉祥臉上的疤很顯眼，但是人逢喜事精神爽，今天的孫吉祥看起來竟然還有幾分瀟灑！二來新娘子蓋著蓋頭，鄉親們都在猜測黃玉鳳是美是醜，甚至還有淘氣的小孩子彎著腰使勁從蓋頭下方看，現場真是熱鬧極了。

「一拜天地！」

「二拜高堂——」

「夫妻對拜！」

在孫吉祥遠房堂叔的高聲中，在噼哩啪啦的鞭炮聲中，在鄉親們的祝福讚美聲中，孫吉祥和黃玉鳳終於正式結為夫妻。

姚三春不停地鼓掌，似有所感一般側過臉看向身旁的男人，兩人目光相遇，忍不住都笑了。

有一個家，這一直是孫吉祥的願望，如今他總算得償所願，夫妻倆都為吉祥高興。

孫吉祥成親後沒多久，姚三春家的新屋終於建好，夫妻倆選了一個良辰吉日上梁。

這日天尚未大亮，姚三春夫妻和姚小蓮便起來忙活，沒一會兒田氏、宋平東夫妻、孫吉祥夫妻全部過來幫忙，甚至高家一家子過來得都挺早的。

不過宋巧雲如今懷著身子，姚三春怎麼說也不能讓她幫忙。

所以宋氏便拉著宋巧雲在新屋寬敞無比的大院裡參觀遛達，從廚房到堂屋，從堂屋到後院，從後院到倉庫和廠房……這一圈下來，宋巧雲的腿都有些疲軟，因為新屋實在太大了！

新屋不僅地方大，院落寬敞，房屋眾多，且還是青磚黑瓦的磚瓦房，屋頂片片黑瓦壘砌，素淨大氣，正方形的青磚一路從大院門口鋪到裡頭，整潔俐落，甚至每個屋內都鋪了地磚，簡直無一處不乾淨舒心。

村裡人家的屋子跟姚三春家的相比，頓時被襯托得都有些沒眼看了。

宋巧雲一圈逛下來，只覺得自己這個二弟、二弟媳真的越來越有本事，日子過得極好，她打心裡替他們兩口子高興。

可宋氏的高興就沒那麼真心了，肚子裡忍不住冒酸水。從前那個人憎狗嫌的二流子，還有那個討人嫌的潑婦，憑啥半年間就能蓋這麼大、這麼氣派的屋子？老天莫不是瞎了眼，寧願托夢給這對上不得檯面的兩口子，怎麼都不托夢給她家？真是人比人，氣死個人！

宋氏婆媳之後，又有許多村子裡的人陸陸續續過來參觀，一時間驚嘆聲連連，可見這屋子建得多氣派了。

另一頭的廚房那邊，郭氏和媳婦張氏一同過來幫忙，郭氏見到田氏沒扭捏，隨口叫了一聲「大嫂」，可田氏卻面露些尷尬，畢竟她們妯娌倆已將近二十來年沒說話了。

不過有姚三春和羅氏她們在一旁說說笑笑，氣氛很快就恢復過來。

前院，宋平生和宋平東等人陸陸續續從村裡人家中扛回桌椅，再一一擺好擦淨，同時還要時不時地招呼客人。

宋平生和宋茂水正說著話的時候，大院門口突然有兩人說笑著走進院子。

宋茂水下意識扭頭一看，便跟宋茂山的目光不期而遇。

宋平生默默輕抬眉梢，嘴角的笑有些譏誚，因為他壓根兒沒請宋茂山！

宋茂山像是沒看到宋平生的表情，反而一副在討論天氣般，說道：「茂水你也在啊？大妹今天也在呢！我們三個許久沒聚到一起了，呵呵……」

見到宋茂山的那一刻起，宋茂水的臉色便迅速冷了下來，見宋茂山竟然還能若無其事地跟他攀談，宋茂水真有種吃到屎的感覺。

今天是宋平生兩口子上梁的好日子，宋茂水不想鬧得太難看，索性頂著一張冷臉，目不斜視地從宋茂山身旁走過，帶起的風，比冬天的風還要刺骨寒冷。

宋茂水離去後，宋茂山面不改色，神色甚至稱得上溫和，朝宋平生道：「老二啊，平文讓人捎口信回來，說距離縣試不過幾個月時間，他要在書院溫書，所以今日無法回來，讓為父特意跟你說一聲。」

宋平生神色不變，稍顯得有些疏離冷淡，只答道：「喔，知道了。」

孫長貴的眼睛轉了轉，高聲誇讚道：「茂山兄弟，你家平文真是難得，對待父母兄長都是尊重有加，而且他腦袋瓜子還聰明，讀書勤勉，依我看，明年必定能考個好成績！哈哈哈，到時他就是咱們老槐樹村讀書的第一人啊！」邊豎起大拇指。「以後發達了，可不要忘記咱們這些鄉親啊！」

宋茂山拱手。「哪裡哪裡，里正你過譽了。」不過眼中的笑卻怎麼也止不住。

宋平生聽得膩歪，正決定離開。

不料宋茂山環視整個院子後，收回目光說道：「老二，新建的屋子很不錯，不過年輕人不能浮躁，以後路還長著，要踏踏實實，一步一步來。」然後視線落在一旁的宋平東身上，雙手背在身後，道：「老大，你二弟有本事，你這個做大哥的也要爭氣點。等你們三兄弟都過上安穩的日子，我這個當爹的也就沒啥好操心的了。」

宋茂山這一番沒皮沒臉的操作，宋平東兄弟倆可真是驚呆了。大好的日子，不請自來就算了，竟然還在這麼多人面前虛情假意地表演，裝作慈父諄諄教導兒子，真叫人噁心得隔夜飯都快吐出來了！

宋平東的拳頭捏得發白，可偏偏他不能反駁。這陣子他和羅氏被人在背後指指點點，說他們自私不孝，若是現在出口反駁，明天村裡還不知道怎麼傳呢？

宋平生卻沒這個顧忌，笑容寡淡地道：「我倒是要謝謝爹你，如果當初不是爹你將我們夫妻兩個狠心地掃出門，我們手上一文錢都沒有，每天吃不飽、穿不暖的，說不定神仙也不會給我們托夢……」話音一轉。「喔，不對，這樣說來，我最該感謝的還是神仙才對！」

宋平生這麼一提，圍觀的村民頓時想了起來，宋平生才是最慘的那個！分家時候得到的東西最少不說，還一文錢都沒有，當初每天數著米粒吃，日子難熬得很呢！

人都是健忘的動物，現在宋平生兩口子在村裡的名聲挺不錯的，村民們突然就覺得宋茂山當初分家很不妥，就算二兒子混帳，那也不能一文錢都不給啊！忒無情、忒冷漠！周圍人看向宋茂山的目光不由得變了。

宋茂山看在眼裡，在心裡默默罵這個小畜生。本想表演一番父慈子孝、兄友弟恭的，結果被這個小畜生兩句話就搞砸了！可他還是得保持微笑，真是氣死人！

在這樣的情況下，宋茂山哪還有臉多待？只能隨便找個藉口遁走。

宋平生望著宋茂山的背影，冷笑不已。

不過是不起眼的小波瀾罷了，其他人還是該幹麼幹麼，坐下瞎扯淡的、在院子裡遛達參觀的、往廚房方向流口水的、在自家孩子屁股後頭追趕的、捋狗子的……

今天所有人最期待的還是上梁，因為按照當地習俗，上梁之後，新屋主人家要撒糖果、花生、大棗啥的，越有錢的人家撒得越多。

所以上梁吉時一到，所有人同時往堂屋方向小跑而去，就等祭祀完後放鞭炮上梁。

果然，上梁才進行到一半，村民們就蠢蠢欲動。

小孩子們流著口水，烏黑的大眼一眨也不眨地盯著姚三春手中的一花籃糖果，好像有蔥糖、烏糖……還有好幾種他們根本不認識的糖果。

不管糖果的外形美不美，在小孩子們眼裡，它們都是最甜的那一顆，好想一口將它們吞下肚喔！

小孩子們的眼神實在太火熱，姚三春被看得抿唇直笑，酒窩都跑了出來，待上梁結束，她一刻不耽誤，抓起糖果就往院子裡撒去。

這下子院子裡比放爆竹時還吵鬧，不管大人小孩、男人女人，全都彎腰撿起糖果來。

大人們搶糖果的速度飛快，姚三春見之驚嘆，如果他們把搶糖果的勁頭用在插秧上，想必效率驚人。

大人們一心一意撿糖果，小娃娃們手小，有的撿起一個就撕掉糖紙往嘴裡塞，吃得眉開眼笑。

有的小娃娃還一邊撿一邊漏，一邊漏就一邊哭。「嗚哇！我拿不下，爹娘呀，我該咋辦啊？我可太難了！」

包括姚三春在內的大人們不禁哄堂大笑，差點笑得直不起腰來。

不過今日姚三春家備的糖果確實多，至少都能撿到四、五個，所以村民們很滿意，小娃娃們更是開心不已，一個個激動得小臉蛋紅撲撲的。

上梁完成，糖果也撒出去，下面便正式開席了。

席面不說其他，昨天從鎮上買回來的半扇豬肉、十來隻雞、從清水村買的活魚等等，全部落入廚子手裡。

既然進了廚房，廚子又豈能讓牠們活著出去？出去時便成了一盤盤的硬菜。

幾道肉菜一上，在村民們看來，今天這個席面的水準就「噌噌噌」地上去了，一個個吃得油光滿面，滿意得合不攏嘴。

姚三春家的某張桌子，孫本強夫妻帶著兩個孩子擠在角落裡，默默地大吃大喝，啃起肉來跟要吃人似的。

同桌的知道孫本強夫妻跟姚三春夫妻有齟齬，不像是被請來的，不過今天是個好日子，多一事不如少一事，便都沒和主人家提這茬兒。

孫本強跟朱桂花在姚三春家吃飽喝足後，頓時感覺神清氣爽、精力充沛，回到自家院子又例行咒罵起來。

孫本強眼露凶光。「看那兩口子裝得人模狗樣的，不就有幾個臭錢而已，了不起啊？村裡人就跟蒼蠅看到屎一樣，使勁往裡鑽，噁心巴拉的！老子呸！」

朱桂花一臉刻薄。「看那兩口子的得瑟樣，我真恨不得扒了他們皮！這種心思歹毒的兩口子，害得咱們夫妻受傷、丟人不說，還要每晚巡邏，被村裡人恥笑！老天爺竟然還幫他們，老天爺是瞎了眼吧？可惡！」

「看他們家新蓋的房子，一溜的磚瓦房，院子裡都鋪青石板，這般有錢，當初還咬著我不放！」孫本強越想越氣，眼睛都紅了，一掌拍在大門上，眼中流露出一絲惡毒。「將我們害成村裡的笑柄！呵，希望他們以後每年生一個娃兒，每個都是姑娘，到時候咱們不僅要去吃他家的飯，回頭還咒他們女兒所嫁非人，過不上好日子！如果可以，我真想放一把火直接把他們兩口子燒死！」

狗蛋靠在孫本強腿上，仰著小臉看他爹，揮舞著小拳頭，小臉上盡是天真的惡意表情。「他們欺負爹娘，燒死他們、燒死他們！」

孫本強一把將狗蛋抱到腿上，臉上橫肉扯了扯，齜牙獰笑。「果然是我孫本強的好兒子，有種！狗蛋，你一定要記住，叫宋平生跟姚三春的那兩個，就是咱們孫家的仇人！就是那兩個畜生玩意兒，害得你爹腿被打瘸，我跟你娘天天被村裡人笑話，大牛罵你還有金桃，這些全是他們兩個害的！」

朱桂花牽著金桃走過去坐下，惡狠狠地道：「狗蛋、金桃，爹娘抬不起頭做人，咱們一輩子的指望就在你們兄妹倆頭上了，以後一定要給爹娘出口惡氣！」

狗蛋爬到板凳上站起來，握緊拳頭，小胸脯劇烈起伏著，義憤填膺地道：「我一定會為爹娘報仇的！金桃妳呢？」

金桃眨眨眼，懵懵懂懂地點頭。「報仇、報仇！」

朱桂花激動得抹眼淚，一把將兩個孩子摟住。「娘真是沒白疼你們！」

孫本強也滿懷欣慰。「這才是我孫本強的種啊！」

第十七章

卻說姚三春家的上梁酒喝完後，他們兩口子卻並沒能馬上住進去，一來新屋才建好，總要通通氣才成；二來老屋零零碎碎的東西太多，搬進去也要花費時間。

昨天忙活上梁酒宴太過忙碌，光是處理剩菜和洗碗便已到天黑，因此今日上午，姚三春抱著被子睡生夢死，實在起不來。

宋平生準備好一碗地瓜片粥、一個雞蛋、一碗羊奶、一小碟炒蔬菜，盯著姚三春吃完後，這才讓姚三春繼續躺下補眠。

男人的體力比女人好，宋平生休息一夜便恢復精神，等姚三春吃完，他便忙碌起來。

老屋倉庫裡一堆的農藥跟原材料，還有農具、廚具，通通都得搬進新屋，分類歸置。

姚小蓮不好意思睡懶覺，便跟著起來，去洗衣裳。

來來回回好幾趟，眼見東西搬得七七八八後，宋平生便坐在院子裡，雙手枕在腦後，望著天出神。

那湛藍的天，白色的流雲，無形的秋風，自由的鳥兒，清朗的空氣……果真是，秋高氣爽好天氣啊！

就在這時候，鄰居孫青松一路瘋跑過來，朝新屋方向大吼：「平生兄弟！不好了，你家老屋起火了！你快回去啊！」

宋平生猛地站起來，地上小凳子剛倒在地上，他人便如同瘋了一樣衝了出去。

狗兒發財被男主人嚇得當即跳出一米之外，牠完全不懂男主人為什麼這麼激動，但還是撒起爪子跟著竄出去，瞬間沒了影子。

此時老屋一米處的草堆正熊熊燃燒，天乾物燥的天氣，滾燙的火舌被秋風一捲，火勢立即蔓延至老屋屋頂乾枯的稻草。

瘋狂的火焰，乾燥的空氣，毫無水分的稻草，不合時宜的風向……這一切因素結合在一起，不過眨眼間，老屋便被灼熱的火焰所吞噬。

不僅如此，由於宋茂水家的屋子和姚三春家老屋相連，眼看也要被燒著了！

一人一狗拚了命地跑回老屋，不遠的後頭還跟著孫吉祥夫妻。

因為新屋距離老屋有些遠，宋平生跑回來時，宋平東和田氏他們都趕到了。

老屋外頭一片吵鬧，所有人神色凝重，一個個不停地從村裡的水井擔水滅火，不只宋平東他們，村裡聽到動靜的全都過來幫忙了。

有老年人站在一旁小聲唏噓。「火這麼大，恐怕……」

「唉，運氣不好，偏偏遇上今天這個風，姚小蓮才發現，火就把整個院子都燒著了！」

「太大了！裡頭要是有人，絕對活不了的！」

宋平生耳邊聽不到任何聲音，他扒開人群，怒睜著眼四下搜尋，然而無論他怎麼找，就是沒發現姚三春的影子。

宋平生目眥盡裂！

這時候滿臉髒污、驚慌失措的姚小蓮闖入他的視野，宋平生衝過去一把抓住姚小蓮，看著她的表情彷彿一隻在爆發邊緣的瘋狗，一張俊美的面孔幾近扭曲。

「姚姚呢？姚姚呢？快說話！」

姚小蓮嚇得接近失語，一雙眼睛瞪得嚇人，一時半會兒沒回過神來，整個身子都在抖。

宋平生不自覺地加重手中力道，接近歇斯底里地問道：「姚小蓮！我問妳姚姚呢？」

手臂傳來的痛感讓姚小蓮回過神，面對這般凶神惡煞的宋平生，姚小蓮一陣膽寒，抖抖瑟瑟地指向火焰，聲音綿軟無力。「姊、姊在裡頭，沒出來……」這一句話彷彿費盡了她一輩子的力氣，說完渾身就脫力一般，眼看就要一屁股坐在地上，落到一半時卻被一隻男人的手拎住衣領。

「別在這時候掉鏈子，給我擔水去！」宋平生從牙縫裡吐出一句話，眼睛裡已經是一片赤紅。

田氏擔水回來，滿目的擔憂，勸道：「平生，你冷靜點！村裡人都在幫忙，這時候救火最重要！」

宋平生抬眼望著濃煙滾滾的老屋，他彷彿又回到了那場車禍，噩夢重演，鋪天蓋地的絕望將他籠罩住。

他腦子裡亂糟糟的，但只有一個念頭清晰無比，那就是——姚姚在哪兒，他就在哪兒！

想到這兒，他突然放開姚小蓮，不過呼吸間的功夫，他已從田氏手中搶來一桶水，從頭澆下後，便奮不顧身地向被火焰吞沒的老屋大門衝過去，動作一氣呵成。

宋平生身高腿長，幾乎是眨眼間就衝到了門口，兩腳踹開燒焦的大門，眼見就要衝進去，被那瘋狂的火焰所吞沒。

田氏見到這一幕，臉色蒼白得嚇人，明明雙手都在顫抖，還是立即衝過去，尖銳刺耳的聲音在空中都變了調。「平生！不要啊——」

說時遲，那時快，有一個人的速度比田氏更快，就如同離了弦的箭一般，眨眼間衝過去拽住宋平生的胳膊，用盡全身的力氣往後拽去。

宋平生同樣使盡全身的力氣，兩人方向相反，這一中和，最終結果只是宋平生衝進去的動作頓住一瞬。

然而只是這一瞬，由於宋平生的一隻手已伸出去，因此瞬間被火焰纏上，連同淋濕的袖口一起被燒到。

但宋平生彷彿沒感覺一樣，仍舊發瘋似的掙扎。「放開我！我要去救姚姚！」

不等宋平東如何反應，他毫不留情地抬起腳踹過去，猶如一頭在死前瘋狂掙扎的野獸。

「放開我！給我放開！」

就是宋平東爭取的這點時間，田氏以及孫四叔他們全部衝了過來，一個兩個死死拽住宋平生，不給他犯傻的機會。

田氏慌忙拍滅宋平生袖子上的火，捧著兒子被燒傷的手，眼中含淚，悲痛不已。「兒啊！火勢太大，裡頭一點聲音都沒有，你進去就是白白送死啊！」

見二兒子難受至此，說是天崩地裂都不為過，她比誰都難受。她也很想救出二兒媳婦，然而火勢太大了，進去就是送死，她不能眼睜睜看著再搭上一條性命啊！

宋平東的語氣萬分艱難。「平生……你聽我說，火勢太大了，恐怕……你媳婦若是知道，肯定不會讓你衝進去的！」

宋平生猶如一頭困獸，只能扭著身子，張牙舞爪，瘋狂地掙脫著、扭動著，別人說的話他連一個字都聽不進去。

然而雙拳難敵四手，他怎麼可能從四、五個人手中掙脫開來？

就在兩方爭執時，在宋平生瘋狂而絕望的目光下，裡屋方向轟然倒塌，濺起一陣火星和黑煙。

與之相對應的，是宋平生眼中驀地暗淡下來的目光，平日裡清潤的眼眸，如同被濃重的黑墨一把潑下，陰霾遍佈，死氣沈沈。

宋平生不再掙扎，渾身脫力一般癱在地上，愣愣地望著坍塌的方向，眼中似乎有什麼東西碎掉了。

只是一瞬間的事情，宋平生彷彿被人抽去靈魂，只剩下一具軀殼。

這樣的宋平生，田氏和宋平東他們從未見過，可是誰見到都會覺得難過。此情此景，周圍救火的村民見狀也只能默默搖頭，但是他們沒空安慰宋平生，因為宋茂水家的屋頂也著了，他們得抓緊時間滅火，以免造成更大的損失。

田氏跟宋平東手中鬆了力道，一臉擔憂地望著他，同時還要關注老屋方向。

就在兩人分神的那一刻，宋平生猛地甩開他們，再次以瘋牛般的姿態衝了出去。

他這一刻的爆發力是前所未有的，整個人如同離弦之箭一般射了出去。

宋平東的反應已經算快了，然而還是一把撈空，沒能觸碰到哪怕宋平生的一片衣角。

田氏和宋平東他們只能眼睜睜地望著宋平生即將衝進火焰，被吞噬殆盡，卻無能為力。

這一刻，鋪天蓋地的驚恐和絕望向他們襲來！

就在這千鈞一髮之際，老屋後方突然傳來孫吉祥吼破音的聲音——

「找到了！人在這兒！她還有氣！」

聲音在灼熱的火焰和沸騰的氣體之間變得有些模糊隱約，宋平生猛地頓下腳步，站在滾燙的火焰前，從地獄到天堂的落差讓他有片刻的怔忡，來不及做任何反應，似是不敢相信這是真的。

他停下的瞬間，前方院子上方的木頭柱子和土塊轟然倒塌！

若是宋平生沒有停下腳步，現在他絕對已經被砸得頭破血流，命喪當場。

眾人被驚得一聲冷汗。

他們很快回過神，忙跑過去用死勁拽住宋平生，生怕他再次犯傻，然後拉著宋平生大步往屋後方向跑去。

轉兩個彎，老屋和菜園子中間的位置，孫吉祥正弓著腰，費力地將姚三春拖到後方，遠離火源。

只見姚三春雙眼緊閉，臉色慘白，頭髮凌亂，一身的髒污，整個人狼狽不堪，明顯是慌亂中從屋子裡逃出來的。

姚小蓮扭頭看向屋後小窗戶所在方向，從前為了躲避父母，她便數次從這個小窗戶爬出來，她姊肯定也是從這個小窗戶爬出來的。

也是他們方才方寸大亂，一時之間沒想到這一茬。

萬幸，屋後還有一個小窗戶，否則她姊真是在劫難逃！

宋平生第一個衝過去，顫著手探姚三春的鼻息和頸部動脈，再三確認姚三春還好好活著，這才大口喘氣，那樣子像極了一條瀕臨死亡的魚，在即將死亡的前一刻被扔進水裡，得到救贖。

還好，還好……姚姚還活著，還好好地活著……

不過宋平生仍不敢放鬆警惕，理智逐漸回籠，他當即扳開姚三春的嘴，顧不得其他，一絲不苟地清理她的呼吸道，將裡頭的灰全部清理出來。

田氏和宋平東、羅氏見姚三春只是嗆了灰，這才狠狠鬆了口氣，吊在嗓子眼的心終於能稍微放下。

和姚三春相比，或許宋平生被燒傷的手反而更嚴重些。

但是受傷的宋平生卻毫無自覺，他不願意假手於人，親自抱起姚三春，一邊讓孫吉祥馬上將馬車拉過來，他要將姚三春送去鎮上的回春堂診治，否則他不能放心。

一群人從老屋後頭出來，村民們見姚三春竟然逃出來了，且看來還有氣，紛紛湊上前想看一眼，就連里正孫長貴都在列。

村民們只見姚三春一身狼狽，宋平生的小臂被燒得都起了水疱，慘不忍睹的，夫妻倆的形象甚是淒慘。

但是經過這次火災，村裡人真正認識到，從前天天吵嘴打架的夫妻真的變了，夫妻感情是真的好，尤其宋平生為了救媳婦，連命都不要了！

是真男人啊！

宋平生抱著姚三春站在路邊，低頭一瞬也不瞬地望著姚三春，一刻都不敢移開，生怕一眨眼，懷中人便不見了。

至於放火之人，他暫時無暇顧及。

等待馬車的功夫，孫四叔突然拎著一個小孩子趕過來。

小孩子撒潑打滾，張牙舞爪地掙扎，還粗魯地踹了孫四叔好幾腳，嘴裡罵罵咧咧的。

「臭老頭，你放開我！不然我讓我爹打死你！」

聽到動靜，所有人扭身看去，卻見孫四叔手裡拎著的正是孫本強的兒子狗蛋，眾人一臉莫名茫然。

孫四叔指著這個鬧騰不息的孩子。「平生、里正，我剛才發現這娃子鬼鬼祟祟地躲在我家草堆後面，手裡還有打火石！」

村民們悚然一驚，是才六歲的狗蛋放的火?!不會吧？

然而狗蛋接下來的話，卻徹底打破他們的想法。

狗蛋小小年紀，眼中卻充滿惡意地說：「就是老子放的！怎麼了？」他高昂著頭顱，像是一隻不可一世的公雞，眼中射出仇恨的光芒。「我爹娘說了，姓姚的他們兩口子是我家仇人，就是這對狗男女害得我爹腿瘸了，我娘被村裡人恥笑，爹娘還要每晚在村裡巡邏，都是他們的錯！現在我跟爹娘及妹妹抬不起頭做人，都是這對賤人害的！我要報仇！我就是要燒死你們！」

天真的年紀，稚嫩的臉龐，吐出的話卻無比惡毒。

村民們聞之倒吸一口涼氣，一時間真是不能接受。

狗蛋的父母到底給孩子灌輸了怎樣的想法，才會把一個年僅六歲的孩子教成這樣？

宋平生目光萬分冷厲地瞥了狗蛋一眼，聲音粗啞地朝孫長貴道：「要不是我媳婦福大命大，她早就命喪火海了！狗蛋小小年紀竟這般狠毒，但說到底，還不是孫本強和朱桂花教導的？這事我絕對不會簡單了了，到鎮上我就去府衙告狀，這回我要他們夫妻血債血償！」

宋平生的語氣像是暴風雨來的前夕，說最後一句話時，眾人彷彿聞到了血腥味。

孫長貴的目光落在宋平生家已成一片廢墟的屋子，以及隔壁宋茂水家被燒掉小半邊的屋頂，擰眉沈吟片刻，最後沈聲道：「那就告官吧！」

他不過就是一村里正，這事有財產以及人員的損傷，情節嚴重，必須得交給官府才行。只是這事一出，周圍村子知曉老槐樹村有心思這麼歹毒的人，村子名聲必定會受影響，甚至還會連累他的考核！想到這兒，孫長貴捏緊拳頭，想砍孫本強夫妻的心都有了！

村民們好不容易將火全部澆滅，結果卻聽說起火是人為的，宋平生要告官，他們自然跟孫長貴想到了同一處——孫本強一家子最終會連累全村的名聲。

這下子，所有人心裡都騰地升起一股惡氣，那便是對孫本強一家子的憎惡。

孫吉祥駕駛馬車趕過來，宋平生將姚三春放好，臨走前偷偷朝宋平東道：「大哥，狗蛋不能放走，小心孫本強一家子偷偷逃了！」

宋平東拍他肩膀。「你放心，我曉得，這事有我看著！別耽擱了，快去鎮上找大夫吧！」

「嗯。」宋平生轉身上馬車，很快消失在眾人眼前。

馬蹄飛快，半個時辰不到便到達鎮上，馬車直奔回春堂。

進入回春堂，幾針下去，姚三春終於恢復神智，一睜眼，入眼的便是宋平生既緊張又狼狽的面孔。

「……平生？」姚三春的嗓子破啞得不成樣子，連說話都困難。

宋平生握住姚三春的手，更緊了一分，喉嚨滾動，頓住片刻後道：「姚姚，妳沒事了……」

姚小蓮不住地抹淚，聲音裡有濃濃的鼻音。「……姊，妳能醒來簡直太好了！嗚嗚嗚……我們真是嚇死了，我還以為妳……嗚嗚嗚……」

姚三春虛弱一笑。「這不是沒事了？妳放心，我是女主角，不會死的。」

姚小蓮聽岔了，停下抹淚的動作，迷濛著眼看她。「滷豬腳？什麼滷豬腳？」

才經歷過一場生死的姚三春也忍不住破涕為笑，緊繃的精神放鬆不少，終於有了點劫後餘生的踏實感。

上午發生火災時她睡得太死，直到火已蔓延到裡屋時才驚醒過來，可當時想從前門出去已經不可能，甚至她一度以為自己會交代在那破茅草屋裡。

後來火勢越來越大，空氣也越來越稀薄，她憋得頭暈腦脹，根本無法思考，一張嘴便被濃煙嗆住，她根本不敢呼救。緊急關頭，她在胳膊上狠狠咬下一口，迫使自己冷靜下來，後來便想到裡屋後面那一扇小窗。

就在火焰席捲床單的前一刻，她拚盡全力硬是從小窗爬出來，踉蹌著走了幾步後再沒了力氣，眼前一黑，人便徹底沒了意識。

姚三春的情緒恢復了些，但宋平生卻仍然死死盯著姚三春，眼眶泛紅，像是還沒緩過來。姚三春在他手心刮蹭兩下，宋平生似沒感覺到一樣，竟毫無反應。姚三春這下更奇怪了，輕蹙眉頭喊：「平生？」

這時孫吉祥掀開布簾進來，原本緊繃的臉在見到姚三春醒來後變了，兩步上前道：「三春，妳趕緊讓妳男人去包紮左手小臂，都傷成烤豬肉了，他竟然還說妳不醒來他就不包紮，我看他腦袋瓜子進水——」

話未說完，一直垂著眸子的宋平生突然鬆開手，一言不發，轉身就掀開布簾出去了。

觀他腳步，不知道的還當他是落荒而逃呢！

剩下的三個人面面相覷，尤其是姚三春，她瞭解自己的男人，這個狀態不對勁。她撐著從榻上起來，問：「小蓮，妳把失火後發生的事從頭到尾跟我說一遍。」

姚小蓮一五一十都說了。

姚三春語氣艱難地道：「……所以，裡屋倒塌後，妳姊夫仍然不顧性命地往火裡衝？」

姚小蓮猛點頭。「姊夫當時一臉慘白，看著可嚇人了！姊，姊夫對妳真好，真的是什麼都不怕啊！」

孫吉祥抱著胳膊，用玩笑的口吻道：「老宋能做到這個分兒上，真的是……要是三春妳真出事了，老宋恐怕都活不下去了吧？沒想到，他還是個癡情種子啊！」

姚三春的腦子裡亂糟糟的，總覺得有什麼東西被忽視了⋯⋯

過了一會兒，宋平生再次進來，他的小臂已被處理包紮好，臉色恢復了些血色，比方才狼狽的樣子精神許多，望向姚三春的目光分外柔和。

他在姚三春身旁坐下。「還有沒有哪裡不舒服？」

姚三春搖搖頭，瞪著黑白分明的眼，問他。「方才你怎麼一聲不吭就跑出去了？」

宋平生晃一下被包紮好的胳膊，臉上有一抹似有若無的笑意。「當時小臂疼得緊，真恨不得插上翅膀去包紮，所以才跑得那麼急。怎麼，妳男人傷成這樣，妳都不心疼的？反而問我為什麼溜得這麼快？」

姚三春捧起宋平生受傷的小臂，垂下眸子。「心疼！怎麼不心疼？尤其聽吉祥說你小臂被燒成烤豬蹄，油香脂肥的，我沒能嚐上兩口，當真可惜。」

宋平生作勢將小臂送到姚三春嘴邊，逗她道：「來，吃吧！好吃的話，我再烤另一隻⋯⋯嘶！」

姚三春一巴掌下去，宋平生疼得倒抽一口涼氣。

或許是再次經歷生死，也或許是被宋平生闖火場給刺激到，她那根弦沒繃住，便一巴掌甩了下去。

疼勁緩過去後，宋平生有些委屈地道：「為什麼打我？」

「你就是個大傻子！你該打！」姚三春帶著哭腔的聲音響起，她猛地抬頭，眼中閃動著憤怒的淚光。「宋平生！老屋塌了，你為什麼還要往裡衝？你是不是不要命了？你明明知道……」

上一世他們夫妻倆同時出事，所以穿過來後夫妻倆設想了很多，其中有一條便是，如果哪一天有一方先去，另一方一定要好好活著，帶著另一半的期盼活著，不許做傻事。

愛是自私，是霸占，但是經歷過一場生死後，她恍然看開了。他們夫妻已然同年同月同日死過一回，如今，她只希望對方能好好活著。

因為死亡太可怕，還是來得遲一些吧，希望她愛的人能被生活善待。

但是今日發生火災，宋平生竟然毫不顧及自己的性命，她聽到當即覺得後怕，繼而就是生氣，同時還覺得一陣難過。若是當時孫吉祥晚喊一秒，平生他已衝進火海，現在恐怕已成為一具焦屍！

光是想到這個可能性，姚三春便震驚得動彈不得。

宋平生一把摟住姚三春，將她箍在懷裡，沒受傷的手輕輕撫摸她的髮絲，受傷的手笨拙地擦眼淚，緩聲道：「好了，別哭了，我跟妳道歉，原諒我這一回好不好？」苦笑一聲。「姚姚，那麼緊急的關頭，我腦子一團亂，哪能想那麼多？我唯一的念頭就是救妳啊！萬一妳被砸傷，躺在哪兒盼著我進去救妳，我卻因為遲疑而不進去救人，那我會悔恨一輩子的！」再說，沒有妳，生或死又有什麼區別呢？

姚三春仍心有餘悸，一時半會兒無法釋懷。

宋平生見到她這樣，心中十分不好受，最後在她額頭親了親，道：「沒事了，姚姚，一切都過去了，我會一直陪著妳的。」

布簾外的姚小蓮和孫吉祥尷尬地收回手，心裡都在想：這兩口子也太噁心了吧！

大夫給兩人開好藥後，宋平生四人便從回春堂離開，隨後又去官府一趟，最後是跟上回那兩個衙差一起回村的。

回到老槐樹村，甚至不用他們問，村裡老人就告訴他們，孫本強夫妻正在宋平東家鬧呢，甚至兩邊都動手了，讓他們趕快過去。

馬車「轆轆」離開後，其他村民湊一起竊竊私語。衙差都來了，看來孫本強家今天要倒大楣了！

村民們連忙跟上，誰都不想錯過這場好戲。

宋平生和衙差他們在宋家院外下馬車，院裡頭鬧的動靜大得很，老遠就能聽見。

「宋平東，聰明的快放了狗蛋，要是我寶貝兒子有什麼三長兩短，老子殺你全家！」是孫本強粗嘎難聽的聲音。

「……哎喲！宋家這一家子黑心爛肺的玩意兒喔！就是狗娘養的，竟然連個小孩子都不放過！你們這家子畜生！快還我兒子！」是朱桂花刺耳尖銳的聲音。

「想得美！平生的屋子被你們兒子燒了，人差點都死了，你們還有臉讓我放了他？你們肯定是想逃走，我更不能放了！」是宋平東醇厚的聲音。

「你們兒子能耐啊，五歲時欺負村裡孩子，六歲就放火殺人，再大點還有什麼不敢幹的？我們可不敢把他放了！你們放心，我們是大人，左右不會拿你們兒子怎麼樣，你們急成這樣幹啥呢？狗急跳牆啊？」是羅氏諷刺的聲音。

宋平生一行人進入東屋，入眼就是宋平東夫妻跟孫本強夫妻對峙的畫面，雙方橫眉豎眼的，緊張得很。

不僅如此，兩對夫妻臉上都掛了彩，有些沒眼看，想來此前打得挺凶的。

孫本強夫妻原本氣勢洶洶、瘋若野狗的樣子，當看到兩個衙差進來的那一瞬間，彷彿被人掐住喉嚨，瞬間啞火。

宋平生張嘴準備說話，孫本強卻搶在他前頭，一臉悲憤。

「兩位衙差大人，你們明察秋毫，一定要替我們夫妻作主啊！我們兒子狗蛋才六歲，向來乖巧懂事，可是他們……」手指頭指向屋子裡包括里正在內的所有人。「他們找不到放火之人，竟然就冤枉我兒子放火！這怎麼可能？他才六歲啊！這群人咋能這樣無恥？我兒子冤枉啊！」

他們夫妻倆一把鼻涕、一把眼淚地控訴，看起來好不淒慘，彷彿他們才是真正的受害者。

這種情況衙差們見得多了，只讓宋平東將孩子拉出來，當場對峙。

宋平東家的屋子不大，狗蛋就在裡屋，方才也是里正等一干人在裡屋門口擋著，否則孫本強夫妻早就闖進去搶人了！

很快地，狗蛋從裡屋出來。

年紀大一些的衙差冷著臉問：「你叫狗蛋是吧？今天放火的事是不是你幹的？」

狗蛋何曾見過這麼大陣仗？而且衙差腰間還掛著刀，這下他更怕了，縮著腦袋的樣子像極了一隻鵪鶉，半天都說不出話來。

一旁的孫本強及朱桂花兩口子瘋狂地朝狗蛋使眼色。

「問你話呢！」衙差的聲音更重了一分。

狗蛋被嚇得身子抖如篩糠，情緒一下子崩潰，張大嘴巴就開始嚎。「嗚哇！是我放的……他們欺負我爹娘，爹娘讓我替他們報仇！嗚……我沒有錯！」

孫本強和朱桂花臉上的血色瞬間褪得乾乾淨淨，手腳一陣發軟。

孫本強見到衙差也怕，但到底比朱桂花好些，還在掙扎，覥著臉笑道：「兩位衙差大哥，我兒子年紀小，又被嚇壞了，他根本不知道自己在說啥！這樣吧，我和他娘跟他說會兒話，讓他先冷靜下來，您們看成嗎？」

「沒問你話，誰讓你開口的！」

年紀大的衙差厲聲呵斥，一下子嚇唬住孫本強，朱桂花就更不敢有動作了。

這位衙差的架子還挺大的，道：「這個村的里正呢？讓他出來說明具體情況，其他人閉嘴！」

孫長貴被點名，挺直腰桿向前兩步，拱手行禮後道：「兩位差爺，就在今兒上午，村裡突然有人喊宋平生家著火，我跟村裡人就趕過來救火，結果風太大，火勢猛，趕過來時前院已被燒了大半，卻又聽說宋平生他媳婦還在裡頭，當時我們真被嚇壞了！因為那個情況下，人不可能跑得出來的！」

「然後呢？」

孫長貴默默用衣袖擦了擦鬢邊的汗。「後來宋平生這年輕後生數次要衝進去，要不是好幾個人攔著，他恐怕已經跑進去被燒死了！他的手臂就是那時候被燒傷的。說來真是宋平生他媳婦運氣好，從裡屋一個小窗戶逃了出來，否則以那個火勢，她早就被燒沒了！」

周圍有村民才知道這事，聽完後倒吸一口涼氣，姚三春命都差點沒啦？

孫長貴不用衙差發問，接著道：「咱們村一起幫忙滅火時，有人發現了狗蛋，他親口承認放火，當時很多人在場，都可以證明。」

「知道原因嗎？」

孫長貴沈吟一瞬。「是這樣的，一是狗蛋他爹，也就是孫本強，他跟宋平生一直不對盤，說他腿腳是宋平生打瘸的；二是狗蛋他娘，也就是朱桂花，此前她有一次去宋平生家偷東西未遂，腿腳被捕獸夾夾到，反過來還想訛上宋平生兩口子，後來被揭穿，朱桂花跟孫本強被迫道歉，且每晚都要在村裡巡邏。孫本強兩口子恐怕是心裡一直嚥不下這口氣，在家對小孩子說了不該說的，狗蛋被父母鼓動，又年紀小不懂事，所以才會幹出這種事。」

衙差點頭，孫長貴所說和宋平生的說法八九不離十，應當是真的。轉頭睨了一頭汗的孫本強一眼，道：「你說你腿腳瘸了是宋平生打的，有證據的話直接呈上來，今天一併解決了吧！」

孫本強下意識把目光轉向宋平生，卻見對方神色冷淡至極，眼神厭惡憎恨至極，但偏偏沒有心虛害怕，孫本強不由得頹然。「沒有，但是衙差大人，我敢肯定，就是他宋平生幹的，絕對不會錯的！我可以用自己的性命發誓！」

年輕些的衙差抱著胳膊，好笑道：「沒有證據你說個屁啊！要是動動嘴皮子就能判案，還要我們衙差幹啥？喊！」

孫本強被堵得啞口無言。

年輕衙差話鋒一轉。「不過說起來，你媳婦上人家家裡偷東西卻是板上釘釘的事實，先頭宋平生兩口子沒去告官你們就該感恩戴德了，竟然還敢作死，這回可逃不掉了吧？等我們去宋平生及宋茂水兩家調查完，你們這一家子，一個都別想跑！」

朱桂花往地上一癱，眼淚簌簌地落下，拍著大腿乾嚎。「完了……全完了！我的親娘啊，我錯了，我真的錯了……」

兩位衙差抬腳準備去現場查看。

宋平生再次開口，聲音是徹骨的寒。「二位衙差兄弟，我還有一事要說。」

年長的衙差抬手，面對宋平生時臉色好上不少。「平生兄弟，你儘管說。」

周圍所有目光全部聚集到宋平生臉上。

宋平生語氣艱難，道：「剛才我跟我媳婦對了帳，才發現我們夫妻二人辛辛苦苦攢下的、就藏在堂屋梁頂的一百兩銀票，也被大火燒沒了！」

這話一出，滿室震驚！

一百兩啊！那可是一百兩！就如同廢紙一般被燒個精光，簡直聞者傷心、聽者落淚啊！

原本還有人有些不以為意，覺得姚三春家新屋建好，老屋破破爛爛被燒就燒了，只要人沒事不就好了，幹啥非要告官，鬧得村裡名聲受到連累？

現在村民們不這麼想了，一百兩，普通人家攢幾十年都不一定能攢這麼多錢，就這麼沒了？沒了？

換作是他們丟了一百兩，恐怕早就提刀把孫本強兩口子給剁了！還跟他們客氣個啥？

這下子，兩位衙差倒是能瞭解宋平生為啥偷偷給他們塞錢，非要整孫本強兩口子了！婆娘差點被燒死，自己被燒傷，老屋被毀，最重要的是，還白丟了一百兩！這事放誰身上能忍得了？

這下不僅村民、衙差，就連里正也肉痛不已，雖然那根本不是他的錢。

而宋平東更是氣得一拳揍在孫本強臉上。「孫本強！你們家欠我二弟的，你怎麼還？」

孫本強維持半張嘴的表情跟朱桂花對視，兩口子徹底懵了。

他們就是傾家蕩產，也還不上這一百兩啊！

姚三春側過臉看向身旁男人，他們藏在堂屋梁頂的明明是五兩的銀錠子……姚三春的腦子亂了一會兒，最後索性不想了，全都聽自己男人的。

若是這回都沒讓孫本強吃夠教訓，反而輕描淡寫地處理，以這兩口子心胸狹隘的個性，後面還不知道會幹出什麼突破底線的事情。

事不過三，遇上孫本強夫妻這類人，難道他們永遠只能等對方先下手，然後再反擊回去嗎？若是孫本強夫妻直接下砒霜呢？他們夫妻都成了鬼，還報個鬼仇！

姚三春哽咽一聲，道：「二位衙差兄弟，你們一定要替我們作主！幾個月前我們夫妻二人同時落水，差點丟了性命，沒兩天又被掃地出門，我們夫妻二人身無分文的，日子過得十分清苦！熬啊熬，好不容易日子好了些，孫本強兩口子卻三番五次地害我們！我跟平生咋就這麼命苦啊……」說完捂臉痛哭。

宋平生忙低頭安慰她。

這半年來姚三春細心調養，現在身上有肉，身材不再扁平，膚色也白上不少，加之她原本五官就長得好，比起從前，現在真是好看許多。

面對長相出挑的美人，世人總會多兩分憐惜，兩位衙差面對姚三春便是如此，見姚三春哭得可憐，不由得多了幾分怒氣。

年輕衙差面對姚三春，聲音都不禁柔和了幾分，道：「這位大妹子，妳放心，我跟王大哥會替妳作主的，別難過了。」

宋平生的臉色有些黑，見到美人就認妹妹，這是病，得治！

姚三春擦擦眼角的濕意，很勉強地擠出一絲笑意。「我先謝過二位衙差大哥。」

「你們兩個給我站起來！」年輕衙差面對姚三春是春風一般的和煦，轉向孫本強夫妻卻立刻變臉，比冬天還要冷漠無情，喝斥道：「你們兩口子別做無謂的掙扎，要是賠不起錢財，下大獄是跑不掉的！誰讓你們做的？自作自受！」

孫本強夫妻的腿更軟了，他們兩口子現在是徹底怕了，下大獄、打板子、賠銀錢，不管哪一項都是要他們的老命啊！

孫本強心理防線崩塌，神色瞬間委頓，兩條眉毛皺成蚯蚓，哪裡還有從前的氣勢？為了活命，他徹底放棄尊嚴跟面子，直接屈膝跪到姚三春夫妻跟前，痛哭流涕。

「平生兄弟、三春嫂子，你們大人有大量，就饒過我們一回吧！我們真的沒想過傷害誰！狗蛋才六歲，他還是個孩子啊！他壓根兒不知道自己幹了啥，他是無心的啊！求求你們……」孫本強抓住宋平生的褲子。「你們跟衙差大爺求求情，你們大人有大量，放過我們一家吧！」

孫長貴他們見孫本強鼻涕都滑出來了，紛紛露出嫌惡的表情。

朱桂花醒悟過來，一個餓狗撲食地撲向姚三春。

姚三春的身體反應比腦子反應更快，身姿敏捷地後跳一步，驚險躲過朱桂花的爪子。

朱桂花一朝沒得手，便裝可憐「嚶嚶嚶」地哭著。「三春，村裡人都說妳長得好，脾氣好，心地又善良，妳看我兒子——」

姚三春伸手打斷她，斬釘截鐵地道：「不不，我脾氣既不好，心地也不善良，只有長得好是真的！」

「……」朱桂花差點吐出一口老血！

「這回我差點連小命都不保，妳還有什麼臉跟我求情？你們最應該做的，是該給我們兩口子一個交代，不是嗎？畢竟我們兩口子才是最慘的那個！」

朱桂花的嘴巴張張合合，姚三春兩口子跟躲瘟疫似的退避一方，根本不管他們夫妻哭喊得如何撕心裂肺，就是巍然不動。

年紀大的衙差失了耐心，一擺手。「好了！少廢話，我們還要去事發地點查看一番，沒功夫看你們兩口子耍把戲！」

孫本強夫妻頓時一哽，不敢再哭慘了。

看戲的村民們亦步亦趨地跟在衙差和宋平生後頭，一群人再次來到姚三春家老屋前。

從前的小破屋現在是一片廢墟，只餘下黑色灰燼，還有一些未徹底燒盡的木頭仍冒著煙……完全看不出昔日的影子。

住了半年的屋子到底有些感情，此情此景，姚三春夫妻倆慶幸的是家中大部分東西包括錢財都被放在新屋裡，損失已經是最低的了。

至於宋茂水家完全是被連累的，相鄰的那一間屋子也被燒了一半，好在他家沒有人受傷。

見姚三春家跟宋茂水家被燒成這樣，孫本強夫妻倆搖搖欲墜的，真是後悔得腸子都青了！他們這回就是賠上褲子也賠不起啊！

兩位衙差先查看現場，隨後又詢問知情的村民，完了後道：「具體情況我們都瞭解了。宋平生，你們兩口子還有沒有什麼要說的？」

宋平生便道：「方才我和我媳婦商量過，等周大人判案後，便讓孫本強他們先賠償我二叔家，畢竟……」苦笑一聲。「二叔家是被我家連累的。」

宋茂水和郭氏望向宋平生，沒有說啥拒絕的客套話，畢竟他們家不比宋平生家，屋子一天沒修繕好，他們家就得擠在一塊兒，晚上都休息不好。

年紀大的衙差點頭，拍拍手上的灰，道：「行！證據都全了，咱們可以回去了！」

宋平生客氣道：「二位兄弟稍等，押犯人往來太辛苦，我讓我兄弟吉祥趕馬車送你們一程吧？」

二位衙差欣然答應。

衙差答應，孫本強夫妻卻不答應！兩人見賣慘不成，最後索性破罐子破摔，竟賴在地上不走了，一個勁兒地鬼哭狼嚎，呼天搶地。

「我不走！我不要下大獄！」

「啊！差老爺，你們發發慈悲，放過我兒子吧！他還是個孩子，他啥也不懂啊！」

「我們被抓了，我家女兒咋辦？她會餓死的！你們別抓我們啊！」

兩位衙差根本不理會他們。

孫本強垂死掙扎。「我啥也沒幹，你憑啥抓我？」

年紀大的衙差「嘿」了一聲。「子不教，父之過，你怎麼沒錯？更何況你家要賠這麼多錢，你這個一家之主不在可不行，萬一人跑了呢？」

孫本強的臉脹成豬肝色。

兩位衙差不再廢話，動手欲抓住他們，卻反被夫妻倆發瘋似的胡抓亂踢，可衙差又豈是吃素的？當下就拔刀！

當兩把泛著寒光的刀分別架在孫本強夫妻的脖子上後，場面瞬間安靜下來，堪稱針落可聞。孫本強夫妻更是彷彿被人點穴定身般，安靜得連大氣都不敢喘。

年輕衙差「嗤」的一聲。「這下能站起來了？」

「能能能！」孫本強夫妻忙不迭地從地上站起，身子抖如篩糠，眼淚都嚇得掉了下來，跟鼻涕糊作一團，好不狼狽。

孫吉祥趕馬車離去後，姚三春夫妻在老屋前站了片刻才回到新屋，沒一會兒田氏跟宋平東夫妻都過來了，主要是詢問姚三春兩口子的身體狀況。

田氏今日受到太大的驚嚇，臉色到現在都是白的，進來後抓著宋平生的胳膊，不說話，可眼淚卻止不住地往外流，怎麼也停不下來。

宋平生有些彆扭，道：「好了娘，別哭了，我不是好好的嗎？都過去了！」

不說還好，一說田氏更難受，額頭貼在宋平生的胳膊上哭。「好什麼好？就一眨眼功夫，你差點就沒命了！你娘我嚇得膽子都破了！萬一你真出了啥事，我也不活了！」田氏越想越難過。「……我到底作了什麼孽，為啥兒女一個個命都這麼苦啊！」

她不能說二兒子想救媳婦的心不對，但是她真的被嚇慘了，必須要發洩出來，否則她真的會崩潰。

宋平生垂眸，入眼是田氏夾雜銀絲的頭頂，想到那位早已去了的原主，他抬起的手頓了一下，最終還是放在田氏的後背。「娘，都說否極泰來，這回我跟姚姚受難，但福氣都在後頭呢，妳就看著吧！」

宋平東偷偷瞪宋平生，面上卻幫腔道：「是啊娘，平生兩口子吉人自有天相！都過去了，您就別想了，省得自己難受！」

兩個兒子安慰她，田氏的心裡稍微好受了些。再說，她也捨不得多責怪次子，畢竟他們夫妻才經歷過一場生死。

這一天經過太多的事，等人群散去，夫妻倆都有些精神不濟，便回新屋，在新床上鋪上新被褥，躺下睡覺去了。

好在此前買的新床和竹床都搬了過來，並沒有燒毀。

這一睡便是兩個多時辰，姚三春醒來時外頭靜悄悄的，月亮也是靜悄悄的，只有昆蟲的叫聲帶著生氣。

姚三春坐起來擦掉額頭的汗，肚子已經餓得咕嚕叫。她知道姚小蓮肯定準備了吃的，正考慮要不要叫宋平生起來吃點東西，卻聽見宋平生再次夢囈。

姚三春沒仔細聽他說了什麼，首先在自己額頭摸了一下，然後又在宋平生的額頭摸了又摸。一頭的汗，並且溫度偏高，應當是發燒了。

姚三春迅速穿上鞋，去新廚房倒水，沒有布巾，只能隨意找一件破衣裳，回屋剝了他的衣裳，擰濕破衣裳，一遍又一遍地擦拭，用以降溫。

折騰了好一會兒，宋平生還是沒有醒。姚三春有些累了，便靠在宋平生的胸膛休息，連吃東西這事都拋在腦後。

宋平生還在夢囈，含混不清的話語就這樣時斷時續地傳入她耳中……

清晨，誰家公雞第一個打鳴，緊接著別人家的公雞也不甘落後，打鳴的浪潮一道接著一道，就跟打擂臺似的。

甚至連發財都不甘寂寞，生龍活虎地竄出新窩，在偌大的新院子裡撒歡，一邊叫喚著。

挪了新窩的雞、鴨被發財這麼一嚇，再也不能「安靜如雞」了，紛紛扯著嗓子叫起來。

宋平生就是在這樣熱鬧的氣氛中醒來的，他睜開清潤的眼眸，卻見姚三春並沒有躺在床上，而是坐在小凳子上，就這樣趴在床沿睡著了。

宋平生放輕動作，試圖用完好的右手將姚三春抱至床上。

動作間，姚三春醒了，只是看向他的眸光有些異樣，溫度莫名有些低。

宋平生以為姚三春不太舒服，伸出右手在姚三春的額頭探了探，卻被姚三春毫不客氣地捋下來。

「怎麼了？」宋平生眨眨清潤的眼睛，表情無辜。

姚三春兩隻酒窩消失不見了，臉色比平日嚴肅許多。「宋平生，你有沒有什麼事需要跟我坦白的？」

宋平生心中一突，隨即正色起來，握住姚三春的手，聲音溫和。「姚姚，是發生什麼事了？怎麼一大早就不高興了？要是我哪裡惹妳不高興，妳跟我說，我跟妳道歉。」

姚三春再次從宋平生手中掙脫。「你做錯什麼了需要跟我道歉？你自己都不知道嗎？難道我隨口說一句冤枉你，故意找碴，你也道歉嗎？」

宋平生不見生氣，再次握住姚三春的雙手，只是這次的力道更大，姚三春輕易不能掙開。他用調侃的口吻說道：「姚姚，如果妳開心，讓我說幾句道歉的話又怎麼樣？再說了，妳不是這種人。」

姚三春猛地從小凳站起，居高臨下地與宋平生對視，語氣中帶著幾分咬牙切齒的味道。

「宋平生，你到底有沒有原則？」

宋平生緩緩起身，目光由仰視變為俯視，唇邊笑意似有若無，像是別有意味，卻又像是一種掩飾。「姚姚，如果我說，我的原則就是妳呢？」

姚三春驀地睜大眼睛，黑白分明的眼倒映著宋平生似笑非笑的臉，先是震驚，震驚後只剩下憤怒。她狠狠閉上眼，雙手捏拳，深深呼出一口氣，倏地再睜眼，眼中彷彿有兩團火焰在燃燒。

「……所以，出車禍的時候，你才放棄能逃出去的機會，陪我一起死是嗎？」

宋平生清潤的眼睜得前所未有的大，臉色瞬間變得蒼白。

第十八章

宋平生和姚三春僵持許久，最終垂下修長的脖頸，笑得有幾分無奈，又有幾分如釋重負。「我昨晚又作噩夢、說夢話了是不是？」

姚三春眨眨眼，兩行清淚就這樣毫無預兆地滾落下來，在宋平生的心尖上燙出一個又一個洞，疼得他心臟蜷縮。

宋平生專注地用粗礪的拇指小心翼翼地擦掉姚三春臉上的淚，笑道：「別哭了。過去的事我從未後悔。我在那邊無父無母，最親近的人只有一個妳而已，如果那邊沒有妳，我都不知道活著的意義是什麼？反而到了這邊，我有妳，還有父母和兄弟姊妹，雖然爹是人渣，可是我活得很滿足。所以姚姚，妳不要難過，也不要自責。」

姚三春卻怎麼也控制不住心中的酸楚和難受，年輕時或許覺得情人陪自己死去是很偉大的愛情、很轟轟烈烈，可是只有真正經歷過了，才知道這並不是感人肺腑的愛情故事，實際上，它更像一個悲劇。

這世上，能獲得重生機遇的有幾人？

姚三春思緒紛亂，一時之間不知該用什麼樣的心情來面對這樣慘烈的事實，只有眼淚是真實的。

宋平生將她摟在懷裡，臉頰輕輕蹭著她的，用輕鬆的口吻道：「此前我不告訴妳，就是不想妳想太多，以妳的個性，甚至會覺得有負擔、有愧疚感，但是我只想妳開心。」

姚三春沒有點頭，也沒有搖頭。事實上，宋平生猜得八九不離十，今日得知真相後，她心中五味雜陳，有感動、有震驚、有生氣、有愧疚，還有難以言表的難受。

她和宋平生相愛多年，可是她真的值得另一個人付出生命，生死相隨嗎？

梁祝看多了，可那畢竟不是真的啊！

最重要的是，當你將一個人愛進骨髓，你甚至會自願忍痛割掉人性的貪婪和劣根性。

最起碼在上一世出事之前，她從未想過要愛人為她殉情。

宋平生給了她答案。「雖然不是我設想過的場景，但是姚姚，妳曾經拯救我的命運，兩次！沒有妳，我早就死了，所以不管妳接不接受，我這條命就是妳的！」

姚三春從他懷中抬眼，呆呆地望著他，直到眼淚模糊了雙眼。

宋平生耐心地為她擦淚，除了起初被發現的慌亂，後面他全程帶笑，既是表明他並未後悔，甚至甘之如飴，同時還能安撫姚三春。

「姚姚，妳還記不記得妳在小巷子裡救下的孤兒院的男孩？第一次，妳救下他，送他去醫院，負責醫藥費；第二次，妳不僅給他換了間孤兒院，甚至還給他一筆能撐到讀完大學的錢。妳的出現，徹底改變了一個人的命運，而那個人，就是我！所以，我原本就該屬於妳。」宋平生的語速不急不慢，眼中那抹光似是春花秋月、夏雨冬雪，歲歲年年復相見，已刻在他命中的年輪裡。

姚三春的眼睛瞪得溜圓，她竟不知兩人還有這個緣分。

宋平生話鋒一轉，逗她。「所以說，好人有好報，今日妳救人一命，他日就能收穫帥老公一枚，簡直賺翻了，對嗎？」

姚三春恨恨地道：「宋平生，你還有臉說？我救你是為了你當我老公的嗎？我救你是為了你給我殉情的嗎？原來你就光長得聰明，腦子卻是傻的嗎？」

宋平生據理力爭。「生命誠可貴，愛情價更高！」

姚三春氣得眼淚再次掉下來，且掉得更凶，因為今日受到的衝擊太大，短時間內，她做不到輕易接受這個事實。

「臭男人，你還有臉說？你他媽就是長了戀愛腦，簡直——」

宋平生突然伸出右手抱住姚三春，淡緋色唇瓣強勢地、狠狠地壓在被咬得紅潤動人的唇上，將姚三春的喋喋不休悉數吞進肚中。

這一吻持續很長時間，直到姚三春的嘴唇有些發麻，還有些痛，宋平生才捨得鬆開嘴。

距離火災幾天後，鎮上終於傳來消息，因為孫本強一家砸鍋賣鐵也湊不齊一百多兩，狗蛋年紀又小，最後刑罰便全部落在孫本強和朱桂花頭上，少不了要打板子，甚至還要坐好幾年的牢。

打板子那天，有許多人駐足圍觀，村裡有不少人都在現場，回來就直奔老槐樹下，跟村裡人大肆渲染那個血腥的場景，聽說屁股都開了花，流一地的血，眼看著半條命都快沒了。

狗蛋因為年紀太小，被釋放出來，聽說後來朱桂花的娘家人將狗蛋跟金桃一起領回去了。

經過這次事件，村裡人私底下說法很多，有人說宋平生兩口子做得對，孫本強一家子就是欠收拾；可也有人覺得他們兩口子心腸太硬，做人不留情面；還有人不關心這事，卻對姚三春兩口子心存幾分忌憚，畢竟那日宋平生跟衙差稱兄道弟的，可是就連里正都要稱衙差「大人」哩！

瓦溝鎮安寧這麼久，孫本強兩口子被打去半條命且還要坐牢的消息一經確認，就跟插上翅膀似地傳開了。

老槐樹村，甚至是瓦溝鎮，這陣子都熱鬧得很，但是姚三春兩口子並不在乎那麼多，覺得過好自己的日子就行。

忙忙碌碌中，小雪節氣悄然而至，宋平生的胳膊也好得七七八八。

近日沒怎麼出太陽，偏偏又不下雨，只一個勁兒地颳陰風，外頭的風吹在身上冷颼颼的，有不少人被凍感冒、流鼻涕，姚三春姊妹便是其中一員。

對此，姚三春很不服氣，近段時間她和宋平生在藝術領域的配合越發有默契，他拉二胡，自己跳廣場舞，已然快達到曲舞合一的境界。

她甚至敢斷言，論廣場舞，瓦溝鎮、整個大晉，甚至這個時代，都沒人能與她匹敵！

這樣厲害的她，每日早上跳得揮汗如雨似的，小胳膊都粗了，怎麼就感冒了呢？

宋平生聽她說完，默默將一碗紅糖薑水放下，示意她多喝水、少說話。

不過，這日新院裡注定不會太安靜，因為姚三春夫妻拜託過的劉媒婆來了。

姚小蓮見到劉媒婆，當即羞得躲回自己屋裡，姚三春夫妻倆笑著請劉媒婆去堂屋坐下談。

劉媒婆從踏進院子裡的那一刻起，眼睛便不住地打量這、打量那，心中忍不住嘖嘖稱讚。

這姚小蓮姊姊家的屋子，當真是敞亮又氣派啊！論起來恐怕已經是附近五、六個村最氣派的那一個！

姚三春這個親姊姊親自操辦妹妹的終身大事，可見對姚小蓮重視得很，到時候陪嫁肯定不會少，再想想姚三春兩口子許她的銀錢，劉媒婆的心更是火熱。

姚三春率先開口。「劉嬸子，妳這次來，是有消息了？」

劉媒婆快笑出一臉褶子來，一拍手道：「是的！過了這麼久，要是再沒好消息，我都快沒臉過來找你們咯！呵呵……」

姚三春笑道：「劉嬸子，妳這話說的！妳這麼久才有信兒，更能說明妳謹慎負責！對了劉嬸子，不知這回是什麼樣的人家？家住哪裡？家中幾人？父母兄弟可是好相處的？」

劉媒婆一手拍在大腿上，喜孜孜地道：「哎喲，我就是按照你們的要求找的這家，保證你們會滿意！這位年輕後生叫許成，是鄰省固馬縣牛頭鎮上的人家，他父母就在鎮上賣燒餅，名叫老許燒餅，在他們鎮上很多人知道嘘！說起來許成這後生的條件真不差，長得是濃眉大眼、人高馬大的。我知道三春妳最看重男方人品，還有對方父母的人品，這個我著重打聽了，許成老成樸實，人又勤快，絕對是個過日子的人！至於他的父母，在鎮上賣燒餅賣了二十多年，在鎮上名聲很不錯，對待家裡兩個媳婦更是沒話說。許成跟自己那些個兄弟，關係都好得很，從來就沒鬧過紅臉。妳說這樣的人家，那還不好嗎？」

姚三春與宋平生對視一眼，略有些遲疑。「聽劉嬸子這麼一說，這許家當真是難得的好人家，只是他家倒是不愁娶不著媳婦，怎地還求娶到外地來了？」

劉媒婆縱橫瓦溝鎮媒婆界這麼多年，什麼牛鬼蛇神沒見過？面上絲毫不亂，笑著回道：「這便是我接下來要說的，這許家啥都好，就是孩子多了些，兄弟姊妹加起來八個，其中兒子就有五個。」

姚三春夫妻倆當即震驚地睜大眼，八個兄弟姊妹，這未免有些太多了！

劉媒婆忙補救道：「不過正是因為兒子太多，許家父母負擔不起太多彩禮，所以早早就分了家！而且許成還不是老大，如果三春妳家妹子嫁過去，那便是關起門過自己的小日子，不必在公婆眼下過活，也不必跟妯娌朝夕相對，日子還不知道有多自在！三春妳說呢？」

姚三春聽許成已經分出來，心裡略好受一些，可是兄弟姊妹八個？五個兒子？那姚小蓮嫁過去豈不是有一對公婆，四個妯娌，外加三個大姑小姑！這般複雜的家庭關係，姚三春心中並不太滿意。

她沈吟半晌，道：「劉嬸子，外地的就沒有其他人選了？」

劉媒婆的笑容都未變過。「哎喲，三春欸，妳說這山高皇帝遠的，想找個合眼緣的哪有那麼容易？我手裡倒是還有人選，但是人家要麼家境貧寒，想分文不出地娶媳婦，甚至想靠媳婦貼補的；要麼就是年紀大，死了婆娘，在家鄉又找不著，就把主意打到外地。到處都是這種人家，我能介紹給妳嗎？」

姚三春心中一涼，她早就知道給姚小蓮找一個合適的外省夫家可能不太容易，可是劉媒婆已然是瓦溝鎮門路最廣的媒婆了，如果她都找不到更好的，別的媒婆就更不用說了。

姚三春心中不免有些鬱悶和挫敗。

劉媒婆也不急，而是用苦口婆心的態度道：「我知曉妳心疼妹妹，但是劉嬸子說兩句妳不愛聽的，小蓮長相一般，身上也沒多少資產，娘家還不知道是不是個拖累，這樣的條件，大抵配一些農夫比較合適，若是還想配一些更好的人家，那恐怕不是一時半會兒能辦妥的事情。」

姚三春嘆口氣。「劉嬸子，我不是那個意思，只是在我眼裡，嫁妹子就如同嫁女兒，總是擔心這擔心那的，妳別見怪！」

劉媒婆擺手。「那哪能呢！妳對自己妹子，那真是沒話說！」說話時還豎起大拇指。

「只是我還要多說一句，許成這個條件真不錯，妳要是多猶豫，我就怕他被別人看上啦！」

姚三春笑著點頭，道：「我知道了，不過這事我還得徵求我妹妹的想法，畢竟是她自己的日子。」

劉媒婆大概知道姚三春的想法，於是點頭。「當然。」

劉媒婆離開後，姚三春去姚小蓮的屋子裡找她，然後便將劉媒婆介紹那人的情況都一股腦兒地說了。

「……條件是這樣，但是我還是覺得他家兄弟姊妹太多，雖然劉媒婆說得好聽，但我就是怕許家事太多。嫁人是一輩子的事情，萬一沒選好，以後就受罪了。」

姚小蓮卻笑著安撫她，道：「姊，按照妳這樣挑選，還不知道要挑到啥時候呢！我有爹娘這樣的父母，不介意的能有幾個人？所以我對未來夫家的要求沒變過，能吃飽穿暖過日子就行。如果他家父母兄弟都是和善人，那我自然也開心。但是我不強求，因為我有自知之明，在家鄉想嫁出去已經不容易，更何況要嫁到外地？姊，劉媒婆今日介紹的，我覺得很不錯！真的！」

姚三春聽姚小蓮這麼點大的孩子不知在勸她還是勸自己，說著過於懂事甚至於殘酷的事實，她心裡就一陣心酸難受。

姚小蓮強打起精神，好笑道：「姊，許成都分出來過了，條件真的不差啊，妳幹麼這個樣子？」

姚三春怎麼好意思讓小孩子姚小蓮想盡辦法安慰自己，便儘量收拾好心情，道：「既然妳覺得還行，左右我跟妳姊夫想出去遊玩，就順便去牛頭鎮逛一圈吧！」畢竟是媒婆的嘴，三分能說成六分，六分便說成九分，她當然不能全然相信，還是親眼所見更可靠。

姚小蓮知道姚三春說的遊玩是假，替她把關才是真，可是這一路山高路遠，真正能為她做到這一步的人又有幾個呢？

這一刻，姚小蓮隱隱有流淚的衝動，父不父、母不母，但是姊對她是百分百真心的！

姚三春和宋平生一路向北，冷意逐漸明顯，路上甚至還遇到下小冰雹和颳大風的天氣，一路走來並不安穩順利。

且去往牛頭鎮這一路並非全是坦途，沿途還需經過幾處無人的荒野，所以夫妻倆有兩晚是在野外度過的。

晚上在荒郊野外睡覺，點燃一堆柴火，烤上一隻野兔、野雞、野魚，再來一瓶烈酒，大塊吃肉、大口喝酒……可惜這只是武俠片裡才會出現的情景！實際上，他們兩口子哪裡有這樣的閒情雅致？

宋平生要給媳婦守夜，姚三春處於陌生的環境只能半睡半醒，第二日醒來，他倆便頂著一對傲人的夫妻同款黑眼圈。

連續顛簸八天之久，眼見屁股都快顛成大餅狀，夫妻倆終於到達牛頭鎮。

牛頭鎮和瓦溝鎮差不多，鎮上算熱鬧，也有好幾家打尖住店的客棧，姚三春兩口子在客棧好好休整半天後，第二日早上跟客棧夥計打聽賣燒餅的吃食小攤，成功打聽到老許燒餅的所在位置。

到達老許燒餅攤時，前來買燒餅的顧客不算少，全是衝著這股麥麵的清香味而來。食攤上，一對老夫妻一個賣餅收錢，另一個負責貼餅，還有一個二十左右的年輕人不停地揉麵，一家三口人忙得手一刻不得歇。

生意忙歸忙，但是三個人對待客人都是客客氣氣的，臉上一直帶笑，時不時跟顧客搭兩句話，看起來人挺和善的。

待客人少了些，楊氏見姚三春兩口子還在那兒站著，眼巴巴望著他們家剛出爐、還冒著熱氣的燒餅，便笑著招呼道：「二位面生得很，想來肯定沒嚐過我家的老許燒餅！」說著將新鮮的燒餅掰開分為兩半，遞至兩人面前。「嬸子請你們嚐個鮮，要是覺得好吃就買幾個，要是哪裡不符合口味也可以跟嬸子說，我們老許燒餅就是這樣才能一做就做了二十多年！來，快趁熱吃！呵呵……」楊氏做這麼多年生意，當然有眼力見兒，眼前這對年輕夫妻一看穿著便知道不是啥窮苦人家，買幾個餅根本不在話下。

當然，人家更沒往瓦溝鎮女方家人那邊想，畢竟是兩個省分，地方太遠了，並且來這邊還要花不少錢哩！

姚三春兩口子不是扭捏人，道了聲謝後各自吃起半塊燒餅來，還別說，這燒餅真是挺好吃的！

所以吃完後，姚三春便花八文錢買了四個燒餅。

楊氏還特意詢問他們的口味，再給他們推薦了幾種口味的燒餅。

不過許家並沒有準備桌椅，所以姚三春夫妻便拿著餅去隔壁賣粥的小攤上坐下，一面喝粥吃燒餅，一面注意老許燒餅攤的動向。

就他們一早上的觀察，許家這一早上生意不錯，大概賣了有幾百個燒餅，按理說應該賺了不少，就是不知道許家爹娘身上怎麼還有不少補丁，且夫妻倆偏瘦，精神頭一般，看樣子有些蒼老。

中間老許燒餅攤沒什麼客人，就聽楊氏跟老她頭子許高地說話。

「老頭子，累沒累著？待會兒我來貼餅，你來收錢吧？」

許高地擺手。「妳可拉倒吧，貼個餅子累啥？最累的是老三！」

楊氏便又道：「老三，現在沒人，你歇一會兒，喝口水，我來揉麵！」

人高馬大的許老三手上動作不停，回道：「我不累，娘，妳身體才好些，不要累著自己，都交給我吧！」

楊氏自然捨不得累著兒子，不過現在沒人，便坐下來揉揉腰、捶捶膝蓋，臉上的笑十分柔和。

姚三春默默點頭，才出場的許家三人看起來都不錯，是個好相處的。

都說耳聽為虛，眼見為實，既然來了，姚三春和宋平生便不急著回去，聽粥攤老闆說許家是每日換著人賣餅，所以他們夫妻倆便準備多待上幾日，繼續看看許家其他人的脾性又是如何？

不是他們夫妻多心苛刻，只是在古代，嫁人於女人太過重要了，若是成親前沒能擦亮眼睛，可能導致後半輩子都過得不幸福，所以為了姚小蓮，他們必須更謹慎小心些。

又隔一天，早上姚三春看到街上有賣油炸大餃子的，這種餃子吃起來脆香脆香，姚三春想買一些來吃，便讓宋平生先去老許燒餅買燒餅去。

待姚三春拿著大餃子趕過去，卻見宋平生站在燒餅攤前，臉色不太好，渾身散發一股生人勿近的氣息。

而許家一位二十歲左右的婦人正用一種像狗看到肉骨頭的眼神望著宋平生，直白又火熱。

「這位哥哥，你真的娶妻了嗎？」許小玉咬著唇，目光盈盈地望著宋平生。

許小玉年紀不算小，但是五官清秀，尤其那一雙眼睛盈盈若秋水，微微上挑時，倒是很有味道。

宋平生繃著臉，往後退一大步，嫌棄之意十分明顯，冷冷地道：「麻煩快些將燒餅給我！」

許小玉不見生氣，慢條斯理地從燒餅爐子裡取燒餅，笑道：「這位哥哥，就是隨便聊兩句，你不要這麼冷冰冰的嘛！鎮上客人我差不多都認識，從前沒見過你，你不是我們這兒的人吧？」

宋平生不理她，連眼神都懶得給。

一旁年紀略小的少年、少女臉色有些紅，他們從未見過自己二姊這般孟浪過，難不成就是因為這位客人的外表太出色？

少年沒忍住，低聲斥責一聲。「二姊！妳跟客人說這些有的沒的幹啥？」

許小玉橫他一眼，隨即抬起下巴，笑咪咪地朝宋平生笑道：「這位哥哥，我叫許小玉，你叫什麼？我家燒餅好不好吃？你若是喜歡，下次去我們許家，我親自給你做，保證你喜歡！」話裡話外透露一個訊息，那就是她正單身。

宋平生拿到燒餅後，倏地抬眸，氣質冷然。「首先，我今年二十，應該擔不起這聲哥哥吧？第二，妳我並不相熟，請妳不要這麼熱情，嚇到我了。」

嚇到我了？聽到這一句，縱是許小玉臉皮再厚，也沒忍住面色漲紅。

宋平生沒再看她，將銅錢放在攤子上便徑直轉身離開，不過在許家人看不見的地方，宋平生朝姚三春使了個眼色。

姚三春點頭，走到隔壁粥攤，找了一個位置坐下，這個位置剛好可以將老許燒餅攤的狀況看個清楚。只見許小玉先拿起銅錢，驀地眼睛睜大，左右環視一圈後，最後神態自若地收好銅錢，彷彿什麼都沒發生。

剛才宋平生明明多給了四文，許小玉倒是從容不迫地收下了。

姚三春食不知味地喝完粥，隔壁的少男、少女一直忙活個不停，頗有他們爹娘的影子，倒是許小玉，幹活懶懶散散，效率反不如兩個小的。

許家已經分家，但是老許燒餅就一家，若是另開也不見得生意好，所以「老許燒餅」這個招牌是一家子共有的。

老許燒餅的經營方式是，一大家子的人一日一日地輪流來賣，當日所得便自己收著，不用交給許家父母。

許小玉幹活懶懶散散，但是弟弟、妹妹幹活勤快，到時候還要帶她分錢，這錢賺得還真是輕鬆呢！

此趟牛頭鎮之行，姚三春多少有些許的失望。雖說龍生九子，各有不同，許家子女兒媳加起來人數多，有那麼一、兩個難相處的也正常，但是她心裡多少有些疙瘩。

不過最重要的還得看許成這人如何，劉媒婆沒說許成行幾，不過年紀跟小蓮相配的，應該是許家老四，他們還得見見真人才行。

第四日早晨，姚三春兩口子再次來到老許燒餅攤前，不過今天來賣燒餅的竟然有五個人之多！除了許家父母、許家老三，還有許小玉以及另外一個青年。

姚三春兩口子的目光都落在那一位沒見過的青年身上，看來十六、七的年紀，中等身材，體型偏瘦，整體長相倒是還好，可跟劉媒婆形容得不太像啊！

夫妻倆正犯嘀咕，許小玉見到他們，咬著唇朝宋平生一指，隨後許家老三擦擦手，拽著許小玉出來，徑直走向宋平生跟前。

許家老三歉意一笑。「這位兄弟，我有事，咱們可否借一步說話？」

姚三春和宋平生對視一眼，跟上許家老三。

走到角落裡，許小玉使勁想從許家老三手中掙脫，奈何力氣懸殊太大，反而鬧得紅了臉。

「許成！我是你二姊！你快給我放開！」

啥？姚三春夫妻倆的目光瞬間轉向許家老三！這位人高馬大、皮膚偏黑、看起來像二十歲的年輕人，竟然就是許成？那豈不是比小蓮還要大上五歲了？

都說三歲一個代溝，這都1.667個代溝了！實打實的老牛吃嫩草啊！

這麼一想，姚三春真恨不得在許成身上戳出一個洞來！

許成當姚三春瞪他是因為昨日多收四文錢的事，連忙出口解釋。「這位夫人，許家昨晚盤帳才發現多出四文錢，後來我二姊想起來，說可能是一位長得很出色的兄弟多給的，所以今日我跟父母將二姊拉過來，就是想著今天再見到你們，好將四文錢還給你們，並跟你們好好道個歉，希望你們不要介懷。」說著雙手將四個銅板奉上，又偷偷拽許小玉一把。

許小玉面對宋平生彷彿洞察一切的眸光，臉色略僵硬，卻還是很快調整過來，硬擠出一抹笑來。「這位哥……兄弟，昨兒個跟你說話忘了事，沒注意多了四文錢，你別介意，呵呵……咱們老許燒餅攤擺這麼多年，從來不會多收客人一文錢的！」

姚三春迷瞪瞪地收過四文錢，問了一句不相干的。「你就是許成？」

許成眸光微動，沒有多問，還是道：「是的，我就是許成。」

姚三春收回打量的目光，笑了笑，道：「好吧，沒事了，我們還要去買燒餅呢！」

許成笑容擴大。「好的！」

買好兩個燒餅，姚三春夫妻倆找了一家距離老許燒餅稍遠一些的賣麵食的攤位坐下，要了兩碗蝴蝶麵吃起來。

最後喝下半碗熱騰騰的麵湯，姚三春整個胃熨貼極了，便跟麵攤老闆娘聊起來。「大姊，隔壁老許燒餅那個好看的大姊，咋老是盯著我男人看啊？看她樣子，應該已經成親了吧？」

老闆娘先是不屑地瞥了許小玉的方向一眼，看向姚三春的目光彷彿是見到盟友般。「是吧？我也覺得那個許小玉妖裡妖氣的，一看到長得英俊的男人她就挪不開眼，走不動路了，簡直丟我們女人的臉！怪不得她原來的夫家把她給休了！」

姚三春吃了一驚。「被休了？」

老闆娘撇嘴。「妳看她上不得檯面的樣子，成親五年都沒生孩子，誰家願意要這樣的媳婦啊？她前夫原本是要休她，後來許大叔跟楊嬸子上門求原來的親家，就差點給人跪下了，人家這才同意改成和離。要不然，她現在哪裡還有臉出來？怕早就被人家的口水給淹死咯！」

姚三春唏噓。「沒想到啊，楊嬸子那樣和善的人，卻攤上這樣的女兒，真是兒女都是債啊！」

現在麵攤沒什麼人，老闆娘便繼續跟姚三春嘮嗑，表情十分豐富，道：「唉，妳別說，不提許小玉，楊嬸子家另外七個子女還真都孝順得很，之前我公婆就羨慕楊嬸子家孩子多，還孝順，日子好，有奔頭。」說著，老闆娘手背狠狠拍在手心上。「誰知道呢，一年多以前許小玉突然被夫家甩了，後來先是許大叔被氣病了，再後來楊嬸子也生了病，他家二兒媳婦又怕公婆治病把家中銀錢花光，挺著大肚子都要分家。二老也是厚道人，不想拖累兒女，所以不顧兒女阻攔，還真就分了家！但是他家兒弟姊妹幾個是真孝順，就連許小玉跟二兒子許陽，那時候也都把錢全部掏出來給父母治病呢！妳說，我都不知道該說許小玉好還是不好？」

姚三春無奈一笑，只道：「家家有本難唸的經啊！原本我看老許燒餅攤生意好，可楊嬸子兩口子卻瘦得很，衣裳還有一堆補丁，我還當是兒女媳婦不孝順呢，看來我是錯怪人家了！」

麵攤那位白白胖胖的老闆看了他們一眼，然後又默默撇過頭去。

老闆娘唏噓不已。「大妹子，妳是不知道，他們兄弟幾個為了給爹娘治病，自個兒娶媳婦的錢都花沒了。尤其是老三，原本都準備要訂親了，後來那姑娘就嫁給別人了，現在他都十八了，還打光棍呢！也不知道啥時候能娶上媳婦？」

姚三春差點沒忍住，噴笑出聲。「蛤？他家老三才十八歲？我以為都二十出頭嘞！」

老闆娘哈哈大笑。「大妹子，妳不是第一個這麼說的，人家那就是少年老相，長得老成些，其實還年輕著哩！哈哈哈……」

姚三春默默擦把汗，1.667個代溝轉眼成了一個，還好還好，未來妹夫候選人沒她老……啊呸，她還年輕著呢！

這時麵攤來了客人，老闆娘一扭水桶腰，又笑呵呵地招呼客人去了。

宋平生放下筷子，揶揄她。「昨晚說許家不太行，現在看來，倒也不錯？」

姚三春偷偷朝宋平生吐了吐舌頭，口是心非道：「也就還行吧，畢竟還有一個難搞的二姑子呢！」

許小玉是有些讓人頭疼，知道孝順父母，卻愛貪小便宜，有些不安分。

她給姚小蓮找人家，生活水平是其次，男方的人品跟家人才是首要，她可不想給姚小蓮開啟生活困難模式。

夫妻倆吃完麵又逛了一圈便回了客棧，到了中午下樓準備吃午飯，卻跟站在客棧裡的許成來了個面碰面。

許成猶豫一瞬，隨後大步走過來，略有些忐忑地道：「請問，二位可是從瓦溝鎮而來，是姚小蓮的姊姊和姊夫？」

這下許成的到來，以及許成問的問題真是大出姚三春所料，雖然他們沒有故意隱瞞什麼，但是也沒主動暴露過什麼，他究竟如何得知？

宋平生只輕頷首，言簡意賅道：「是。」

似是猜到姚三春夫妻心中疑惑，許成主動答疑解惑。「其實我也是瞎猜罷了，今日早上你們問我是不是許成，我當時只是有些奇怪，後來我們附近麵攤的包大哥說，有一對長相很出眾的夫妻對我們家的事情很感興趣，跟嫂子聊了半晌。包大哥他去過鄰省，說你們口音像是那邊的，所以我就胡亂猜想，是不是小蓮的親人過來了，誰知道還真被我矇中了！」

許成到現在都不太敢相信，畢竟兩地相隔太遠，就算是親生父母，也不一定願意為女兒跑這麼遠的路，就為了打探男方家中如何，再說往來兩趟還是挺費錢的。

同時他也慶幸，還好他過來了，否則他也不知道姚三春兩口子瞭解他家多少，萬一有什麼誤解就不好了。

姚三春已經沒什麼好遮掩的，她是小蓮的姊姊，但是這時候就該用老母雞對待小雞仔般的真心來為姚小蓮考慮，便端肅起臉，道：「許成，你莫怪我們唐突，我就這麼一個妹妹，她從小就是苦日子過過來的，所以我就盼著，她能找個人品可靠，家中沒那麼多事的人家嫁了。」

許成忙笑道：「哪裡，小蓮能有妳這樣心疼她的姊姊，是她的幸運。而且我相信有三春姊這個好榜樣，小蓮她肯定同樣心地善良，願意為別人考慮，是個好姑娘。」

姚三春心裡便對許成多了幾分好感，一來許成記下了她的名字，說明他有用過心；二來會說話，又能從細枝末節的細節裡猜測他們可能是姚小蓮的親人，說明他有洞察力，腦子相當聰明；三來從第一日的觀察來看，他對父母確實很孝順；四來早上他拉著許小玉還錢認錯，說明這人誠實守信，人品很不錯。

想到這兒，姚三春心中的天秤悄悄地傾斜了一些。

來時姚三春跟宋平生商量過，姚三春是關心妹妹的姊姊，宋平生則要扮演「難纏的岳父」一角，所以這方姊姊暫時偃旗息鼓，那方難纏卻又英俊無雙的「宋岳父」就上線了。

「宋岳父」開口便問：「聽說你此前有過一個未婚妻，都到談婚論嫁的地步了？」

許成的求生慾也是很強了，忙道：「宋大哥，做人總要往前看的，無論如何，我未來的媳婦才是跟我最親的人。小蓮比我小三歲，如果有幸能和她成為夫妻，我必定好好待她！」

宋平生不置可否，因為男人的嘴有時候確實是騙人的鬼，不過讓許成表明態度還是必須的。

這方「宋岳父」為難結束，姚三春再次上線，笑咪咪地望著許成，道：「許兄弟你對我們這般坦誠，態度可親，我們夫妻二人十分感動，我們也希望你跟小蓮能夠有結成夫妻的緣分。我不知道許兄弟你對我妹妹瞭解多少，如果有什麼問題，也可以問我們。」

這就叫禮尚往來，沒有他們女方一個勁兒打探男方，卻不給男方打探的道理。

姚三春這般直白的開場，讓人高馬大的漢子當真有些不太適應。

不過許成畢竟不是小孩子了，很快恢復狀態，清了清嗓子，道：「我聽媒人介紹，說小蓮今年十五，父母健在，兄弟姊妹三個，但是跟父母兄弟的緣分淺，只跟長姊走得近。」許成撓撓頭，咳了一聲，道：「媒婆還說，姚大姊跟宋大哥家中賣農藥，日子過得很好，姚大姊妳對小蓮這個妹妹非常看重。但是我知道姚大姊妳也有自己的生活，我娶媳婦就想好好過自己的日子，並沒有啥多餘的想法。」

姚三春點頭，心想這幹媒婆就跟銷售是一個套路的，為了推銷「產品」，什麼模稜兩可、容易誤導別人的話都說，但是小蓮是人不是貨物，她可不急著將小蓮嫁出去。

再說了，不跟許家敞開天窗說亮話，萬一哪天姚家那三個極品真找上門，姚小蓮又該如何自處？就算可能性很小，但是為了姚小蓮以後的日子，這事隱瞞不得！

姚三春將頭髮絲勾在耳後，不疾不徐地將姚家的實際情況細細說來。

「……情況便是如此。都說子女不能說父母的不是，那是不孝，但是我這對父母著實不是一般人，為了逃避他們，小蓮甚至要遠嫁才能有好日子過。所以我覺得這個情況你有權知曉，至於如何評判，那便看你自己了。同時我還想說一點，我很不贊同我父母對我們姊妹倆的做法，我希望小蓮能夠過得安穩，所以我會想方設法阻攔我父母以後再禍害小蓮。如果你介意小蓮有這樣的父母，我也理解，不會怪你什麼；如果你不介意，能好好待小蓮，那麼回去後我會如實跟小蓮說，想來她應該不會拒絕。」說著，姚三春的酒窩深了幾分。「那個傻姑娘啊，找夫婿的標準是只要每日能吃飽飯就行，想來無論是賣燒餅，還是賣什麼，她都該挺樂意的。」話到此，姚三春表明了她對許成的滿意。

許成沒用多久，便笑著回道：「從媒婆和姚大姊妳口中所說，我便知道小蓮一定是一個很好的姑娘，能遇到她，我開心都來不及，又咋會傻到拒絕？」

許成是真心如此想的，姚小蓮是個好姑娘，不嫌棄他窮，且姚家父母並不太可能會來這邊，既然如此，他有什麼好猶豫的？

姚三春看向許成的目光越發慈祥，她終於知道什麼叫丈母娘看女婿，越看越順眼了，這個許成還真是挺會說話的！

既然兩方達成某種默契，姚三春兩口子便想著該動身回瓦溝鎮了，許成則想邀請他們兩口子去許家吃飯，不過姚三春夫妻此次畢竟不是光明正大地來牛頭鎮，再說兩家還沒訂親，便婉拒了。

許成無法，只能準備了一些特產讓姚三春帶回去。

姚三春夫妻倆並沒有立刻回家，既然已經出來，機會難得，不如乘機宣傳一波農藥，於是他們兩口子便又去這個省分的大城市遛一圈，做了一回散農藥童子，將帶出來的五十斤農藥散個乾乾淨淨！

與此同時，這個省會還有許多他們瓦溝鎮所沒有的東西，漂亮的衣裳、造型優美的首飾、特色的小吃……總之，夫妻倆順便好好享受了一把，權當度假。

終於，在離家將近一個月的時間後，姚三春跟宋平生回村了。

馬車行駛在回老槐樹村路上板實卻不平整的小道上，「骨碌骨碌」聲連綿不絕，這一路走來，姚三春跟宋平生的耳朵都快長繭子了，屁股更是難受得很。

不過當二人看見夕陽餘光下，熟悉的茅屋村舍、炊煙人家，心中的欣喜便油然而生。

終於到家了！

姚三春夫妻這一趟出去這麼久，村裡人來來回回不知道聊了多少回，猜想他們兩口子去了哪兒？幹了啥？誰讓村民這陣子比較閒呢。

更有甚者，還直接跑去新屋串門子，想著法子跟姚小蓮打聽，或是跟宋平東、孫吉祥等人打聽，關心程度之切，不知道的還當他們才是姚三春兩口子的親爹、親娘呢！

所以當姚三春兩口子一踏上老槐樹村的土地，周圍的村民就跟貓聞到腥味一個樣，不由自主地往馬車靠近，有的跟姚三春兩口子打招呼，有的過來問上一、兩句，有的伸長了脖子往馬車上的背簍裡瞧，彷彿要瞧出一個洞來。

宋平生夫妻跟村裡人一聊就聊了好半天，滿足了村民的好奇心後，又拿了些特產出來分送，這才得以離開。

還沒到家門口，姚小蓮便聽到動靜打開門，門後頭的發財更是猛地竄出去，又是狂搖狗尾巴，又是在姚三春夫妻腿上蹭來蹭去，一派歡天喜地的模樣。

姚三春蹲下摸摸發財，一面朝姚小蓮笑道：「小蓮，我跟妳姊夫出去這麼久，妳一個人在家可還好？」

姚小蓮走過去挽著姚三春的胳膊，臉上笑意盎然。「姊，妳就放心吧！這一個月來，吉祥哥和黃嫂子很照顧我，田嬸子還有平東大哥、羅大嫂也經常過來看我，家中還有發財，誰敢上門找事呀？倒是姊妳還有姊夫，看起來都瘦了。」

姊妹倆同步跨進院子，姚三春拍她手背開玩笑道：「妳這沒良心的丫頭，我跟妳姊夫瘦了到底是為了誰？讓妳跟我們一道去牛頭鎮，妳非不去，妳不去怎麼知道未來丈夫長啥樣？」

畢竟是小姑娘家，說到成親男人這些話題還是會害羞，姚小蓮臉色泛著紅，一路就紅到了耳根。「姊！妳說啥子呢！」

跨進堂屋，姚三春拉姚小蓮坐下，目光灼灼地望過去，促狹道：「小蓮，難道妳就不想知道許成是啥樣的？他家人怎麼樣？我是妳姊，妳不必害羞，我絕對有問必答！」

姚小蓮的臉色更紅，一跺腳。「我才不想知道呢！」

姚三春朝她眨眼。「嘿，妳不想知道？我偏要說！首先，這媒婆的嘴啊，真就是騙人的鬼，許家可沒有劉媒婆說得那般好。聽說許家二嫂子掐尖要強，兩個妯娌有摩擦，還有許家二姊被夫家休棄，像是不安分的。從目前看來，許家八個子女都是孝順的，但是許家五個兄弟的性子到底如何，還未可知。」

姚小蓮的表情沒變，眼中笑意卻不著痕跡地淡了幾分，說心裡完全不介意肯定是騙人的。

姚三春看在眼裡，話鋒一轉。「不過要我說，家家有本難唸的經，許家子女多，不可能一點矛盾都沒有，成親這種事主要還得看男方個性如何？處事如何？如果他有擔當，人也不傻，嫁給他便不會受委屈，反之，哪怕男方家中安寧，可是他人太蠢，那嫁給他也不見得有好日子過。」

姚小蓮抬眼。「姊妳的意思是？」

姚三春單手撐住下巴，微微一笑，道：「我的意思是，我跟妳姊夫都覺得許成此人不錯，難道妳最關注的不正是許成為人如何、值不值得託付嗎？」

姚小蓮紅著臉，不說話。

姚三春的酒窩若隱若現，放下撐著下巴的手，道：「好了，不逗妳了，許成確實如劉媒婆所說，長得人高馬大，膚色偏黑，很精神，很有男人……」

這時宋平生剛好緩步走來，人往前走，目光卻始終黏在姚三春面上，清潤的眼眸倏然半合。

姚三春後背微涼，嘴巴突然改口了一下。「那啥，我是說，他很有男人該有的樣子。當然，跟妳姊夫相比還是差遠了！」

姚小蓮的嘴角狠狠抽了抽。

宋平生坐下，目光淡然地望著姚三春，唇角含著笑。「妳們繼續。」

姚三春清清嗓子，一本正經地對姚小蓮道：「我是妳姊，對妳沒什麼好隱瞞的。許成比妳大三歲，長得略老成了些，看起來有二十歲的樣子。」同為女人，她知道女人對男人的外貌也是很在意的，這點自然也要提出來。「……他現在在老許燒餅幫忙，人勤快得很，腦子也靈活，要是有機會，好日子在後頭。」

如果許成真成了她妹夫，他們夫妻自然會幫襯許成一把，讓姚小蓮過得好一點。

宋平生附和一聲。「人是可以。」

姚三春最後總結。「我們所瞭解的許成，孝順、勤快、會說話，也聰明，是個過日子的男人。不過這世上好男人多的是，最終還得看妳。」

姚小蓮挺直後背，而後斬釘截鐵地道：「我相信姊跟姊夫！」

姚三春和宋平生愣了一瞬，隨即懂了，姚小蓮這便是同意跟許成的親事了。

姚小蓮抿著唇，眨巴眨巴著眼睛望著自己姊姊，像是在等姚三春的贊同。

可她沒想到的是，姚三春反而露出看二傻子似的表情。

「姚小蓮！我跟妳姊夫是覺得許成不錯，但是妳連許成的面都沒見過，就同意這門親事了？妳是不是對自己太不負責了？」

姚小蓮委屈巴巴的。「姊，我知道妳跟姊夫對我好，定不會害了我，所以我才同意的啊！這怎麼能叫對自己不負責呢……」越到後面，聲音越小。

姚三春扶額，她確實是一時衝動了，姚小蓮從小到大周圍的婚姻皆是父母之命、媒妁之言，兩個未曾謀面的男女成親是常事，是她想當然了。

她語氣軟下來，道：「小蓮，是我太激動了，不過如果妳不跟許成見面，再相互瞭解一番的話，我不會放心妳嫁過去的，畢竟牛頭鎮山高路遠，萬一妳過得不好咋辦？」

姚小蓮眼中有波光閃動，吶吶許久。「……姊，妳待我真好。」

姚三春心緒複雜，原本她待姚小蓮好，很大一部分原因是原主對這個妹妹很看重，可是經過幾個月的相處後，她跟這個小姑娘也有了感情羈絆。

這時候聽姚小蓮這麼說，她一時也不知心中是如何的感受。

一時間，姊妹倆皆陷入自己的情緒當中。

只有旁觀者宋平生聲音冷冷清清。「等許成攢夠娶媳婦的錢，恐怕還得明年，明年咱們去鄰省推銷農藥，到時候帶上小蓮在牛頭鎮住上幾天便是，這樣許家人不會多想，更不會看輕咱們。」

姚小蓮咬唇垂下眼瞼，沒敢跟宋平生銳利的視線對上。

宋平生悠悠收回目光，其實他差不多能猜到姚小蓮的顧慮，若是她千山萬水去牛頭鎮見許成，男女地位方面她便處於劣勢，甚至男方家人很可能會看低小蓮，繼而導致成親後都要被婆家壓上一頭，所以這年頭女方都很矜持。

與姚三春苦口婆心的勸說不同，宋平生這次意外地態度堅決，姚小蓮反而不敢拒絕他姊夫，最後只能點頭同意。

姚小蓮離開後，姚三春便開始操心姚小蓮出嫁的事情來了，既然親事有了眉目，那嫁衣、家具、喜被這些都得提前準備。

說到陪嫁該給姚小蓮拿多少銀子的時候，宋平生的建議是，這年頭還沒有人賣燒烤，不如他們出錢給許成賣燒烤，以後分紅所得便給姚小蓮，有錢傍身，這比啥男人都強。

路途勞累，夫妻倆沒吃飯便回屋休息去了。

第二日起來，夫妻倆身上的疲乏便消去不少，剛吃完早飯呢，孫吉祥就過來了，他見著宋平生就勾上肩、搭上背，嬉皮笑臉地盯著人家。

宋平生一臉警惕地拉開距離，偷偷搓了下胳膊。「有話好好說，不要笑得這麼噁心行不行？」

孫吉祥「嘿嘿」兩聲後，一屁股坐下去，大剌剌地道：「老宋，有件事跟你打個商量唄！」

「說。」

孫吉祥湊近他。「是這樣的，你兄弟我最近窮著窮著，便想到了一個賺小錢的法子，就是明年春從你這兒拿上各種農藥，去咱們周圍幾個縣鎮兜售，他們距離這邊遠，說不定還不知道你家賣農藥，而且所需農藥分量少的話，專門來一趟划不來，所以我出去賣農藥，一個月總能掙幾個錢吧？我的性子你知道，有事憋不住，所以現在就啥都說了。」

孫吉祥本就是個愛折騰的，而且他還跟宋平生出門長了不少見識，現在讓他安安分分做一個村夫，他那顆蠢蠢欲動的心可不答應。

宋平生與姚三春對視一眼，並沒有立刻答應。

孫吉祥的眉頭連同疤一起攏起褶來，又倏地鬆開，搭在宋平生肩頭的手拍下去，坦蕩蕩地道：「咋滴？有啥話直接說，別磨磨唧唧的！就咱們的關係，有啥不能說的？」

宋平生知曉孫吉祥這人真是將他當親兄弟，虛握拳頭在孫吉祥胸口捶一下，笑道：「你這急性子，我又沒說不答應！其實我這兒還有一個計劃，只是我跟姚姚還沒完全商量好，不過現在說出來也無妨。」

孫吉祥好奇得很，神秘兮兮地問：「啥？」

宋平生腰背挺直，眉目舒展開，道：「我跟姚姚計劃明年在鎮上開一家賣農藥的店鋪，現在我們家農藥的種類繁多，可以滅殺很多種害蟲，完全可以撐起一家店鋪，與此同時，此店鋪還可以當作收購農藥原材料的站點，想收購什麼材料便掛個牌子放消息出去，能省下不少功夫。」

在鎮上開店鋪，他們家的農藥就會被更多的人知曉，生意自然也會越來越好。他們老槐樹村所在到底偏僻了些，交通又不便，對生意都有影響。

孫吉祥聽得極為認真。「所以？」

「所以我們夫妻倆想請你們夫妻，以及我大哥大嫂一起幫忙。不過我大哥大嫂還要兼顧地裡的事，所以以後主要還得依仗你們兩口子。」宋平東跟孫吉祥，他都想拉一把。

孫吉祥越聽嘴巴咧得越大，突然笑容頓住，隨之眉毛便豎了起來。「不對！你們開農藥店鋪，還請我們幫什麼忙？你們兩口子完全可以自己幹，還不用花錢雇人啊！我說老宋，你沒必要這樣——」

宋平生打斷他，眸光凌厲。「孫吉祥，我開店鋪是為了賺錢，不是為了扶貧，你想多了！再說，我們夫妻還準備在明年多招人磨製農藥，到時候我也還得兼顧這邊，且姚姚我不想她太累，所以請人是必須的。最重要的是……」

「是什麼？」

宋平生微微一笑。「最重要的是，有錢，任性！我們想請人就請人！」

孫吉祥差點一口血噴出去，娘的，這人真他馬的欠揍！

宋平生不為所動，反而一本正經地道：「開店鋪還是自己挑著賣，你自己選，我不干預。」

從宋平生的角度來說，孫吉祥出去四處兜售更好，方便擴大他家農藥的名聲，還有機會賺得更多錢，但是這樣太辛苦了，所以決定權還是在孫吉祥手上。

孫吉祥很快有了計較，臉上笑容更加殷切了。「我看不如這樣吧老宋，我呢大男人一個，皮糙肉厚的，就挑農藥四處賣，至於我媳婦便留下來賣農藥。咋樣，我是不是很聰明？」孫吉祥抬起下巴，用鼻孔看人，得瑟得不行。

宋平生稍加思索便覺得可行，這樣於他、於孫吉祥夫妻都有好處——能賺更多！

見宋平生同意了，孫吉祥高興得差點原地蹦跳起來，若不是宋平生及時拉住他，他估計又要在自己媳婦面前跌相了。

不過三人協商好了也沒用，因為賣農藥是明年的事。但孫吉祥還是興奮得不行，硬是拉著宋平生說了好一通話。

第十九章

天氣是越來越見冷了，先是好幾日的大霧，後頭嚴霜冰凍，再後頭跟著一場洋洋灑灑的大雪，算起來老槐樹村有一陣子沒見到太陽了，冷風颳在臉上就跟刀子似的，削得人臉頰生疼。

這種天氣，每日早上洗衣裳的婦人、姑娘最難熬了，捨不得用柴禾燒熱水，只得去泡冷冰冰的河水，不消片刻，手便紅了，可能衣裳還沒洗完，手指頭便凍得僵硬，想彎曲都變得異常困難，甚至於會失去知覺，彷彿別人的手指頭長在自己手上一般荒謬。

而就算不用下水洗衣裳，普通人家在外頭待上一會兒，也會被凍得懷疑人生。

姚三春卻屬於最慘的那一種，她的手生凍瘡了，手背高腫，皮上開裂，最嚴重的那幾天拳頭都捏不起來，因為怕用勁過度肉會裂開。

這回姚三春終於明白，什麼叫手都凍掉了，真是一點都不誇張。

姚小蓮也是，這是原身跟姚小蓮從前大冬天幹活造成的，一般每年冬天都會鬧一次，如果未曾悉心護養，並沒有那麼容易好。

宋平生見自己媳婦的手被凍成這個鬼樣，表面上沒說什麼，心裡卻心疼得很。

轉眼到了冬至這一日，天氣轉晴後，路上積雪終於化了，發財就如同那脫韁的野狗，盡情地在外頭撒野，可把花花草草、雞雞鴨鴨都給嚇壞了。

路上可行人後，宋平生便馬不停蹄地帶姚三春去回春堂，讓回春堂的大夫給姚三春姊妹的手治治。

三人從回春堂出來沒走多久，卻在鎮上街道見到一個熟人。

雪後初霽，鎮上不管是枯殘枝頭、黑色瓦片，或是青石板上，仍有白雪殘留，在溫暖的金光下，白得眩目。

雖是晴朗天氣，街頭兩側行人並不多，攤販更是寥寥無幾，他們無一不是縮著脖子，雙手插袖，時不時跺腳哈氣，哪怕隨意颳起的一陣冷風，也會讓他們凍得一陣瑟縮。

在這樣行人稀少、顏色灰暗的街道上，穿著一身藕荷色襖裙、身姿窈窕的身影便顯得格外醒目。

宋平生三人加快腳步走近一看，這姑娘不是宋婉兒又是誰？

宋婉兒聽到動靜回身，剛好跟宋平生冷若寒潭的目光對上，她愣怔一瞬，半晌吶吶喊道：「二哥、二嫂、小蓮，你們也在鎮上啊……」

姚三春姊妹先後應聲，宋平生卻只輕點下顎，旋即移開目光，態度很是冷淡。

宋婉兒見怪不怪，自從她二哥分出去後，對她是越來越冷淡了，現在就連大哥都不愛搭理她，她娘也說她，想到此，她的心不免難受。

姚三春的視線落在宋婉兒身上，她今日應是打扮了一番，描了眉，塗了鮮豔的口脂，一雙杏仁眼清透如水，一張瓜子臉上只有四個字：水靈漂亮！

再兼之她還穿上一件藕荷色收腰襖裙，不但襯托出纖細的腰身，更顯得她膚色瑩白如玉，整個人漂亮得讓人賞心悅目。

不得不說，這樣的宋婉兒，確實有驕縱的資本。

姚三春不動聲色地收回目光，問：「婉兒，妳就一個人？妳到鎮上幹啥來了？」

從前被姚三春兩口子混合雙懟的畫面仍歷歷在目，宋婉兒現在可不敢輕慢她二嫂，臉上的不自然一閃而過，搖搖手中鼓囊囊的包袱，回道：「一連好幾天的雪，三哥有一陣子沒回去了，爹娘不放心，就讓我給三哥送兩件襖子啥的。」

今兒個宋婉兒特別漂亮，來來往往吸引不少的目光，就連同為女人的姚三春都忍不住看了好一會兒。

不過除了皮囊，她對宋婉兒實在喜歡不起來，但見到人總不能裝作沒見到，所以才過來打招呼。她隨意點頭後道：「我跟妳二哥約莫一個時辰後回去，妳要是趕得上，可以在西門那兒等我們，跟我們一同坐馬車回去。」一見宋婉兒聽清了，她便挽著宋平生的胳膊離開，其餘也沒什麼好說的。

一路說說笑笑地閒逛，姚三春三人第一站便是去買些布，此前存著的鴨絨晾了許久，她又用香料熏過，味道淡了些，現在天氣寒冷，用此製成羽絨馬甲穿上剛剛好。

買好布料後，三人又買了不少豬肉跟排骨，這個天氣在外頭放一晚便凍上了，很是經得住放，回頭煮鍋子吃，放一些黃心菜、豆腐、油豆腐、蘑菇、粉條什麼的，看著水氣氤氳，吃一口熱呼呼的油豆腐，絕對是冬日裡的一大幸福。

最後，姚三春三人進了一家書肆，買下三本閒書，當時姚小蓮的眼睛瞪得老大，他姊夫竟然還認識字哪？

事實上，宋平生認得並不多，主要是原主小時候只上了半年的學，但是對於受過高等教育的宋平生兩口子來說，目不識丁實在難以忍受，而且他們夫妻已經扎根在這片土地上，總不能就這麼得過且過地過一輩子。

他們對這片大地並不瞭解，當你意識到自己的無知，那是一件讓人坐立難安的事情。

不過他們夫妻倆倒也沒那麼求知若渴，漫長的冬日，閒暇時跟宋平東請教請教，識個幾百上千個字不成問題，後面再慢慢來。

也是宋平生原身不愛看書，哪像宋平東，就算只讀了半年書，從前的書本還妥貼地收藏著，沒事就用樹枝在地上寫字，所以現在識得不少字，還寫得一手好字。

要買的東西全部買好後，姚三春姊妹進入馬車新搭的棚子裡，宋平生坐在前頭趕車，車輪剛轉動，一件棉花做的小被子就被扔了出來。

宋平生規規矩矩將小棉花被子蓋在膝蓋上，眼中笑意加深。

快到鎮上西門時，姚三春遠遠便見到一抹藕荷色的身影，自然是宋婉兒，而她身旁還站著宋平文，兄妹倆正低聲交談著什麼，有說有笑，氣氛十分融洽。

馬車快到跟前，宋平文兄妹倆這才停止交談。

宋平生看向宋平文的目光是冷淡的，就像是月夜的一場雪，美麗又冰冷，不沾染一絲的溫度。

宋平文輕輕一瞥，聲音沈了兩分。「二哥。」

宋平生只懶洋洋地「嗯」一聲，多餘的一個字也不想說。

姚三春見宋平文都沒正眼看自己，宋婉兒也不知道磨蹭啥，便催促道：「婉兒要走便快點上來吧，我怕冷，可要早些回去了。」

宋平文不著痕跡地推了宋婉兒一把，宋婉兒這才如夢初醒，大而圓的杏仁眼閃動別樣的光彩，臉頰更像是暈染上兩片極淺的紅霞。

哪怕馬車行駛好一會兒，宋婉兒臉上的溫度還是沒能降下來，只垂著眼，眼睫輕顫，就連姚小蓮跟姚三春用眼神交流都沒發覺。

姚三春捏著下巴觀察了好一會兒，看宋婉兒時而蹙眉、時而抿唇壓住笑意，不由猜測，看著這姑娘春心萌動的樣子，該不會是遇上喜歡的男人了吧？

從跟他們分開到最後西門集合，中間也不知道是什麼樣的際遇，能讓眼光高的宋婉兒心神搖曳、心不在焉，難不成是在書院遇上某個俏書生？

姚三春本懶得管宋婉兒看上哪個甲乙丙丁，但是上次吳豐的教訓還在眼前，有田氏這層關係在，他們二房想和宋婉兒徹底脫開干係恐怕不現實。

姚三春暗自琢磨好一會兒，然後便跟姚小蓮聊起來。

「小蓮，今天吃過鎮上的芝麻燒餅，感覺咋樣？好不好吃？」

姚小蓮下意識地摸摸肚子，實誠地道：「姊，我感覺不太好吃欸，太乾了，又不甜。」

姚三春嘆氣。「我也覺得不太好吃，跟老許燒餅比差遠了，怪不得許成的爹娘這一賣就是二十幾年。小蓮啊，等妳嫁到許家，以後想吃什麼口味的燒餅都可以，想吃多少吃多少。」

姚小蓮捧著臉，害羞地搖著頭。「姊，妳瞎說啥大實話呢？」

宋婉兒成功地被姊妹倆的談話吸引，她先是瞅了姚三春一眼，接著帶著審視的目光跟姚小蓮對視，驚訝地道：「小蓮，原來妳真的要嫁人啦？他叫許成？那他是哪裡人？他家咋樣啊？」

她同外人一樣，並不知道宋平生兩口子出去的一個月時間是為了給姚小蓮相看人家的。

姚小蓮不好意思說。

姚三春便回道：「許成是鄰省固馬縣牛頭鎮的，不過咱兩家還沒正式訂親，以後妳就知道了。說起來，婉兒妳跟小蓮差不多大，也到了該成親的年紀了，就是不知道婉兒妳喜歡啥樣的？告訴我，到時候我讓妳二哥給妳多留意些好的。」

宋婉兒結結巴巴地道：「二、二嫂，不用了，我沒想過這事。」

姚三春擠眉弄眼，一副「我還不知道妳」的眼神，拽住宋婉兒揶揄道：「哎呀婉兒，別害羞嘛！我是過來人，我懂！而且我是妳二嫂，妳跟我還有啥不能說的？還是說，妳已經有喜歡的人了？」

宋婉兒下意識否認。「沒有！」宋婉兒往後靠了靠，面上有些急。「二嫂，真的不用了！我還小，暫時不想嫁人！」

姚三春用食指點點宋婉兒的額頭，親暱道：「我也是從小姑娘走過來的，小姑娘家就是口是心非，哪個少女不懷春呢？這樣吧，明天我們兩口子跟娘還有大哥大嫂商量一下，給妳多找幾個人家。」

宋婉兒抖著嗓子問：「啥人家？」

姚三春兩個酒窩綻放。「傻姑娘，當然是相看的人家啊！妳不知道自己喜歡啥樣的，我們便廣撒網，總能遇上的。」

「二嫂，我真的沒想過嫁人的事！」

「那妳現在開始想！」

「二嫂，妳這麼忙，妳不用管！」

「我是妳二嫂，我忙不忙妳別管！」

宋婉兒頭一次嘗到什麼叫頭痛，她捉住姚三春的手，嚥了嚥口水。「二嫂，我覺得——」

姚三春反握住她的，笑呵呵地道：「不要妳覺得，我要我覺得。我覺得這樣挺好的，聽我的！」

宋婉兒身子一抖，眼淚都快掉下來了。這叫什麼事啊？

很快回到新屋門口，宋婉兒一刻也不想多待，急匆匆地跳下馬車，頭也不回地跑了。

姚小蓮開門的功夫，宋平生貼近姚三春耳旁，小聲笑話她。「妳看，妳把人家小姑娘都嚇成什麼樣了？」

姚三春面不改色地拉馬車進院子，一邊無辜道：「我就隨便開個玩笑罷了，你當我真想給她介紹男人啊？」

她還沒到某些老大媽的程度，就愛催小輩找男女朋友、結婚、生娃，活像自己是普天之下所有年輕人的娘一樣。

夫妻倆在偌大的院子裡走著，帶著幾分懶散。

宋平生目視遠處屋簷下的冰溜子，悠悠然道：「咱們過好自己的就行，不用管她，自己的人生自己負責，我們沒這個義務。」說實話，宋平生對這個腦子不太好使、脾氣大，還欺負過姚姚的宋婉兒沒有一丁點的好感。

姚三春挽住宋平生的胳膊，笑道：「我知道，我也懶得管，就是怕又出什麼事，最後還得我們收拾爛攤子，糟心！你回頭跟大哥他們說說，讓他們把把關，最起碼要給宋婉兒找個像樣的，可別找個愛折騰的，否則我們又要被禍害了。」

有田氏這一層在，他們怎麼可能徹底放著宋婉兒不管呢？

下午，宋平生兩口子便去宋平東家串門子。

冬天是一年最閒的時候，宋平東趁太陽好的時候將東屋從屋後另開一扇門，在外頭又圍了一圈籬笆，只不過原來的門也沒堵上，主要是他放心不下老屋那邊。

姚三春夫妻倆站在西邊籬笆外，便見宋平東和羅氏在太陽下圍著花籃剝花生，一邊說著話，而二狗子便跟個小陀螺似的，圍著父母一個勁兒地轉圈圈。

這個小陀螺還是個胖陀螺，穿一身的厚棉襖子，兩隻胳膊還有兩條腿都合不上了，辛辛苦苦走路的樣子像極了一隻小企鵝。

這頭羅氏給姚三春夫妻搬來兩個小凳子，那頭二狗子看到真狗子發財，一個勁兒地你追我趕，一人一狗都玩得忘乎所以，實在讓人看不懂。

宋平生跟宋平東說事的時候，姚三春也在羅氏身旁坐下。

還沒開口，這時一陣寒風颳過，姚三春凍得一個瑟縮，臉皮都有些紫，還真是冷風灌頂，叫人難受。

她這個身體的底子到底差了點，一到冬天便手腳冰冷，所以分外畏寒，平日裡她根本懶得出來。

羅氏往一旁挪屁股，朝姚三春招手。「來，坐近點，咱們一起烘火桶。」

被凍成狗的姚三春索利地脫掉鞋子，果斷地將腳塞進火桶之上，再加上羅氏膝蓋上還有小被子阻攔熱量散發，火桶裡頭熱乎得很。

片刻後，姚三春被凍木的腳逐漸恢復知覺，舒坦到她想眯眼。

羅氏見她這副美得不行的樣子，心中好笑，突然想起什麼，忙用火鉗從火桶底部炭堆裡扒拉出三個瘦長的小地瓜，以及一堆帶殼花生。

大概在火桶烤了不短的時間，小地瓜外皮純黑，甚至開始炭化，而花生殼也是如此，聞著味有焦有香，不過在這寒冷的冬日裡，一切有溫度的東西都容易讓人心生歡喜。

羅氏揮舞火鉗指指地上的烤地瓜和花生，大方道：「自己剝著吃哈！」

姚三春嘴角抽了抽，一想這東西方才還在腳下烤著，心裡總覺得怪怪的。

羅氏見她沒動，乾脆拿起一個地瓜吹了吹，然後不容商量似地塞進姚三春手中。

「吃呀！跟妳大嫂還客氣啥？要是吃晚了，二狗子肯定搶妳的！妳可別給那小子占便宜！」羅氏說完便乾脆俐落地剝地瓜，三兩口便解決一個，好似生怕被二狗子搶了一樣。

姚三春的嘴角再次抽了抽，這真是親娘嗎？

不過烤地瓜都在手上，已經滾了一手的黑灰，她認命似地剝著炭化的地瓜皮，慢條斯理地吃著，一邊同羅氏說著話。

「……什麼？三春妳是說，婉兒有心上人了？」羅氏眨眨眼，表情還挺意外的，她跟宋婉兒還在一個院裡，可是此前一點動靜也沒聽到啊！

「大嫂，我覺得沒跑了。」就宋婉兒上午那個反應，寒風刺骨都吹不消她面上的火熱，不是春心萌動才見了鬼。

羅氏停下剝花生的手，蹙眉思索，道：「不該啊！娘有事都會跟我和二狗子他爹商量，這回咋一點消息也沒聽到？」

姚三春學宋平生扯唇。「說不定娘也不知情呢？」

羅氏倒抽一口涼氣。「這個宋婉兒……」

姚三春扔一顆花生進嘴裡，道：「我覺得很可能是書院裡的哪個書生！那個啥，妳看婉兒平日裡對村裡的年輕男子都不愛搭理，恐怕是看不上，哪裡像書院裡的書生，會讀書、有才華，家世大多也還成。」

姚三春跟羅氏是妯娌亦是朋友，沒那麼多顧忌，說話也隨意。

這下羅氏更愁了。「可是娘從前說過，她也不盼著婉兒嫁到多富裕的人家，婉兒長得好，但是脾氣嬌，心思單純，啥事都擺在臉上，也不太擅長跟別人處關係，若是嫁到普通人家，可能還好些，就怕嫁到那些規矩多的人家，不自在，還容易吃虧。」

姚三春沒意外田氏的想法，田氏對五個子女是掏心掏肺的，最在乎的是孩子過得幸福，而不是嫁給什麼富裕或是有聲望的人家。

不過可惜的是，以她對宋茂山的瞭解，他可不是什麼善良慈愛的老父親，所以他們夫妻二人會不會為此發生爭執呢？這恐怕真不好說。

從前田氏最是委曲求全的時候，前頭三個子女的親事她完全插不上手，現在宋茂山豈會讓她管？

大房、二房一邊曬太陽剝花生，一邊聊著天，囫圇混了半天時間，等宋平生兩口子離開後，宋平東立刻離開凳子，闊步去往宋家大院。

宋平東自然是去找田氏，他沒那麼傻，姑娘家臉皮又薄，直接問婉兒可能還適得其反，再說他有一段時間沒跟婉兒說話了，近來兄妹倆關係很尷尬。

他也十分不想理會宋婉兒，只是他是當大哥的，這時候還是得問上一句才好。

田氏聽到這個消息也是很驚訝，不過她面上什麼都看不出來，等宋平東離開，她立刻喊宋婉兒過來。

廚房裡，田氏坐在灶底下燒鍋，因為外頭化雪濕氣重，半乾的稻草燃燒引起的白煙格外重，甚是嗆人，只是田氏早就習慣了。

這般寒冷的天氣，靠近溫暖的火光，燻得人有些懶懶的，容易出神。

進來的宋婉兒見廚房白煙跟水蒸氣混做一團，屋子裡煙霧繚繞的，只有灶底下的火光格外明亮，她杏仁眼眨巴眨巴，當機立斷搬個矮腳小凳子坐過去，十指張開在灶膛口烤火，沒一會兒手心的冷意便被驅散，面向灶膛的這一面全都暖烘烘的。

田氏移開眼望向宋婉兒，左側臉龐被鍍上一層橘黃色的火光，溫暖安靜。

「婉兒，中午忘了問妳，上午我不在家，妳爹咋讓妳一個人去鎮上給平文送衣裳了？妳一個姑娘家，長得又出挑，一個人出門我可不放心，下次千萬別一個人出門了，知道嗎？」

宋婉兒眼中帶著笑，微抬下巴，神情高傲。「我才不怕呢！咱們村到鎮上又不遠，而且咱們鎮上一直很安寧，不會有事的。」

自從出了吳豐那事之後，田氏已經很久沒見到小女兒露出這般開心又神氣的樣子，怔忡間，她臉龐的線條不由得柔和許多。

「妳最近也沒啥事幹，咋不去妳二哥家逛逛，跟小蓮說說話？小蓮最遲明年就要嫁人，再不多處處，以後想見面都難。」

宋婉兒緊抿唇瓣，頓了頓才抱怨道：「人家恐怕都不想理我，我幹麼要去找她，熱臉貼人家的冷屁股啊？我才不幹呢，哼！」

灶膛中火苗小了，田氏往裡頭塞了一大把稻草，聽到這話，扭頭好笑地道：「妳都多大的人了，怎麼還跟小孩子一樣？說起來小蓮只比妳大兩個月，一轉眼，妳都是個大姑娘，該成親嫁人了。」

宋婉兒今日心情真的很不錯，聽到這兒還沒生氣，只是撇嘴，不滿地道：「娘，妳怎麼跟二嫂說一樣的話啊？小蓮是小蓮，我是我，幹麼老是把我跟她連在一起？」

田氏眼神溫柔，聲音很輕柔。「傻姑娘，重點不是小蓮，而是妳們都大了，我這個做娘的要開始為妳物色人家了，不然出色的後生被別人先挑走，輪到妳盡是些歪瓜裂棗，看妳咋辦？」

宋婉兒不知道想到什麼，咬著唇突然綻露笑容，隨後立即斂去表情，道：「不會的娘，歪瓜裂棗誰愛誰要去，反正我絕對不會委屈自己，不然我寧願不嫁人。」

田氏自然沒錯過她傻子一般的笑，不動聲色地道：「傻姑娘盡說傻話，不過娘真的要開始張羅妳的人生大事了。說起來，咱們村裡有不少出色的年輕後生，都是知根知底的，又是一個村，嫁過去絕對沒人敢欺負妳。」

話音剛落，宋婉兒忙不迭地拒絕。「不行！」

「為啥？咱們不同姓，不是一個老祖宗，咋就不行了？」

宋婉兒縮回目光，眼珠亂轉。「因為……因為咱們村裡人家過得還沒咱家好呢！難道我嫁過去，過的日子還不如我在家嗎？這我可不願意！」

宋婉兒是田氏一手帶大的，田氏脾氣又好，還慣著女兒，所以宋婉兒在田氏跟前向來隨興慣了，什麼話都說。

田氏的眉尖蹙了一瞬，臉上的笑淡了些，作思索狀。「同村的妳不樂意，那還有誰呢？對了，妳三哥在書院有不少朋友，妳沒怎麼去過，肯定不認識人，其中有一個叫王騰雲的年輕人，長得濃眉大眼，性子好得很。」

宋婉兒撇嘴。「可是三哥說他唸書差了點，腦子不夠靈光。」

田氏皺眉，不知宋平文跟宋婉兒說這些幹什麼，又接著道：「還有一個叫祝庭的，高高瘦瘦，會讀書，聽說還練得一手好字。」

「三哥說他瘦是因為身體不好。」

田氏一連又說了四、五個讀書人，全被宋婉兒以這樣那樣的理由推掉了，田氏心中漸有悶氣升起。這些後生都是跟宋家門戶相當的，家中條件不高也不低，嫁過去最起碼不用看人臉色。

可惜宋婉兒所追求的並不是這些。

最後田氏的語氣有些硬邦邦的。「這個不行、那個看不上，那還有誰？難不成妳還想嫁給郭夫子家的兒子不成？」

宋婉兒的臉「騰」地就紅了，哪怕廚房裡視線昏暗，她那抹轉瞬即逝的羞澀還是落入田氏的眼中。

田氏的臉色當即就有些不太好了。

郭夫子名叫郭聞才，是宋平文的夫子，是個秀才出身，相當有學問的人，他跟夫人育有三子一女，二兒子郭浩然便跟宋平文是同窗好友，所以田氏也見過他不少回。

郭浩然的條件很不錯，身高腿長，五官俊秀，尤其一雙丹鳳眼瀲灩生輝，再加上一身書卷氣，真是讓人見之難忘。

雖說他比宋平文還小半歲，可是為人沈穩識禮，學問也不錯，這般出色的少年郎，哪個少女能不動心呢？

可是，田氏卻很不想宋婉兒跟這樣的人家搭上關係。

一來郭家的家世比宋家高得多，郭聞才有親戚在某縣做縣官，這在平頭百姓眼裡已經是大官了。如此一來，他郭家自然跟著水漲船高，想嫁給郭浩然的更不知凡幾，人家憑什麼看上宋婉兒？退一萬步說，就算郭浩然願意娶宋婉兒當媳婦，就宋婉兒這個性情、腦子，還不是只有被虐的分兒？兩家地位懸殊過大，郭家人可不會捧著她、讓著她。

二來呢，郭聞才的婦人鄧氏是鎮上一位富商家的女兒，她個性強勢，對人很嚴苛。這樣厲害的婆婆，宋婉兒嫁過去不就是送人頭找虐的嗎？

不是田氏對宋婉兒沒自信，而是自己生的，她太瞭解宋婉兒的個性了。

田氏不捨得說太重的話，只得耐心地勸說宋婉兒一番，將其中隱患都一一分析給宋婉兒聽，最後道：「如果是妳爹逼妳嫁到郭家，妳不用理會他。當初妳大哥、二哥跟大姊的親事我管不到，現在我不會再讓步的！」

宋婉兒擺手。「娘，這跟爹沒關係，是我……」垂下頭，兩手揪住衣襬揉搓。「是我喜歡人家……」最後幾個字細若蚊蚋。

田氏的眉頭皺得更緊，聲音不由得冷了幾分。「婉兒？妳跟他才見過幾次面，妳瞭解他嗎？妳知道他的性子嗎？妳啥都不知道，就說喜歡人家？」

宋婉兒昂起頭，緊抿著嘴，跟田氏對視，目光閃爍卻又堅定，道：「娘，我知道……經過上回的事後，你們都覺得我傻，覺得我識人不清，覺得我任性不懂事，但是我已經知道錯了。娘，現在我說我心悅郭浩然，並不是一時衝動！」

「婉兒，妳——」

「娘！我瞭解郭浩然，比妳以為的瞭解多得多！」宋婉兒猛然拔高聲音，像是為自己打氣，雖然她的手在抖，嗓子也抖。「兩個月前我跟小翠去鎮上買針線，遇到不講理的大叔，是郭浩然挺身而出，最後把我們的錢要了回來。還有上個月三哥跟同窗參加詩會，我也在場，他還指正我寫字的姿勢。另外上個月我給三哥送銀錢，三哥帶我去吃飯，郭浩然他們都在，我們說了好一會兒的話。我還知道他家兄弟姊妹的名字，知道他字子安，知道他最擅長顏體，知道他喜歡字畫……」宋婉兒深吸一口氣。「總之娘，我不是妳想的那樣，我對他，不是因為他家世好，是因為他這個人很好！」

田氏消化了好一會兒，乾巴巴地道：「婉兒，郭浩然是好的，可是他家太複雜，不適合妳。聽娘的，娘是為妳好啊！」

宋婉兒猛地從小凳子上坐起來，垂眼與田氏對視，道：「娘，妳不喜歡爹吧？」

田氏張嘴，一時沒說出話來。

宋婉兒底氣更足了。「娘，妳沒有喜歡的人，所以妳不懂我。我心中有了人，又咋能再心安理得地嫁給別人？」

田氏嘆氣，對這個小女兒實在沒有辦法。「那妳可知郭浩然又是啥想法？怕是剃頭擔子一頭熱吧！」

宋婉兒噎住，最後咬牙道：「娘，他現在看不到我的好，以後總會看到的。除非他有了心上人，否則我不會放棄的！娘，妳別再說了，現在除了他，我誰也不看！」

說完不待田氏說話，她便小跑著離開廚房，徒留田氏在原地嘆氣。

在凜冽的寒風中，在漫天的飛雪中，在冬日迷濛的晨霧中，在平淡如水卻又閒散安逸的生活中，日子一天天過去。

轉眼間，冬至過了，迎來了小寒，天氣變得更冷，即使沒有雨雪，風一颳，誰都受不了。

姚三春畏寒，整天包得跟粽子似的還嫌不夠，就差點要在被窩裡度過冬日了。

作為姚三春的專屬冬日小火爐，宋平生自然是陪伴在側，夫妻倆連體嬰兒似的宅在家裡，若不是孫吉祥跟宋平東他們偶爾找他瞎扯淡吃個飯，他們夫妻倆真是大門不出、二門不邁。

這一日是難得的好天氣，湛藍天空做背景，點綴幾朵白雲，冬風難得溫柔，徐徐吹去，白雲如同一滴滴入水中的墨般瀟灑散開。

姚三春家的院子裡，陽光鋪灑的地方，宋平生跟姚三春相對而坐，兩人中間是一盤棋，姚三春撐著下巴苦思冥想，宋平生一手持茶水，一手放在發財背上揉了又揉，發財舒坦得直瞇眼。

當真是捋得一手好狗。

兩人尚在對弈中，羅氏突然腳步匆忙地趕過來，前腳才踏進院子，便忙不迭地高聲道：「平生、三春，快去老屋，有人上門跟婉兒提親來了！娘讓你們馬上就過去！」

今日的宋家再次熱鬧起來，從提親隊伍進村的那一刻開始，冬日裡無所事事的村民們瞬間一個個精神抖擻地跟著提親隊伍進入宋家院子。

當姚三春夫妻到達宋家院子時，裡頭又是一幅熱鬧景象，一個個指著堂屋裡的幾張陌生面孔議論紛紛。

姚三春夫妻進入堂屋，裡頭擠了很多人，可是他們第一眼看到的還是那位背脊挺直，長了一雙丹鳳眼，一身書卷氣的年輕人。

這位年輕人置身於嘈雜的堂屋中，卻彷彿沒受到影響，眉眼沈靜，正垂眉斂目地與宋平文低聲交談著什麼。

宋平文跟年輕人很是熟稔，兩人說了幾句話後分開，各自臉色都有些微妙，尤其是宋平文，他緊抿唇角，輕輕向下撇，像是藏著什麼別樣的情緒。

宋平生兩口子走至方桌前，目光與年輕人的目光相撞，宋平東立刻笑著介紹道：「浩然，這兩位是我二弟宋平生，以及二弟媳姚氏。」轉個方向道：「平生，這位是郭先生的兒子郭浩然。」

郭浩然比宋平生年紀小，當即拱手，不卑不亢道：「見過宋二哥、宋二嫂。」

宋平生笑著輕一頷首。「幸會。」

幾個人相互介紹完，上座的宋茂山與郭聞才也停止交談，與鄧氏一齊望向宋平生夫妻倆。

郭聞才打量的目光相當銳利，宋平生一下子攫住他的目光，隨後只無所謂地回以一笑。

宋平生與郭聞才曾經有過一面之緣，宋平生剛穿過來的時候，郭聞才為自己的得意門生宋平文抱不平，特意上門跟宋茂山徹夜長談，勸宋茂山要快刀斬亂麻，盡快切掉二房這顆毒瘤。

當時宋平生虛弱地出來小解，剛好在茅廁門口與郭聞才來了一場不期而遇的緣分，誰知道竟然是孽緣。

當然，宋茂山將二房掃地出門不能全怪郭聞才，但總是有那麼幾分關係在的。

當日郭聞才對這位影響自己學生名聲的宋平生很瞧不上，時隔這麼久再次遇見，宋平生的變化卻遠遠超過他的想像。

現今的宋平生沈穩自信，哪裡還有一絲人憎狗嫌的二流子的影子？

閱人無數的郭聞才不免產生疑問，到底發生了什麼事，才會讓一個人在不到一年的時間裡產生如此大的轉變？

莫非真的是當初分家對宋平生刺激太大，才讓人家決定痛改前非？如此說來，當初他的所作所為倒是意外成全了宋平生！

郭聞才心思千迴百轉，面上一派溫和，不吝誇讚道：「茂山兄，你的三個兒子個個出色，真是讓人羨慕啊！」

宋茂山笑容一頓，第一反應便是郭聞才是不是在挖苦他？但是看郭聞才說得情真意切，宋茂山只能客氣地回道：「郭先生說笑了，我家三個兒子愚鈍得很，哪裡比得上你家三位公子聰明伶俐？」宋茂山說完，半垂下眼睛，總覺得被誇得怪怪的，心裡不得勁。

方桌上分為兩個陣營說著話，只有鄧氏和田氏這一頭分外安靜，尷尬的氣氛簡直快溢出來。

田氏不是那種不善談的人，便主動跟鄧氏聊天，可人家鄧氏頂著一張笑臉，一個字兩個字地回著，從來不接田氏的話題，縱使田氏再厚臉皮，她一個人也接不下去呀！

好在宋家人全部來齊，其他人不用再沒話找話聊，媒婆主動攬起把控全場的任務，開始說合兩家的親事，她先一個勁兒地誇郭浩然一表人才、天資聰穎，以後定前途無量，轉過頭又誇宋婉兒漂亮水靈、善良大方、知書識禮，她與郭浩然就是天造地設的一對。

媒婆好話一籮筐，依偎在田氏身旁的宋婉兒臉上染上一抹紅暈，大而圓的杏仁眼閃閃發光，時不時瞅郭浩然一眼，可待郭浩然望過來，她卻又害羞地低下頭。

少女的姿態，就如同那水蓮花不勝涼風的嬌羞，弱質纖纖，又清麗脫俗，美得如同一幅畫。

然而與之相對比，郭浩然的神情偏清冷，兩道長眉輕攏，一雙丹鳳眼中沒有任何情緒，讓人猜不出他的想法。

倒是郭聞才，連連點頭，像是十分滿意的樣子，摸著短鬚笑道：「茂山兄，犬子與令千金的親事，你以為如何？」

在郭聞才看來，宋婉兒長得出色，宋平文前途無量，宋婉兒與他二兒子也算相配，甚至算得上是高攀。

雖然他本意是想讓郭浩然娶個門第更高的，但是一來向來沈穩懂事的二兒子突然非宋婉兒不娶，二來他覺得宋平文未來可期，權衡之下，郭聞才便同意了這門親事，想來宋茂山也不會拒絕。

事實上，宋茂山確實如他所想，素來嚴肅的臉上露出笑意，眼尾的褶子簡直能夾死蒼蠅。「我自然是——」

話未說完，田氏突兀地插上一句。「成親是一輩子的大事，我們還得先考慮一番才能回答郭先生。」

宋婉兒杏仁眼圓睜，推了推田氏的胳膊，目光中既有央求，又有質問。

這話一出，其他人反應各異，宋茂山跟宋平文臉上的笑意同時僵了一瞬；郭聞才似是沒想到這一齣，有一瞬間的愕然；而鄧氏眼中卻極快地劃過一抹諷意。

宋平東卻偷偷鬆了口氣，他對郭家、對郭浩然並不瞭解，如果宋茂山真的立刻答應下來，今晚他恐怕會憂得睡不著覺。

畢竟是自己從小寵到大的妹妹，嫁人又是一輩子的事情，雖然兄妹倆最近關係鬧得很僵，但是他總盼著親妹妹過得好，不會希望她糊裡糊塗就嫁了。

其他圍觀群眾的想法就簡單多了，田氏的小女兒長得這麼水靈，遇到提親的拿喬兩句又怎麼了？不都是常規操作嗎？

在場這麼多人，宋茂山憋著火，硬是擠出一抹笑，道：「郭先生，婉兒是咱們夫妻最小的孩子，從小就是寵著長大的，賤內這是捨不得孩子呢，呵呵……讓您見笑了。」

郭聞才擺擺手。「無妨，茂山兄，你只需知曉，我們郭家是誠心想要婉兒這個兒媳婦，浩然更是說非婉兒不娶呢！所以你們慢慢考慮，不急，呵呵……」

郭浩然拱手朝宋茂山與田氏行禮，緩聲道：「宋叔、宋嬸，請你們放心，我是真心求娶……婉兒的，如果她答應嫁給我，我定會好好待她。」

這似是誓言一般的話一出，宋婉兒羞得側過臉埋在田氏胳膊上，只露出一隻紅紅的耳朵。

周圍的村民裡也有快到出嫁年紀的小姑娘，見她宋婉兒竟然有郭浩然這般出色的男子求娶，一個個就如同吃了兩大碗酸杏，酸得齜牙咧嘴，面目全非。

他娘的，她宋婉兒的命怎麼就這麼好呢？長得好，家裡不愁吃喝，爹娘兄弟姊妹寵她，還不用怎麼幹活操心，長大了周圍七、八個村的年輕人都稀罕她，根本不愁嫁！

同樣是姑娘家，差距咋就這麼大呢？

此時郭浩然站在堂屋中，除了宋平生，其他男性皆淪為陪襯。論長相，宋平東比郭浩然還出色幾分，但是氣質到底比不上在書海裡薰陶多年的郭浩然。

郭浩然出色是出色，宋婉兒的親事還得斟而酌之，田氏不鬆口，宋茂山在這麼多人面前不好明著駁斥田氏，只能咬牙跟郭聞才說考慮一陣子。

郭聞才心裡覺得宋家定是要矜持一下的，倒也不生氣，跟宋茂山又聊了好一會兒，再對宋平文耳提面命一番，便攜一家子離開了。

郭家人離開，沒了熱鬧看，村民們便相繼離去，最後宋家只剩下宋家人，堂屋突然就安靜下來。

宋茂山臉色沈下，擺起一家之主的作派，作勢要發表言論，話到嘴邊卻又驀然頓住，眸光閃了閃，臉色莫名柔和些許，嘆了口氣，道：「婉兒啊，雖說兒女婚事從來是父母之命、媒妁之言，但妳是爹嬌養大的，爹只希望妳過得開心，郭家求親這事我不逼妳，一切隨妳自己決定吧。」

宋婉兒怔了一瞬，不過此刻她無暇顧及其他，滿心滿眼都是如何才能說服她的娘親田氏。

不過在場這麼多人，她到底是個姑娘家，不敢說得太直白，便咬了咬唇，抓住田氏的胳膊搖了搖，聲音都比平日輕柔許多，也小心翼翼許多。「娘……我覺得，郭家挺好的。」

田氏一瞬也不瞬地望著臉龐尚且稚嫩的小女兒，心情十分複雜，沈默許久才道：「婉兒，就算郭先生跟郭浩然是好的，可郭家豈是咱們小門小戶能攀上關係的？妳不適合做郭家媳婦。聽娘的，咱們再看其他的人家，好不好？」

宋婉兒神情一黯，失望之情溢於言表。

冷眼旁觀的宋茂山不冷不熱地道：「孩子他娘，浩然他學問好、家世好、性子也好，這麼好的年輕後生哪裡找去？最重要的是婉兒覺得他好，咱們做父母的，咋還攔著婉兒追求幸福呢？」

宋平文也附和道：「是啊娘，我跟浩然認識好幾年了，他為人沈穩可靠，學問又好，不知有多少姑娘偷偷看他，但是他絕對不會多看其他姑娘一眼，我相信他的人品，如果婉兒能嫁給他，我很放心。」

宋婉兒向宋平文投去一記感激的眼神。

姚三春兩口子沒有立刻插話，而是將目光投向宋平東。

宋平東感受到眾人的目光，糾結得眉頭緊皺。一方面郭家確實不錯，看樣子婉兒也滿意這門親事；另一方面他娘說得不無道理，婉兒心思單純，性子又有些驕縱，嫁過去怕是要吃虧。最終宋平東還是站在田氏這邊，木著張臉，言簡意賅地道：「娘總不會害自己親生女兒，我同意娘說的。」

有了大兒子的支持，田氏頓時有底氣多了。

宋平文眸色微沈，心道自己娘親跟大哥是不是腦子不正常？就婉兒的情況，該早點嫁出去才安全，否則吳豐始終是懸在頭頂的一把刀！

目前來說，郭家已經是婉兒最好的選擇了，娘跟大哥居然還看不上？

不滿之情填滿胸腔，宋平文溫和的表情差點裂開，就在他欲張口反駁的時候，宋茂山偷偷朝他使了個眼色，示意他少安勿躁。

宋平文讀懂宋茂山的意思，腦子隨之冷靜下來。

是啊，他們根本不必太激動，因為婉兒注定是要嫁給郭浩然的，誰也阻攔不了。

姚三春的餘光掃過宋平文與宋茂山，是她想多了嗎，為什麼總覺得這對父子的反應有些奇怪？

不過很快地，她便被田氏和宋婉兒的爭吵奪去了注意力，無暇再想其他。

宋婉兒站起來，白生生的一張臉急得漲紅，胸脯一起一伏。「娘，妳也說郭浩然是好的，嫁人是跟丈夫過日子，只要丈夫好不就行了？為什麼還要顧及這麼多亂七八糟的？」

田氏握住宋婉兒的手，滄桑的眼中帶著急切和懇求。「婉兒，嫁人是一輩子的事情，哪有妳想得這麼簡單？他爹娘始終是他爹娘，你嫁過去就得跟他爹娘打一輩子的交道，人家說妳妳也得忍著，哪裡跟在家裡一樣，妳知道嗎？」

宋婉兒的聲音拔高。「娘，就算嫁給附近人家，誰家沒有爹娘，沒有兄弟姊妹？誰家沒有一、兩個難相處的？照妳這麼說，我乾脆一輩子不嫁人得了！」

宋平東喝斥一聲。「宋婉兒！」

「娘這是為妳好！」

宋婉兒從田氏手中掙脫，慘笑道：「娘、大哥，你們總說為我好，可是你們知道我想要的是什麼嗎？你們關心過我開不開心嗎？你們什麼都不知道，就要擅自替我作決定？我不接受！」

田氏臉色一黯，無力地垂眼。「婉兒，娘不想讓妳難過，可我更不想妳以後後悔。」

宋婉兒信誓旦旦地道：「不試過誰知道？就算後悔，那也是我自己選的，我誰也不怨！」

宋婉兒一個勁兒地要嫁給郭浩然，田氏仍舊苦苦勸說，母女倆一時間誰也不讓誰。

宋平東左右為難，轉而朝宋平生求救。「平生，你快勸上兩句啊！」

並不準備參與這事的宋平生硬是被拉上場。

田氏後知後覺地道：「是啊平生，上次婉兒出事，還是你幫的忙，你當二哥的快勸勸她！」

宋平生被磨得有些不耐煩，長眉輕皺，聲音帶著幾分冷冽。「看她現在這個樣子，勸再多有用嗎？依我看，她就是吃的虧不夠多，又不會動腦子。娘，妳要是十分不願意，就果斷點，拿繩子綁住她都行，總之讓她死了這條心；妳要是捨不得，我勸也是無用。全看妳怎麼想了。」

田氏被他這麼一說，沈默了半晌，最後像是下定決心，聲音低啞卻堅定。「婉兒，妳不用再說了，娘就是不同意！」

宋婉兒緊繃的背脊突然脫力，軟軟地坐回長凳上，隨後深深低下頭，彷彿已經認命，可是桌下的手卻越捏越緊。

姚三春的視線再次往宋茂山那邊飛，宋茂山及時發覺，迅速斂去唇邊那抹譏誚，端著表情沈肅的樣子。

看著宋婉兒失魂落魄、黯然神傷的模樣，作為母親，田氏心如刀割，伸手輕輕搭在宋婉兒肩頭，聲音輕如羽毛。「婉兒……」

沒待田氏說完，婉兒猛地抬首，臉上已經是一片淚痕，握緊的拳頭又鬆開，她渙散的眼神逐漸清明起來，嗓音是帶著哭腔的沙啞。「娘，我有話要跟妳一個人說。」

田氏隨宋婉兒出去說話，再回來時，田氏彷彿被人抽去生氣一般，眼角淚未乾，耷拉著眼尾，整個人身上泛著一股心灰意冷的味道。

宋婉兒不住地瞟向田氏，緊緊抿著唇，雙手緊緊握住，眼底似有愧疚。

宋平東上前，擔憂地道：「娘？」

田氏肢體僵硬地坐下，擺擺手，臉上只餘一片頹然，聲音更沙啞乾澀。「我沒事。婉兒跟郭家的親事……我同意了，過幾日你去郭家送個信吧。」

宋平東他們齊齊愣在當場，一時之間竟沒能做出反應。

宋平東率先回過神，眉頭皺得死緊，向宋婉兒瞥去一眼後，疑惑道：「娘？您咋突然就改變想法了？您不是不同意的嗎？」

「平東，你別問了，這就是命、這就是命啊……」田氏聲音蒼涼，說完撐著桌子站起，目光經過宋婉兒時一刻都未曾停留，然後逃似地小跑出了堂屋，腳步聲漸行漸遠。

宋平東等人面面相覷，想問宋婉兒，可是她趴在桌上，臉埋在臂彎中，後背一起一伏，像是哭了。

堂屋裡陷入尷尬，宋平文知道自己少說最好，便閉上嘴裝柱子，在場只有宋茂山一人臉色不錯。

宋茂山像是沒發覺眾人沈鬱的心情似的，硬是在僵硬的臉上擠出一抹笑容，老懷安慰地道：「他娘能想開可太好了！婉兒能嫁到郭家，我這個做爹的也能安心不少。」

姚三春的唇角扯出譏誚的弧度，這個糟老頭子，真是虛偽到骨子裡！

一場家庭會議應該算是慘澹收場，除了兩個沒心沒肺的，其他人心裡都有些不得勁，尤其是田氏驟然改變態度，其他人心中不免胡亂猜測。

姚三春也有自己的猜測，能讓田氏在短時間內認命似的轉變態度，難不成是宋婉兒跟郭浩然已有了肌膚之親？

事已至此，姚三春也沒什麼好說的了。宋婉兒以後過得好或是不好，都是她自己的決定，與人無尤。

沒有誰能替別人的人生負責。

幾日後，積雪融化，梅花飄香，宋平東去鎮上一趟，正式答應與郭家結親。

又過了一陣子，成親的日子便也定下來了，按照鄧氏的要求，就明年立春之前成親，因為郭浩然明年要下場考試，如果順利，從立春開始，後面都會很忙，根本無暇顧及其他。

可是從現在到立春也就兩個月的時間，時間未免太緊。但鄧氏態度很強勢，田氏又有自己的擔憂，宋茂山全程不管事，所以這事只能這麼定了。

成親這麼匆忙，村裡多少有些捕風捉影的傳言，覺得宋家是攀上高枝，嫁女心切。

田氏跟宋平東他們聽到傳言，心中滋味難言，可是宋婉兒卻不在意。

原來，前幾日郭浩然特意來宋家一趟，便是為成親時間倉促的事向婉兒表示歉意，陷入愛河的宋婉兒覺得郭浩然很尊重她，待她好，哪裡還捨得責怪未婚夫？再說了，能盡快嫁給郭浩然，她心中歡喜還來不及……

無論無何，宋婉兒與郭浩然的親事便這樣定下來了。

時間飛逝，轉眼到了除夕。

對於姚小蓮來說，這是她出生以來過得最開心、最富足的除夕，姚三春夫妻和姚小蓮在廚房忙活一整天，除了得到一身煙火氣，還有滿滿一桌的好酒好菜。

姚三春剛準備將豐盛至極的年夜飯擺上桌，誰知宋平東卻喊宋平生去宋家祭祖，而作為宋家兒媳婦的姚三春，連去給宋家老祖宗下跪的資格都沒有，雖然她壓根兒也沒這個想法。

原本大年三十的，宋平生家有一個如花似玉的媳婦，誰樂意去宋家看宋茂山那個糟老頭？不過他身為「宋平生」，是宋家的子孫，祭祖自然不好不在現場。

今年除夕夜大概是宋家有史以來氣氛最怪異的一次，村子裡到處都是歡聲笑語，宋家卻沈悶得不似除夕夜，甚至隱隱有幾分窒息之感。

宋平生不欲多待，祭祖完後便轉身回家去了，態度之灑脫，背影之瀟灑，看得宋茂山氣得臉都差點歪了。

濃厚的黑，清冷的月，宋平生從宋家往自己家走，耳側的風是冷的，他的心卻是火熱的，因為前方的燈火所在是他的家，裡頭有一個人正等他回家。

不過待他打開家門，還沒見到姚三春，就見孫吉祥老神在在地坐在堂屋，蹺著一隻二郎腿抖來抖去，斜扯嘴唇朝他笑。

「老宋，打牌咩？」

意外的表情只是一瞬，宋平生隨即便笑了，笑得有些痞氣。「這麼早過來打牌，年夜飯吃了？」

宋平生難得語氣親和，不忘關心兄弟，孫吉祥卻虎軀一震，一臉驚嚇地瞪著他。「老宋，你咋了？突然這麼好聲好氣的，可把我嚇著了！大過年的，咱們兄弟有事好好說，你看成嗎？」

孫吉祥的表情太豐富，聲音太誇張搞笑，坐在方桌嗑瓜子的姚三春、黃玉鳳三人聽了「格格」直笑。

宋平生笑容不變，走近拍拍孫吉祥的肩頭，清潤的眼眸中閃爍著慈愛的光芒，道：「傻孩子，我是你大爺，對你好聲好氣不是應該的嗎？」

孫吉祥化作炸毛的貓，騰地從凳子上站起，指著宋平生齜牙咧嘴。「好你個宋平生！大過年的還占老子便宜？」

姚三春趕忙過來拉架，眼中帶笑。「哎哎哎，吉祥啊，大過年的，我男人比你小，還是個大孩子呢，你就別跟他計較了，嗄？」說著話的同時，她拳頭捏得吱吱響。

孫吉祥抖著手指頭指向姚三春夫妻倆，一臉悲憤。「你們兩口子，太無恥！簡直太無恥了！竟然聯手欺負我這個老實人！你們的良心不會痛嗎？」

在場除了孫吉祥，其他人皆笑得前仰後合。

不過一段小插曲，玩笑過後，姚三春及宋平生他們終於上菜了。紅燒魚、紅燒肉、香辣鴨、糯米圓子、肉丸子、大白菜炒油豆腐條、母雞湯做鍋底的鍋子、炒荸薺、拔絲地瓜、排骨燒蘿蔔。

宋平生跟姚小蓮一同做了這十道菜，擺在桌上不少，卻比村子裡條件可以的人家還是少上一些。因為宋平生兩口子追求的是新鮮，多做幾道肉菜是為了意頭好，可大部分人家除夕做的肉菜是不會動一筷子的，這些都要留著正月招呼客人。

大人都懂這個道理，只是饞死了那些小孩子，能看不能吃，更是折磨。

雖說宋平生他們廚藝也就一般水平，可是當六道肉菜四道素菜擺在眼前時，孫吉祥還是可恥的口水氾濫。

沒辦法，誰讓他家燒菜油跟不要錢似的，湯裡油汪汪的，聞著香噴噴，肉還豐嫩，看起來真的太有食慾了。

孫吉祥看著看著，老淚都快掉下來。村裡人家很多都捨不得燈油，平日吃飯就早，所以今天也趁天還未暗下來把年夜飯給吃了，孫吉祥家也不例外，誰知道宋平生兩口子竟然天黑了才開始開動。

姚三春姊妹和宋平生依次落坐，宋平生見到孫吉祥那樣子，便道：「今晚除夕夜，我們家本來就三個人，現在加上吉祥你們兩口子，咱們五個人剛好可以一起熱鬧熱鬧。來，你們也坐！」

孫吉祥夫妻同時擺手拒絕，孫吉祥說道：「我跟玉鳳都吃過了，現在啥也吃不下啊！我就想打牌！」

孫吉祥說得不假，他嘴饞是嘴饞，但是今晚誰家的年夜飯不豐盛？他吃得太飽了，以至於面對姚三春家的一桌子好菜，他只有聞味道的分兒。

宋平生兩口子聽聞孫吉祥無心吃肉，只想一心一意提高牌技，也是醉醉的，還好他們從來不賭錢，就是打著玩的，不然他們真該擔心自己是否禍害一個好苗子了。

宋平生見孫吉祥不像是假裝客氣的樣子，輕輕頷首，兀自給一個酒杯滿上酒水，往孫吉祥的方向推，道：「喝兩口總行？」

畢竟是男人，偶爾也想小酌幾口。

孫吉祥「嘿」了一聲，抖去瓜子殼，拍拍手大剌剌地往方桌一坐，笑嘻嘻地擠眉弄眼，道：「我說老宋，你也忒小氣了，請我喝酒就喝兩口？不行不行，我的肚子告訴我，它還可以再喝他娘的五斤！」

孫吉祥牛皮吹出去，一邊摸肚皮，一邊抬下巴瞇眼，一副得瑟得不得了的樣子。

姚三春三人一個勁兒地捂嘴偷笑，尤其是黃玉鳳，笑得眼淚都快出來了，姚三春卻笑得有些不懷好意。

孫吉祥不明所以，正疑惑著，只見宋平生從容轉身，從背後長條几下頭拿出一個不小的酒罈子，隨意往桌面一放，拍拍酒罈的肚子，露出一抹特別無害的笑。「喏，這裡有十斤白酒，你是我兄弟，便讓你倒一半了！」

孫吉祥骨頭一軟，差點就從凳子上掉下去，回頭擠出一抹比哭還難看的笑，朝宋平生諂媚一笑，可憐巴巴地求饒。「那個……大爺啊，你是我親大爺，小姪能不喝嗎？」

堂屋裡頓時又是一陣大笑。

發財不懂人們在笑什麼，便端坐在那兒來回甩尾巴，眼巴巴地盼著主人們給牠扔一根可口的大肉骨頭。

歡聲笑語中，屋外時斷時續的鞭炮聲音中，姚三春與宋平生在異世的第一次年夜飯便這樣結束了。

這個除夕夜很冷，但是過年的氣氛卻十分火熱。

第二十章

大年初一，不過丑時，外頭西北風颳得烈烈作響，村裡便有人家迫不及待地開大門，放爆竹。

雖然有人家的爆竹才二十來響，依舊炸出了新年伊始的氣勢，炸得半個村的人都醒了，果真是不同凡響。

不過大部分人家都是等到卯時左右才開大門、放爆竹，迎接新春第一天，然後再回去睡上一覺。

姚三春家便是如此，天邊露出魚肚白，她家便放完爆竹，然後便回屋睡大覺去了。

不過他們夫妻注定睡不了多少覺，因為天一亮，村裡的小孩子便組隊挨家挨戶拜年了。

「平生叔、三春嬸嬸，新年好呀！」

「胖妞、喜妞也新年好！今年越長越漂亮喔！」

姚三春頂著一雙黑眼圈，笑呵呵地捏捏孫青松家胖妞姊妹的小肉臉，然後從果盤裡抓一捧糖果塞進胖妞姊妹的口袋，直到姊妹倆的口袋都快裝不下了。

胖妞姊妹之後又有許多小孩子陸陸續續來拜年，姚三春跟宋平生徹底絕了回屋休息的念頭。

新年開始，自然要新年新氣象，換上嶄新的面貌，姚三春先換上沉香色遍地金妝花緞子的對襟襖兒，下著紅羅裙子，洗漱後開始護膚化妝。

這時候的護膚品比較簡單，姚三春也就備了一罐太真紅玉膏，以及最簡單的茉莉花和面脂，用來塗面、護手、潤膚都可以。

護膚完便是化妝了，姚三春是個愛美之人，化妝品可準備了不少，黛、粉、口紅、胭脂、香身、指甲油……一種都不少。

姚三春一折騰就是兩刻鐘，終於將妝容給折騰好了。不同於這時流行的桃花妝、飛霞妝，而是非常現代的妝——張揚、熱烈、自信，卻又嬌豔無比。

姚三春梳妝打扮的同時，宋平生也好好將自己拾掇一番，夫妻倆往自家院子裡那麼一站，姚小蓮差點看呆了。

不知是不是錯覺，好像連心中只有肉骨頭的發財都多看了他們好幾眼。

如果用一個成語形容此情此景，大概只能是蓬蓽生輝！

如此簡陋的磚瓦房，根本盛不下二位的盛世美顏。

先說宋平生，斜飛入鬢的長眉，清潤的眼眸，高挺的鼻梁，形狀優美的唇形，流暢緊繃的下顎線……他一頭青絲被打理得一絲不苟，披散在腦後，更凸顯出立體的五官，再加上他身高腿長，背脊挺直。站在院中，就如同那傲然挺立在風雪中的松柏，氣質卓然凜冽，令人見之難忘。

再說姚三春，原本就養白了不少，臉頰長了肉，線條變得柔和許多，且臉色紅潤，單論氣色便不是從前能比的。再者她還精心勾勒了一番，漂亮的眉形稍加修飾，陡添幾分颯爽，黑白分明的眼睛靈動清亮，鼻子秀氣精緻，兩片唇瓣被塗抹上鮮豔的紅色。絢爛的紅與白嫩的臉龐相襯，加深視覺衝撞，她美得如同一朵嬌豔無雙的花，簡直要灼痛別人的眼。

夫妻倆站在一起，一個是風雪中傲然的青松，一個是嬌豔動人的花，一個冷一個熱，氣質相悖，卻能產生極佳的效果。實在是美不勝收啊……

姚小蓮呆愣的時間太久，姚三春微一勾唇，在姚小蓮額頭點了點。「回神了小丫頭！」

姚小蓮捂著怦怦怦的心口，眼睛捨不得從姚三春臉上移開，表情實在有些呆。「姊，妳今天真的好好看啊！」至於姊夫，那是她姊的東西，她就不看了。

姚三春剛才被某人用行動誇了好幾遍，現在聽著已經習慣了，只輕抬眉毛，巧笑嫣然。「姊不是好好看，姊是好看得驚天動地好嗎？」

「呃……」雖然姊妳是真的美，但是妳這麼不矜持，真的可以嗎？

一旁的宋平生一本正經的臉。「姚姚說得對。」

「……」我姊夫沒救了！

新春第一頓早飯結束後，便是拜年了。

按理說姚小蓮不是老槐樹村的人，她不需要挨家挨戶地拜年，但是姚三春怕她一個人在家無聊，便拉著她一同出去。

今日天氣特別好，金色陽光遍灑大地，整個老槐樹村都籠罩在金色的光芒中。

姚三春三人最先去宋家拜年，去宋家的路上遇到不少拖家帶口來拜年的人家，兩方見面自然要歡歡喜喜，互道一聲「新年好」。

可宋平生領著姚三春姊妹離開後，背後的那些人都炸了，一個個議論紛紛的。

這宋平生跟姚三春今天也太好看了！

他宋平生是男生女相，長得過於昳麗，但是外貌出眾也是事實，今日穿的新衣裳材質好又修身，更顯得他高大挺拔，俊美非常。如今他宋平生徹底褪去二流子的影子，眉目沈靜不失凌厲，氣質沈穩又不乏霸氣，整個人就如同一把入鞘的利劍，雖然盡收鋒芒，卻仍叫人不敢接近。

不過變化最大的還數姚三春，因為不管外貌還是氣質，姚三春都發生了翻天覆地的變化。

從前的姚三春那就是一個惹人嫌的潑婦，長得尖嘴猴腮，一臉刻薄相，整天地上滾、水裡游的，掐架罵人那是一把好手，鬧騰得很，能把整個老槐樹村都鬧得雞犬不寧。

可是現在呢？姚三春真的變了，自從分家後，她跟宋平生不吵架了，可能男人的愛就是女人的藥吧，姚三春不潑了，也不瘋了，性子越變越好，對鄉里鄉親不再是張牙舞爪的樣子了。

不僅如此，她跟宋平生一心一意做農藥賺錢，日子好了，人也過好了，看人家現在臉多白，氣色多好，臉頰紅潤有光澤，整個人簡直會發光。

也是姚三春長了肉，又變白，村裡人才發現，哦，原來姚三春長得還挺好看的。

今日姚三春再這麼一打扮，穿上漂亮鮮豔的衣裳，整個人漂亮得不像話，簡直比宋婉兒都漂亮！

宋婉兒漂亮是漂亮，但是年紀小，哪裡像姚三春美得這麼張揚，甚至是囂張？

想到這兒，村裡有不少男人心裡都悔了，當初都笑話宋平生娶了姚三春這麼個長相砢磣又潑的婆娘，如今呢？人家婆娘不僅不潑了，還變得那麼美，哪個男人不羨慕啊？

不過村裡也有幾個吃酸杏長大的，嘴裡酸話一大堆，話裡話外都是宋平生男身女相，姚三春打扮得妖裡妖氣，成親這麼久都沒孩子，有啥好得意的？

大過年的，誰愛聽人說這個，大家根本都不理這些吃酸杏長大的東西。

姚三春三人到了宋家，跟田氏以及宋平東夫妻拜年，幾個人在宋家院子裡說說笑笑，和和樂樂。

宋婉兒作為宋家最小的孩子，便乖乖地給哥哥、嫂嫂們拜年，大過年的，宋平生他們便都笑著應了，宋平東隨意點頭，但是羅氏卻沒有理睬她。

若不是田氏在場，估計她白眼都快出來了。

有些事、有些人，她一輩子都不會原諒的。

大年初一就這樣過去，隔天便是大年初二，是出嫁婦人回娘家拜年的日子。

每逢佳節倍思親，姚小蓮許久沒見到姚大志跟范氏，都說遠香近臭，她心裡多少有些想念父母，也想回家看看。

姚三春想了許久，心裡還是不太放心，雖說姚大志夫妻把姚小蓮徹底賣了，她手裡還有姚小蓮的賣身契，可萬一姚大志夫妻喪心病狂，抓住姚小蓮就直接賣到深山老林裡，那該怎麼辦？

至於姚三春自己，她是死都不會去姚家的，管其他人怎麼說。

姊妹倆商量了半天，到了中午還沒得出結果，這時趴在院子裡曬太陽的發財猛地竄向門口，「汪汪」地叫個不停，顯然是有外人來了。

姚三春姊妹正在院子角落曬太陽，聽到動靜往門口望過去，未見其人卻先聞其聲音——

「哎喲，這畜牲是想嚇死老娘啊？畜牲東西，齜牙幹啥？敢咬我？小心我打死你！」

「妳跟一個畜牲說個啥？真是有病！」說著聲音猛然拔高。「三春啊！小蓮啊！爹娘過來看妳們姊妹了！」

姚三春跟姚小蓮悚然一驚，竟然是姚大志跟范氏的聲音！

姚大志夫妻與姚三春姊妹隔著一門一狗相望，姚三春卻只立在當場，面無表情地盯著這對極品夫妻。

姚大志面色訕訕，忙揮手解釋。「臭……三春啊，爹娘沒別的意思，就是今天沒等到妳們姊妹倆回家，我跟你們娘想念得很，所以過來看看，呵呵……」

自從姚大志夫妻從大牢經過一遭，夫妻倆沒有膽子，也沒有那個腦子再打兩個女兒的主意了，現在過來也不過是想著大過年的，誰家都不願意觸霉頭，他們過來討口吃的總行吧？

范氏瞅瞅姚三春，又瞅瞅姚小蓮，眼眶微紅，罵道：「兩個臭ㄚ頭！妳們都是從老娘肚子裡爬出去的，大過年都不回家看一眼，妳們能耐了啊！」

姚小蓮不知想到什麼，突然垂下脖子，同樣紅了眼眶。

沒有姚三春發話，發財還在那兒一個勁兒地狂吠，絲毫不退讓。

范氏站了一會兒都沒等到姚三春把發財喚走，便催促道：「三春，咋說我們也是妳親爹、親娘，難道大過年的，妳連大門都不讓我們進？」

姚三春的嘴角抽了抽，心想：你們還真不是我親爹親娘！還有，正月裡大家的口頭禪都成了「大過年的」嗎？還真是好用呢！

姚大志見姚三春無動於衷，轉而將目標投向姚小蓮。「小蓮，難道妳也不理爹娘？爹娘今天過來真的不是鬧事的，就是想來看看妳們姊妹。」

姚三春唇角微勾，抱著胳膊，好整以暇地道：「現在你們已經看到了，所以可以離開了吧！」

姚大志夫妻。「……」

姚大志露出討好似的笑容。「三春，我們還有一件喜事要告訴你們呢！再說咱們一家子許久未見面，妳們娘有好多話要跟妳們姊妹說呢！」

范氏忙不迭地點頭，聲音軟和幾分。「小蓮，娘昨晚作了一個夢，夢到妳七歲的時候被村裡石頭那個小畜生砸到頭，妳滿頭是血地跑回家，可把娘給嚇壞了，後來我牽著妳去石頭家討說法，妳還記不記得？」

姚小蓮揉著眼睛，默不作聲地點頭。那是她娘最護著她的一次，她怎麼可能會忘？雖然最後石頭家賠的十幾個雞蛋她只吃到三個，但她還是在心裡偷偷開心了好久。

范氏見姚小蓮有所鬆動，再接再厲說話。「小蓮、三春，從前是爹娘混帳，但是爹娘現在真的悔悟了！妳們姊妹在家的時候我沒感覺，這回好長時間沒見著妳們，娘心裡難受啊！我知道妳們恐怕不想著我們，所以一直忍著沒來。但是過年了，爹娘厚著臉皮過來，沒別的意思，就是想跟妳們姊妹說說話，看看妳們過得好不好？」

姚小蓮聽自己親娘情真意切的一番話，心中不免有所觸動，那畢竟是生她養她十幾年的父母啊！

姚三春內心卻毫無波動，甚至還有些想笑，畢竟她不是真的姚三春。

不過她看到姚小蓮快滲出淚的眼眶，難過得彷彿被人拋棄的小奶貓，她無聲地嘆口氣，心裡到底是軟了幾分。

姚大志夫妻畢竟是姚小蓮的父母，這是割不斷的血脈親情，她總不能一直攔著姚小蓮見父母吧？這對姚小蓮未免太殘忍，雖然姚大志夫妻不是個好東西。

可能無論時間如何流轉，子女對父母總是存有幾分依戀跟希冀吧。

罷了，小蓮今年會遠嫁，就讓她跟父母再見見面吧，以後再見面也不知道是什麼時候了。

姚三春喚一聲「發財回來」，發財立刻甩著尾巴跑回來，在姚三春腿上蹭來蹭去。

見此，姚小蓮的眸光猛地一亮，向姚三春投去一抹感激的眼神。

姚三春一手搭在姚小蓮的肩，小聲道：「傻姑娘，這是妳的人生，妳想見就見吧！但是記住，不要告訴他們許成的事情。」

姚小蓮小雞啄米似地點頭。

姚大志夫妻得以進入院子，進來後，夫妻倆的眼睛四處亂瞟，時不時發出幾聲驚嘆聲，似是沒想到自家大女兒竟然有這般造化，能住這麼寬敞、這麼氣派的大屋子，跟他們自家的房子簡直一個天上、一個地下。

姚大志夫妻跟姚小蓮在堂屋說話時，姚三春不想跟這對夫妻多接觸，乾脆離得遠遠的，一個人坐在院子裡曬太陽、看書。

姚大志夫妻還想借機跟姚三春聯絡感情呢，誰知道人家壓根兒不給他們這個機會，心中鬱悶至極，只能退而求其次地跟姚小蓮說好話去了。

姚三春在院子裡坐了一會兒，宋平生將馬車送到宋平東家才回來，姚三春拉著他說話，夫妻倆小聲商量著什麼事情。

姚大志夫妻蹭飯之心十分堅定，拉著姚小蓮絮絮叨叨，你說完我說，我說累了你再說，口沫飛濺，恐怕吐了將近幾大碗的口水，硬生生撐到姚三春夫妻將午飯都給做好了。

沒辦法，那就留姚大志夫妻吃口飯吧！

田氏過來準備叫宋平生兩口子去宋家吃飯，因為今兒個宋氏一家子也過來拜年了，不過看到姚大志夫妻在這兒，她只能回去了。

姚大志和范氏好不容易跟大女兒、女婿湊到一張桌上，絞盡腦汁想著待會兒該說些什麼好聽的，可是飯菜上桌之後，夫妻倆的臉都快埋到飯碗裡了，一口一個肉丸子，兩口一塊豬蹄膀，風捲殘雲似的，哪裡還記得跟姚三春兩口子套近乎的事情？

午飯後，姚大志夫妻各自靠在廊簷下的小竹椅上打飽嗝，一手搭在肚子上，看樣子是吃得太撐了。

過了一會兒，宋平生手裡拎著兩盒點心走過來，站定後眸光下瞥，表情冷淡，道：「人看了，飯也吃了，這點心是過年禮，你們可以回去了。」

姚大志今天吃了飯還見到人，膽子大了些，聞言有些氣憤，從小竹椅坐起來，中氣不足地抗議道：「怎麼說我們也是你岳父、岳母，你是小輩，咋能這麼不客氣地跟我們說話？」

宋平生放下點心盒，扯了扯唇，笑不似笑，輕飄飄地道：「知道嗎，我看到你們兩張臉就厭煩，因為你們不配做姚姚的爹娘。既然如此，你們又怎麼會是我的岳父、岳母？」

范氏一臉不服，端著長輩的架子指著宋平生，道：「宋平生，我告訴你，不要有幾個臭錢就瞎得瑟，真當自己有多了不起呢！」

宋平生不為所動，只是眸光寒冷如冰。「回去吧，以後逢年過節的好處我不會少給，但是你們不得再主動打擾我們的生活。有幾個臭錢是沒什麼了不起，但是想送你們進大牢卻是輕而易舉，不是嗎？」

姚大志跟范氏倒抽一口涼氣，想到曾經蹲大牢的日子，控制不住地瑟縮了一下。

「宋平生，你還是人嗎？」范氏騰地從小竹椅站起來，罵道：「我們怎麼說也是你的長輩，你動不動就說送我們下大牢！那大牢是人待的地方嗎？別人說我們不是好東西，我看你才最不是個東西！黑心爛肺的玩意兒，我呸！」

姚大志跟著道：「就是！宋平生，說起來我們兩口子可沒啥對不住你的地方，也沒在你們宋家占到啥便宜，你憑啥對我們這麼狠？」

宋平生從善如流地接道：「需要理由嗎？」

姚大志夫妻。「……」

「我說過，你們不來打擾我們，我們相安無事，你們若是前來糾纏，我絕對不會客氣。畢竟，你們又不是我的父母。」最後一句，寒意畢露，他眼中的冷比言語更叫人心驚。

那是什麼樣的眼神？徹骨的冷，沒有一絲人氣，還帶著一股令人懼怕的固執以及陰鷙。

姚大志夫妻從未見過這般凌厲又冷漠的眼神，被看得頭皮一麻，心臟收緊，一時間真被唬到了，站在原地動彈不得。

宋平生見威懾的效果差不多，便斂去表情，神態自若地道：「好了，時間不早，你們也該離開了。」

手腳僵硬的姚大志跟范氏，就這樣如同木偶一般走出姚三春家的大院，前腳剛踏出去，下一刻院門「哐啷」一聲闔上，沒有留絲毫情面。

姚大志夫妻在院外磨蹭片刻，最後只敢朝大門方向狠狠啐一口。

「我呸！這狗玩意兒！」

姚三春收拾好鍋碗從廚房出來，卻不見姚大志夫妻的身影，只見到宋平生懶懶散散地仰靠在小竹椅上，他輕合著眼，眉頭舒展，優美的唇形勾起一抹弧度，似笑非笑。

一抹陽光不偏不倚打在他右側臉龐，給他鍍上一層淡淡金光，挺直的鼻梁在陽光照耀下，線條越發俐落乾脆，又不失英挺。

陽光融融的中午，明亮的廊簷下，有一俊美男子姿態隨意不拘，加上他身上那股慵懶勁兒，遠遠看去已是入畫，真叫人移不開眼。

姚三春踮起腳尖走過去，躡手躡腳地在宋平生身側坐下，捧著臉望著眼前的人，好半天都沒有任何動作。

後來也不知是想起什麼，她驀地笑了，結果不期然被人彈了一下額頭。

「傻笑什麼呢？」宋平生沙沙啞啞地說了一句，從小竹椅直起身。

姚三春摸摸額頭，不滿地瞪他一眼，眼中劃過一絲狡黠。「我只是想到從前我們去川藏遊玩，我讓你塗防曬你還不以為意，又不愛戴帽子，結果就被曬成黑炭。後來我在朋友圈發照片，有人問我，妳怎麼換了一個黑人男友？哈哈哈……」

宋平生無奈地扶額，這確實是他最不想提及的黑歷史之一。

姚三春越笑越開懷，好半天都停不下來。

姚三春兩口子鬧了一會兒，才從裡屋出來，而後便見姚小蓮站在廊簷下，背影有些蕭瑟，一副要哭不哭的樣子。

「小蓮？」姚三春出口喚她，走過去拍拍她的肩頭。

姚小蓮扭過頭，露出一抹不怎麼好看的笑，少女眼底藏著落寞。「姊，爹娘已經走了？」

姚三春面無表情地點點頭，心裡卻有幾絲愧疚。她以為的為小蓮好，真的是小蓮需要的嗎？阻止小蓮見父母，是不是太絕情了？

猶豫再三後，她才開口道：「……小蓮，如果妳真想回姚莊，我就陪妳回一趟？」

姚小蓮的喉嚨動了動，最後垂下眸子，斂去所有情緒，悶悶道：「不了姊，今天見過面就行了，看多了他們又要煩我。」

她已經給她姊帶來太多麻煩了，何必再沒事找事？更何況她還有自己的日子要過，就算她再捨不得父母又有啥用？她爹娘會捨不得她嗎？

姚三春抬眸和宋平生對視一眼，開口還想說些什麼，姚小蓮卻搶先一步，強打起精神來，轉移話題說道：「姊，妳知道爹娘所說的喜事是啥嗎？」

姚三春搖頭，要不是姚小蓮提起這茬，她都忘了那兩口子說過什麼了。在她耳中，左不過就像一群蜜蜂瞎遛達，一直嗡嗡嗡個不停。

姚小蓮走近兩步，笑道：「爹娘說，大哥他今年要成親了。」

姚三春脫口而出。「他還有錢娶媳婦？」

姚小蓮慢吞吞地道：「因為家裡不用出錢，相反地，爹娘恐怕還能得到不少銀子。」

「什麼?!」

姚小蓮的表情有些不自然，聲音低了兩分。「大哥是入贅別人家，不是娶妻，所以……」

這下不只姚三春，就連宋平生都露出意外的神情。

「爹……爹娘不是最寵姚宏，姚宏又是姚家唯一的兒子，爹娘竟然也捨得？」姚大志夫妻疼姚宏跟疼眼珠子似的，怎麼可能同意姚宏入贅別人家？所以姚三春疑惑不已。

姚小蓮面對姚三春以及宋平生的灼灼目光，表情更尷尬了。「爹娘說，是大哥看上一家棺材鋪的女兒，非要入贅的，說是入贅到人家家裡有好日子過。爹娘本來堅決不同意，但是大哥又是跳河、又是上吊，還說……還說等棺材鋪老闆及老闆娘死了，他就接爹娘一起去過好日子，以後再也不用挨餓，所以……爹娘就同意了。」

聽完前因後果的姚三春夫妻。「……」誓將軟飯吃到底，這一家子實在太奇葩了！

正月初三，早飯沒多久，孫吉祥兩口子便拎著東西來宋平生家拜年。

孫吉祥心裡知道，去年他能買田、娶媳婦，那都是託宋平生兩口子的福，他心裡都記著呢！他當宋平生是兄弟，去完媳婦娘家，隔天便過來這邊了。

對此，姚三春夫妻自然很高興，五個人湊在一起說說笑笑，就連姚小蓮跟孫吉祥兩口子都混熟了，所以場面從頭到尾就沒有安靜過，伴隨著歡聲笑語，很有過年的熱鬧氣氛。

中午飯桌上，宋平生打開除夕夜那罈子酒，給孫吉祥一下子倒了一大碗。

其實孫吉祥的酒量還可以，平日裡只是捨不得花錢打酒罷了，今天在自己兄弟家，他便沒什麼好矜持的，乾脆敞開了肚子喝。

他端碗喝一大口，宋平生才持小酒杯抿上一口，可是孫吉祥一點也不介意，因為他喝得挺爽的，就連黃玉鳳都沒能阻止他。

大口喝酒的下場自然是醉酒了，孫吉祥偏黑的臉皮滲出兩抹紅暈，眼神都有些渙散，虛虛落在宋平生那邊。

他直愣愣地盯著宋平生好一會兒，久到姚三春都開始懷疑這人是不是想跟她搶男人，他突然端起酒碗站了起來，調整好幾步才站穩了，猴子屁股似的臉上斂起嚴肅的表情，聲如洪鐘。

「老宋，來！今兒個我特別……特別高興，這一杯兄弟敬你！」

宋平生從容不迫地離開凳子，同樣舉杯，神色溫和。「廢話少說，都是兄弟，感情深，一口悶！」說完便仰頭將杯底的酒全乾了。

孫吉祥擰眉瞇眼，瞅了酒碗半天，總覺得有哪裡不對勁，但是腦子實在轉不過來，最後索性什麼都不管了，「咕嚕咕嚕」將小半碗酒給灌下肚子。

喝完了之後他腦袋瓜子更暈乎了，眼神都不知道在看誰，一個勁兒地傻笑，嘴裡絮絮叨叨的。

「不對，老宋，你怎麼……怎麼也站起來了？該我敬你，我……我要說啥來著？」孫吉祥硬是擠到宋平生身邊，一把搭上他的肩膀，緊了緊，口齒不清地道：「我想起……起來了！我要感謝你，感謝你拉兄弟一把！要不是你，我現在還沒田、沒媳婦！」

宋平生扶住他，笑道：「我說過，我是你大哥，一日是大哥，終生是大哥，大哥照顧小弟不是應該的？」

「我可去……去你大爺的！」孫吉祥打了一個酒嗝。「就……就知道占老子便宜！嘿嘿嘿……不過老子是真快活啊！」孫吉祥臉上露出蜜汁微笑，樂呵呵地道：「我爹娘過世後我可……可沒想過能過上啥好日子呢！從前爺奶疼我，但爺奶死得早，爹娘疼我，可爹娘也去了，那時候我可真是咱瓦溝鎮最慘的那個小兔崽子啊！」孫吉祥搖頭晃腦，越說越順溜。「哎，我爹娘可真把我給坑苦了，他們咋就這麼不爭氣、不努力、不求上進？大冬天的時候天天都在幹啥？竟然一個兄弟姊妹都沒給我留下，搞得我想打秋風都沒處打！啊哈哈哈……」

黃玉鳳捂臉，她能裝作不認識這個男人嗎？

姚小蓮聽得臉都紅了，全場女性也就姚三春聽得津津有味，一邊挾花生，一邊聽著，彷彿在聽單口相聲。

「我爹娘唯二幹得漂亮的事情，一是生了我，二是給我取的名字。吉祥，多好聽、多氣派的名字！注定我沒那麼容易倒下！當年十多歲就有膽量跟孫二河叫板，厲害不？看，我現在孩子媳婦熱炕頭，不都有了？老宋，你說，我厲害不？」

宋平生豎起大拇指，由衷道：「真厲害！」

孫吉祥這下更激動了，哈哈大笑，可突然間又收斂起澎湃的情緒，聲音陡然低落。「可惜……可惜今兒個鐵柱哥不在，不然咱兄弟仨就全了，咱們就更高興了！」

黃玉鳳吃東西的動作一頓，有些忐忑地望著姚三春兩口子。

宋平生神色不變，將孫吉祥按回凳子上，笑道：「吉祥，你不能再喝了，是真的醉了。」

他知道孫吉祥是真的醉了，但是他並沒有接這個茬兒。他對孫鐵柱沒有意見，可是當初吳二妮在他家門口罵人，是人都忘不掉。
說他冷血也罷，寡情也罷，總之他問心無愧。
孫吉祥似懂非懂，腦袋瓜子輕微晃動，眼神迷濛。「醉？我沒醉！我還可以再、再……再喝它兩斤！」
黃玉鳳忙放下筷子，抓住孫吉祥，朝宋平生歉意一笑。「得，這回是真醉了。他呀，酒量是真不咋樣！」
宋平生回以一笑。「無妨，大過年的，大家都高興，多喝兩口沒什麼。」
後面姚三春跟黃玉鳳相處如常，桌上氣氛融洽，說說笑笑吃完中飯。
過完年，宋婉兒出嫁的日子也就近了。
宋婉兒出嫁的前一天，宋氏帶領一家子來幫忙，晚上吃飯時，宋家又是滿滿一大桌子的人，加之又有高家新婦崔秀紅這個能說會道、擅長炒氣氛的，跟宋氏一唱一和，場面一度十分熱鬧，稱得上是火熱。
只是熱鬧過後，最終歸於夜深人靜的靜謐。
東屋裡，宋平東抱著二狗子泡腳，二狗子腳丫子嫩，被熱水湯得都紅成豬蹄了，於是好一陣哀號，哭爹喊娘的，眼淚都快掉下來了。
羅氏這個親娘乾脆假裝沒看見，偷偷的抿唇直笑。

一家三口燙好腳，羅氏率先抱著二狗子鑽進被窩，宋平東端著洗腳水出了屋子，抬手剛準備倒水，一道白色的身影突然闖入他的視線中。

若不是對方穿得一身白色，在黑夜裡特別顯眼，宋平東差點就將一盆洗腳水扣對方臉上了。

「……婉兒？」

「是我，大哥。」白影子鼻音略重，嗓音透著幾分蕭索，看來在外面站了有一會兒。

宋平東換個方向倒掉洗腳水，直起腰後頓了頓，問道：「外頭烏漆抹黑的，妳站這兒幹啥？明天是妳的大喜日子，別凍著了，快回屋休息吧！」說完轉身就要回屋。

「大哥！」宋婉兒上前兩步抓住宋平東的胳膊，又很快放下，甕聲甕氣地道：「大哥，你現在能不能抽點時間給我？我有些話想對你說。」

宋平東眉頭緊皺，語氣不覺嚴厲了兩分。「大晚上說什麼？有事明天再說。」

宋婉兒低著頭，沒再說話，腳步卻也沒挪動半分。

宋平東能感覺到她心情的低落，場面安靜了片刻，宋平東的語氣稍微不那麼冷硬。「婉兒，妳明天就要成親了，今晚該早點休息才是，若是被凍到可不好。」

宋婉兒緊了緊身上的厚襖子，語帶懇求。「我穿得很厚，不會凍到的。大哥，就一會兒，或者就說幾句話，不會耽誤你多長時間的！」宋婉兒這般祈求。

宋平東想著她明天就要嫁人了，以後再也不能經常見面，遂嘆息一聲，道：「好吧，我先回屋穿上鞋襪，跟妳大嫂說一聲。」

宋婉兒低頭定定神，才發現宋平東還是靸拉著鞋子，腳踝都露在空氣裡，當即臉上一紅，催促道：「大哥你快進去，我在外頭等你。」

屋子裡傳出幾聲宋平東和羅氏的低聲交談，不知是不是宋婉兒多心，她總覺得她大嫂的聲音聽起來像是不太高興。

宋婉兒沒等多久，宋平東端了一盞油燈出來，夜風一颳，指甲大的火苗左右搖曳變形，昏黃的燈光在宋婉兒臉上時隱時現。

可能是夜裡冷，宋婉兒的臉被凍得有些蒼白，沒了往日的嬌俏活力，反而多了幾分纖弱。

宋平東這才發現，不知何時起，宋婉兒的小臉竟生生瘦了一圈，再沒了往日的豐盈圓潤。他愣怔片刻，突然低嘆一聲。「外頭冷，我們去廚房說話。」

宋平東一手端油燈，一手虛虛圈住火苗，阻擋入夜的寒冷將其吹滅。

宋婉兒默默地跟在後頭，兄妹倆誰也沒開口說話，只有凌亂的影子在二人的腳下瘋狂舞動。

進入廚房關上門後，「呼呼」的風聲漸消，宋婉兒的手終於沒那麼冷了。

宋平東放下油燈，從灶底下拿一把小凳子放在宋婉兒跟前，自己則坐靠灶臺，抱著手臂盯著宋婉兒，語氣平淡。「什麼事，妳說？」

宋婉兒沒有坐下，在宋平東影影綽綽的目光下，倏地垂下眸子，輕抿唇瓣，小聲道：「大哥，明天我就要成親了……」

宋平東等半晌，卻沒等到宋婉兒繼續說下去，疑惑地挑起眉。「妳不是非要嫁給郭浩然，難不成後悔了？」

宋婉兒忙不迭地搖頭，鬆開唇角，豁出去似地說：「不是的大哥，我只是……只是想跟你和大嫂道個歉！」

宋平東愣住。

最難以啟齒的話已經說出口，後面的話便沒那麼艱難了，宋婉兒深深呼口氣，道：「大哥，從前是我太任性不懂事，給你和大嫂、娘，還有二哥、二嫂他們帶來許多麻煩，有些事我現在想起來都覺得臉沒處擱，都不知道自己當初怎麼那麼傻。」

宋平東默了半晌。「妳怎麼突然說起這些？」

宋婉兒露出苦笑。「大哥，我知道你一時之間不相信，可是經過這麼多事，我咋可能沒有半點長進？」

宋平東不置可否，如果婉兒真的長大懂事，那麼她為何在嫁給郭浩然這事上如此執著，最終惹得娘那麼難受？

不過事已至此，他不好再說什麼。對於宋婉兒這個妹妹，他到底是失望的，只是明日是宋婉兒的大喜日子，這些話他不想說罷了。

宋平東的反應宋婉兒都看在眼裡，她心裡驀地湧出一股難受的情緒。曾幾何時，她大哥會用這樣的目光看著她？疏離中還帶著隱約的探究，陌生得讓她難受。

宋婉兒張嘴欲解釋什麼，話到嘴邊卻又嚥下去，兄妹倆對視許久，宋婉兒愈加低落，而後只道：「算了……大哥，不管你信不信，我心裡真的後悔了。我知道現在說這些沒多大用處，但我只是……你是我大哥啊！」說到這兒，宋婉兒的眼睛驀地就紅了，她忙垂下頭，假裝不經意地揉揉眼睛。

這半年來，宋婉兒經歷過太多超過她承受範圍的事情，遭遇了太多麻煩，若不是娘跟大哥、二哥一直幫她，她現今還不知會落到怎樣的下場。

從前她任性驕縱，但她並不是不明是非的人。

宋平東眼中倒映一團火光，輕輕眨著眼皮子，緊抿著唇線，不知道在想什麼，只是那道身影，陡添幾分冷酷的味道。

宋婉兒的喉頭動了動，廚房裡沈寂許久，最後道：「大哥，大嫂不願意理會我，這也是我應得的，小妹再麻煩你一回，你就替我跟大嫂道個歉吧！如果以後有機會補償大嫂，是什麼我都願意！」

宋平東長嘆一聲。「婉兒，有些事，一輩子都過不去。」

宋婉兒放下揉眼的手，擠出一抹虛弱的笑。「我知道……我只是想道歉罷了，如果換作是我，我也不會輕易原諒……」

宋平東望進宋婉兒眼裡，默然許久，突然從灶臺直起身，清亮的眸子倒映著燈火，多了一絲溫度，開口道：「我會跟妳大嫂說的。如果妳真的懂事了些，妳最該道歉的是咱們娘。從小到大，娘為咱們操碎了心，頭髮都白了一大把。現在她年紀大了，唯一期盼的就是咱們這些子女都過得好，妳懂嗎？」最後兩句，咬字特別清晰，多了些許鄭重的味道。

宋婉兒握緊雙手，望向宋平東的眸光帶著堅定，擠出一抹笑。「我知道的，大哥！我嫁到郭家，娘可以儘管放心。浩然是三哥的朋友，浩然他爹是三哥的先生，三哥說了他們都是很好的人，三哥總不會害我吧？還有浩然他娘，三哥說她就是嘴硬心軟，其實很好相處的。只要我用真心好好和她相處，她遲早會認同我的。」宋婉兒信誓旦旦，說到郭浩然時眼睛都在發光。

宋平東攏起眉頭。宋平文是他親兄弟，他相信自己兄弟無論如何都不是那種狼心狗肺、會將兄弟姊妹推入火坑的人，但是不知為何，他心中總是有些不安。

將不安的情緒壓在心底，宋平東道：「妳能這樣想最好，公婆始終是公婆，成不了爹娘，妳跟未來婆家人相處，萬不可任由性子來，否則以後有妳苦頭吃。」

宋婉兒聽出宋平東話中隱藏的關心之意，眼眸一亮，語氣不覺輕快了幾分。「我知道的，大哥，你就放心吧！」

夜深時分，外頭的風颳得愈加凶狠，明日便是宋婉兒成親的日子，宋平東無話可說，便將宋婉兒勸回屋子裡休息了。

宋平東護著油燈往自己屋子走，剛碰到門把時一陣勁風吹來，火苗熄滅，周圍瞬間黑了下來，周身的寒意迅速往宋平東身上聚集，他忍不住打了一個寒顫。

宋平東捲著一身寒氣回到裡屋，摸黑爬到床上，發出窸窸窣窣的聲響，本以為羅氏已經睡著，可是他一躺下，旁邊便伸出一雙暖和的手。

這雙手並不大，也不軟，可是當自己冰涼的手被這雙小手包裹住，他有些難受的心好似突然就找到了依靠。

羅氏見身側的人半晌都沒有動作，乾脆靠過去依偎著他，用自己的身體溫暖他，輕聲細語地問道：「咋？心情不好？」

宋平東怕驚醒睡在最裡側的二狗子，便放輕動作，有些笨拙地摟住羅氏的肩頭，幾個呼吸之間，他開口，嗓音是幾分冷冷的沙啞。「婉兒大半夜找我，是來跟我們道歉的，最主要的是，她想跟妳道歉。」

羅氏身子一僵，突然就要抽回手，卻被宋平東反手牢牢握住，不給她掙脫的機會。

「放開！」羅氏呼吸有些不穩。

「小玉……」宋平東手中力道更緊一分。「我不是逼妳原諒她。」

羅氏掙扎的動作頓住，黑暗中，她似乎抬眸看向宋平東的臉。

宋平東苦笑一聲。「……就連我都無法原諒婉兒，我又怎麼能讓妳徹底放下？那畢竟是咱倆的孩子啊！」最後一句，語中是愴然，是難受，是悔恨。

「平東……」羅氏莫名就鼻子一酸，自己這個男人啊，萬事以別人為先，習慣了付出，習慣了有事自己扛，習慣了將難受藏在心底，今天才洩漏出一絲別樣情緒，卻心疼得她心直抽抽。

宋平東嘆息一聲。「我怨婉兒不懂事，害了我們的孩子，這事我一輩子都忘不了！但我是家中長子，是婉兒的大哥，她即將嫁人，我該做的都會做，我也希望婉兒以後可以過得好，只是我這心裡，不知怎的總覺得有點不得勁。」

羅氏也不知該如何勸他，只能安安靜靜地陪在他身旁，陪他度過一切情緒。

第二日，天邊才露出魚肚白，宋家已經是一片忙碌景象，宋平東兄弟和高大壯兄弟去村中借來桌子、板凳，各自放在宋家屋子和院中擺放好。

雖說白日風停了，今兒個日頭也好，但到底天氣還挺冷的，所以表兄弟四個還要在院子裡搭棚子，免得到時候客人受凍，且飯菜還沒上桌就被吹冷了，客人吃喜酒就跟受罪似的。

與此同時，田氏、宋氏等一群人便在廚房裡外忙活，雖說請了隔壁清水村的廚子，但是擇菜、洗菜、切菜、清洗碗筷還得幫忙，所以廚房這一角乒乒乓乓響個不停，就沒有安靜的時候，忙碌程度可見一斑。

等天徹底大亮，前來宋家做客的人便多了起來。宋茂山這人好面子，大半個村子的人都被他請來了，擠在宋家不算小的院子裡，現場全是說話聊天的聲音，亂哄哄的，卻也是另類的熱鬧。

眼見廚房的事忙活得差不多了，又有婆子過來給宋婉兒梳頭打扮，姚三春姊妹倆跟宋巧雲全都鑽進宋婉兒屋中，陪宋婉兒說說話，同時還能看熱鬧。

姚三春進屋裡後，卻發現宋婉兒的臉色有些憔悴，雙眼眼下有些黑，似乎是昨晚沒休息好。不管別人怎麼想，反正姚三春默默給宋婉兒戴上「要嫁帥哥，興奮得睡不著」的帽子，不接受任何反駁。

宋婉兒到底年輕底子好，梳好頭再一番打扮之後，全沒了精神不濟的影子，整個人容光煥發，漂亮得讓人挪不開眼。

姚三春都沒忍住，多看了好幾眼。

打扮好之後便要穿喜服，宋婉兒的喜服因為時間短，趕製不出來，最後還是花錢買的，還別說，宋茂山在這方面沒有摳門兒，可能也是考慮郭家面子的問題，所以買的喜服很漂亮，料子一看便知不是便宜貨，可比宋巧雲當初嫁人時所穿的喜服貴重多了。

宋巧雲跟姚三春一起幫宋婉兒穿喜服，這一切都看在眼裡，不過她並不在意這些，從頭到尾都是笑著的，因為她由衷為宋婉兒嫁人感到開心。

如今宋巧雲的肚子已經顯懷，姚三春不想累著她，後面的事情便都一個人攬過去，專心致志地為宋婉兒整理衣裳和髮髻。

就在她忙碌的時候，宋婉兒突然側過頭，細若蚊蚋地道：「二嫂，從前的事……給妳跟二哥添麻煩了。」

姚三春嚇得抬起眼。瞧瞧瞧瞧，她到底聽到了什麼？

宋婉兒臉上的熱度騰地上來，白嫩修長的脖頸微彎，不太敢與姚三春對視。「總之，以前是我不懂事，還希望二哥和二嫂多擔待些。」

姚三春表情怪異，心裡只有一個念頭：眼前這人還是她認識的宋婉兒嗎？

見姚三春沈默太久，宋婉兒咬了咬唇。「二嫂？妳怎麼不說話？」

姚三春收回目光，淡淡地道：「我只是有些太驚訝了。」

宋婉兒忙解釋道：「二嫂，妳相信我！我、我是真的醒悟了，以後再也不會犯傻！」

想著今天是宋婉兒的大喜之日，她總不能說什麼掃興的話，所以姚三春便笑道：「妳能這樣想當然好，我跟妳二哥不是小氣的人，過去的事便過去了，以後妳便是別人家的媳婦，好好過日子吧。」

嚴格說起來，她跟宋婉兒不過是有些小齟齬罷了，並沒有大的矛盾與摩擦，她也無意為難一個十來歲的小姑娘，如果寬慰能讓宋婉兒的心裡好受些，那說幾句又何妨？左右以後見面的機會也少了。

只是宋婉兒是真心改頭換面還是不過腦子一熱，她仍持觀望態度，靜待以後的發展吧。

宋婉兒見姚三春這麼說，心頭一輕，朝對方露出一抹笑來。

雖說宋家準備的是早宴，可宴席真正開始已經是巳時之後的事，大家吃吃喝喝、說說笑笑，約莫一個時辰後，一陣敲鑼打鼓的聲音由遠及近。

宋家院子裡的客人意識到是迎親隊伍來了，在一陣「噼哩啪啦」的爆竹聲中，身著喜服、繫著大紅花的郭浩然一踏入院內，那些個大姑娘、小媳婦一個個都看直了眼。

身形修長，丰神俊朗，一雙丹鳳眼瀲灩生輝，當真是氣質卓然，一表人才！

郭浩然見院中一群人盯著自己看，也不見侷促，而是淡定自若地回以一笑，態度十分親和。

便是他這一表現，在場的人誰敢說郭浩然不出色？

噼哩啪啦的爆竹聲，聲聲不絕，在眾人欽羨的目光中，宋婉兒被揹上花轎，站立在花轎一側的郭浩然長身玉立，俊朗非凡，與宋婉兒當真是一對玉人。

敲鑼打鼓聲再次響起，迎親的隊伍便開始啟程去往鎮上郭家。田氏兩手交握站在院門前，眼睛一瞬也不瞬地盯著宋婉兒所在的花轎方向，面上早已鼻尖泛紅，淚流滿面。

羅氏與宋巧雲各自站在她身側，不停地安慰田氏，可是田氏還是難受得緊，好似心都被挖空了一塊。

迎親隊伍逐漸走遠，直到聲音都徹底消失，田氏還是維持原來的姿勢，杵在院門口眺望遠方。

似乎孩子與父母的關係，從出生那刻開始便漸行漸遠，一直是父母站在孩子背後，默默看著孩子漸漸遠去的背影。

婉兒出嫁後，宋家只剩下一家三口，接下來宋茂山與田氏的精力全都得放在宋平文身上，因為縣試在即。

隨著立春的臨近，寒冷漫長的冬日終於有一絲破裂的跡象。

——未完，待續，請看文創風851《神農小倆口》3（完）

文創風
850

神農小倆口 2

國家圖書館出版品預行編目資料

神農小倆口 / 安小橘著. --
初版. -- 臺北市 : 狗屋, 2020.05
冊 ; 公分. --（文創風）
ISBN 978-986-509-107-1（第2冊 : 平裝）. --

857.7 109004255

著作者 安小橘
編輯 黃淑珍
校對 黃薇霓
發行所 狗屋出版社有限公司
地址 台北市104中山區龍江路71巷15號1樓
電話 02-2776-5889～0
發行字號 局版台業字845號
法律顧問 蕭雄淋律師
總經銷 知遠文化事業有限公司
電話 02-2664-8800
初版 2020年05月
國際書碼 ISBN-13 978-986-509-107-1

本著作物由北京晉江原創網絡科技有限公司授權出版

定價250元
狗屋劃撥帳號：19001626
網址：love.doghouse.com.tw E-mail：love@doghouse.com.tw